血色康乃馨

XUESE KANGNAIXIN

梁健美 / 著

重慶出版集团 重慶出版社

图书在版编目(CIP)数据

血色康乃馨 / 梁健美著. —重庆:重庆出版社,2010.7
ISBN 978-7-229-02128-3

Ⅰ.①血… Ⅱ.①梁… Ⅲ.①长篇小说—中国—当代
Ⅳ.①I247.5

中国版本图书馆 CIP 数据核字(2010)第 086110 号

血色康乃馨
XUESE KANGNAIXIN

梁健美 著

出 版 人:罗小卫
责任编辑:陶志宏 袁 宁
责任校对:李小君
装帧设计:重庆出版集团艺术设计有限公司·王芳甜

重庆出版集团
重庆出版社 出版

重庆长江二路205号 邮政编码:400016 http://www.cqph.com
重庆出版集团艺术设计有限公司制版
自贡新华印刷厂印刷
重庆出版集团图书发行有限公司发行
E-MAIL:fxchu@cqph.com 邮购电话:023-68809452
全国新华书店经销

开本:700mm×1 000mm 1/16 印张:17.75 字数:300 千
2010年7月第1版 2010年7月第1次印刷
ISBN 978-7-229-02128-3
定价:24.80 元

如有印装质量问题,请向本集团图书发行有限公司调换:023-68706683

版权所有 侵权必究

目录

第一章
血色惊魂 / 001

第二章
死神来了 / 017

第三章
死亡阴影 / 031

第四章
危险陷阱 / 043

第五章
酒店惊魂 / 057

第六章
静幽公墓 / 081

第七章
扑朔迷离 / 101

第八章
诡异酒吧 / 115

Contents

第九章
神秘女郎 / 135

第十章
蹊跷失踪 / 151

第十一章
越陷越深 / 175

第十二章
生死较量 / 191

第十三章
死而复生 / 215

第十四章
险恶布局 / 237

第十五章
最后厮杀 / 253

第十六章
尾　声 / 279

『第一章』

血色惊魂

scarlet Carnation

1

黑暗中一束洁白的康乃馨,像女人美丽的脸庞一样,绽放着妖异的光芒。一丝冷风吹过,白色的康乃馨转眼间却变成了刺眼的红色,随着花朵魔术般地渐渐扩大,花朵中央竟然出现了一张脸。

一张死人的脸!

那是死去的顾天诚的脸!

花朵仍然在扩大,顾天诚那张模糊的脸逐渐变得清晰起来,他那双充满幽怨和柔情的眼睛,深深地注视着黑夜里的白若水。随后,花朵急速旋转起来,颜色也变得越来越红,仿佛被鲜血染过似的,猩红的康乃馨充满了血腥和危险的气息。

突然,花朵中央顾天诚那深情的样子不见了,取而代之的是一副面目狰狞的面孔,那充满邪恶和怨毒的眼神,好像一把利剑一样,无情地向白若水刺来。白若水惊恐地捂住了脸,当她的双手慢慢从脸上滑落下来,目光再次落到那束让她胆战心惊的康乃馨上时,顾天诚的脸竟像崩塌的冰川,恐怖地碎裂开来。

此刻,康乃馨的花瓣竟也似被秋风无情地撕碎般,纷纷凋落,好像四处飞溅的鲜血,瞬间把白若水吞噬。

"啊——"

白若水猛地醒了过来,人早已吓出了一身冷汗。她的头隐隐作痛,周围是一片冰冷的白色,白色的天花板,白色的墙壁和白色的床单!

这是病房。

又做噩梦了!

白若水眼前一阵眩晕,她已记不清这是第几次做噩梦了,自从顾天诚跳崖死后,她几乎每晚都会做噩梦。顾天诚那浑身是血和死不瞑目的样子,好像一朵长满刺的康乃馨,把她的心刺得鲜血淋漓,她感到自己似乎一下子从天堂掉到地狱里一样,她的世界轰然倒塌。

白若水微微地闭上眼睛,脑子里立即乱成了一片,万般愁绪如潮水一般向她涌来。结婚和逃婚都让她付出了不小的代价,尽管现在她不必再为嫁给顾天诚而苦恼,可心里总有一种挥之不去的负罪感,她知道,她对不起顾天诚。

"唉!"她长叹了一声,慢慢地睁开了眼睛。她已经逃婚成功了,人却无处可逃。偌大的世界,她要藏到哪里,才能逃脱良心对自己的惩罚呢?以前她十分害怕顾天诚会四处去找她,可现在她知道,他不会再来找自己了,永远都不会了,但为什么她总感觉自己逃不出顾天诚的眼睛呢?

她的眼神落到床边椅子上的一张报纸上,报纸上那黑色的标题,再次让她的心千刀万剐般疼痛起来:新娘逃婚新郎跳崖,新世纪总裁顾天诚为情自杀。

他死了!

白若水的眼泪哗的一下涌了出来。眩晕、疼痛、愧疚、后悔……霎时又一次吞没了她的全身。她说不清对顾天诚到底是一种什么样的感觉,如兄长的手足之情?如朋友的关爱?如淡淡的亲情?但为什么却没有一种令她心动的情人的情愫呢?她虽然不十分情愿嫁给顾天诚,可也不想他死啊。而现在他竟然为她自杀了!

是她害了他!要是没有自己的逃婚,顾天诚又怎么会跳崖自杀呢?可她真的不知道,他会如此想不开。在她眼里,他是一个胸襟开阔、宽容大度的人,谁又会想到,他会为此自杀?可最终还是她害了他,她是一个凶手呀,想到此,她心中那种挥不去的负罪感越来越强烈。

她呆呆地望着白色的墙壁,脑子里满是他跳下山崖后凄惨的尸体。她鼻子一酸,眼泪又忍不住流了下来。顾天诚,顾天诚,顾天诚……她心里一次次地呼喊道,可他再也听不见了!

病房里浮躁闷热的空气,令人躁动不安。白若水一抬头,忽然看到窗外医院的院子里,闪过一个黑色的身影。她悚然一惊,那人影怎么那么像他呢?

顾天诚!这个为情自杀的男人,像一把锋利的匕首一样,狠狠地一点点地插进了她的心脏,让她时刻被他的阴影所笼罩。难道是自己思念过度,刚才看错人了?她不禁揉了揉眼,再次向窗外望去,那个人影却不见了。

此时,门口忽然刮进一阵风来,一张不知从哪里跑出来的照片,竟被刮了进来。白若水扭过头,当她看到地上的那张照片时,不由得一愣。由于隔着一段距离,她看不太清楚,可竟隐隐地觉得那张照片好像很熟悉。

白若水不由得睁大了眼睛,疑惑地望着那张照片,可当她逐渐看清那张照片上的人时,心吓得差点儿跳了出来。

"哦,怎么会这样?怎么会这样?"她忽然感到眼前一阵发黑。就在她将要晕倒的那一刻,一双大手扶住了她。

"怎么了?若水。"白若水抬头一看,扶住她的人原来是江山。

"那,那张照片……"她颤抖得说不出话来。

"照片?"江山一愣。他转过头去,却发现门口空空的,什么也没有。白若水满脸疑惑地望着门口,一时不知该如何解释。

"是不是你看错了?若水,门口什么也没有啊。"江山也被搞得一头雾水。

"哦,我……我想上厕所。"白若水抛下这句话,便磕磕绊绊地向厕所里跑去,身后却是一脸发呆的江山。

白若水一口气跑到厕所,打开水龙头,用冷水拼命地洗着脸。过了好一阵,她才冷静下来。她关上了水龙头,顿时厕所里静得连根针掉在地上都能听见。她望了望四周,厕所里除了她之外,竟然一个人也没有,她不安的心立刻害怕起来。

此刻,厕所里天花板上昏暗的灯孤零零地挂着,一扇扇或紧闭或敞开的厕所门投到地板上的阴影,好像从地狱放出来的黑暗使者,让白若水后背一阵阵发凉。

白若水提心吊胆地走进左边一间女厕,没想到,一打开厕所的门,一团充满血腥味的血红色一下子闯入了她的视线中。她霎时吓得魂飞魄散,她拼命让自己镇静下来,定睛一瞧,竟然是一捧染满鲜血的康乃馨!

那捧充满血腥味的血色康乃馨,就像一具满是伤口的死尸一样,一滴一滴地流着血,然后汇聚成一条滔滔血河,向白若水滚滚扑来。

"啊!"白若水胆战心惊地只望了一眼,便吓得晕死了过去。

2

也不知过了多久,当白若水缓缓地苏醒过来时,眼前竟然看到的是江山。"康乃馨!我在厕所里看到了一捧沾满鲜血的康乃馨!"白若水挣扎着想坐起来。

"康乃馨?"江山脸色一变,他望望厕所四周,并没有看见什么白若水所说的康乃馨,便疑惑地问道,"在哪里?我怎么没看见?"

"哦?"白若水艰难地站起来,然后找遍了整个女厕,果真没有看见什么康乃馨。难道是自己刚才出现幻觉了?白若水一怔。

"若水,可能是你看错了,我扶你回病房休息吧。"江山说道。

刚才江山左等右等也没看见白若水回来,他怕白若水想不开,便赶紧到厕所里找,没想到,白若水竟然直挺挺地晕倒在地上,他一见,连忙唤醒了她。

江山把白若水扶回病房,望着她那苍白的脸色,满眼心疼。一夜之间,她仿佛憔悴了许多,那乌黑秀美的眉上,蹙着一层淡淡的愁,好像一株柔弱的梨花摇曳在风中。他忍不住握住了她的手,此时此刻,他多想一生一世来照顾她。

"啊!康乃馨!"白若水突然惊叫了起来,江山顺着她的眼神看去,只见桌子上放着一捧红色康乃馨。

江山的脸立即变得十分难看,他语气僵硬地问道:"这,这是哪里来的?"

"鬼!有鬼!"白若水惊恐地望着那捧红色康乃馨,身子不停地颤抖。

江山内心也充满了无比的恐惧,那个埋藏在他心底深处的秘密,好像暗夜里的魔鬼一样,一点点无情地吞噬着他的心和灵魂。他刚想走过去把康乃馨扔掉,突然从病房外走进来一个五六岁的小女孩,江山一愣,就见小女孩向江山走过来,说道:"对不起,叔叔,刚才我把康乃馨送错病房了。"

江山一听,便把桌子上的康乃馨递给了小女孩,小女孩说了声谢谢,然后一眨眼跑开了。

虚惊一场!

白若水擦了擦头上的冷汗,心却仍咚咚地跳个不停。

"医院附近有个街心花园,要不我带你去散散心?"江山问道。

白若水点了点头,她跟着江山走到街心公园,找了个长椅坐下。这时夜已深了,公园里一片寂静,周围看不到人,只听到风微微吹动树叶的声音。

白若水把头轻轻靠在江山肩上,一想到自己竟然在婚礼这天逃了出来,就被自己的勇气吓了一跳。终于挣脱这个没有爱情的婚姻枷锁和牢笼了!她不禁长长地舒了一口气,可是一想到顾天诚那痴情的目光和痛苦的神情,她的心里便充满了深深的愧疚和自责。

顾天诚死了!

白若水最初听到这个消息时,好像五雷轰顶一样,整个人一下子被击中了。当她从婚礼当天逃出来的那一刻,她就知道自己再也回不去了,可万万没有想到,最后竟然是这样一种结局。

江山也是万分后悔,他真想一拳打死自己,怎么就一时冲动做了那么傻的事情?他知道顾天诚肯定会恨他,可没想到的是,顾天诚竟然会想不开跳崖自杀。唉,这全是自己害了他!他越这么想,心里越感到惭愧和不安。

白若水泪眼蒙眬,此时她正沉浸在巨大的悲痛和深深的自责之中。她望了江山一眼,忽然感到人生很奇怪,为什么上天竟会如此安排他们三个人的命运呢?难道他们终究逃不脱罪与罚的掌控?

对不起,天诚,我辜负你的一片心意了!如果有来世,我再化为女人,做你永远的妻子吧!可是这一次,真的对不起,对不起,对不起,对不起……她越想,心中越觉得亏欠他什么。

"是我害死了他!"白若水痛心地说道。

"不,若水,这不能怪你。其实你也是一个受害者。命运对你太不公平了。"江山柔声安慰道。

"可他毕竟是因为我才自杀的,我怎么能脱得了干系呢?"白若水皱了皱眉头。

"唉,也许这就是命吧!"江山叹了一口气。

"命?"白若水一怔。

"嗯,或许这就是我们三个人的命运,生生死死总纠缠在一起,谁也摆脱不了命运的束缚。"江山满脸无奈。

"小山子,我好害怕,我……我想回水依阁。"白若水神情紧张地说道。

"别怕,若水,有我在。"江山轻轻地握住白若水的手,想传递给她些温暖和力量。

"可我又不能回去,我回去怎么面对大家呢?我真的不知道该怎么去面对他们?更不知道该怎样去面对死去的天诚?我,我真是一个罪人。"白若水满脸愧疚。

"唉,这不能全怪你。他怎么这么傻?他怎么会这么做呢?"江山叹了一口气,接着说道,"若水,你别想那么多,人死了不能复生,我们再怨悔也已经来不及了,还是想开些吧,保重自己的身体。"

"可你知道吗?我好恨你。"白若水说出这句话,自己也不由得一愣。

也许爱到深处便是恨吧,这种爱恨交织的感觉,反而让白若水有一种刻骨铭心的痛。

"哦……恨……恨我什么?"江山望着白若水一脸惭愧,支吾了半天,好不容易才挤出了这句话。

"你为什么这么久才出现在我眼前?你知道我一直都在等你吗?你知道我始终都在想你吗?你知道我心里喜欢的人是你吗?可你还是抛下我不管不问,这么多年一点音信都没有,你,你好狠心!"白若水有些怨恨地说道。

"是我不好,一切都是我的错,让你受了这么多苦。你,你打我吧,也许会解解气。"江山惭愧地低下了头。

江山想了想,然后一把抓起白若水的手,要往自己的身上打去。白若水一见,忍不住扑哧一笑,连忙把手缩了回来。

"我才不要打你呢。"白若水嗔怪道。

"若水,你笑了?你笑的样子,真美。"江山一下子看呆了。

"好了,还是说说你自己吧。老实交代,这几年你都去哪里混了?"白若水逼问道。

"唉,一言难尽。这几年我……"江山还没说完,就被白若水打断了。

"你听,江山,这……这是什么声音?"白若水神情紧张地问。

他竖耳听了听,却什么也没有听到:"若水,没什么声音呀,你是不是太累了?"

"哦,也许吧。好奇怪,怎么和电视里恐怖片的情景有些相像呢?难道是我耳朵出问题了?刚刚我真的听到似乎是猫类动物的声音,要不就是人轻声走路的声音,可现在怎么就一下子没了呢?"白若水满脸疑惑地挠了挠头,然后好奇地向四周望了望,周围漆黑一团,空无一人,一点动静都没有。

"若水,你受惊了。"江山忧心忡忡地说。

"嗯,或许吧,这两天经历了太多的事情,我的脑子一下子有些转不过弯来。"白若水无奈地笑了笑。

"还是先闭上眼睛,休息一下,等有时间我再慢慢告诉你。"江山抚摸了一下白若水的头发,说。

白若水轻轻地点了点头,然后默默地闭上眼睛,可心里还是有些奇怪。刚才她明明听到好像有人走过的轻微响动声,再听声音却消失了,也没看到半点儿人影。或许她今天太劳累,真的听错了吧!这么一想,她也

就释然了许多。

她靠在江山肩上,没多久便睡着了。睡着睡着她竟然梦到一阵冷风扑来,一个男人忽然站在她的眼前。她一惊,吓得立即睁开了双眼。她一看站在她眼前的男人,不是别人,正是顾天诚!

顾天诚浑身是血,手里拿着一把锋利的匕首,正一步步地向她逼来。

"你……你要干什么?"白若水不由得向后退去。

"我要杀死你!"顾天诚冷冷地说。

"为……为什么?我做错了什么?"白若水铁青着脸问道。

"你欺骗我,你玩弄我的感情,这就是你的下场!"顾天诚狠狠地说。

"啊,不,我不是故意的。"白若水满脸委屈。

"哼,你知道吗,你对不起我!"顾天诚的双眼充满了无尽的怨恨。

"是,是的。我知道,我对不起你,但我真不是有意的。你明明知道我心里爱的不是你,可为什么还要娶我呢?"白若水含着泪问道。

"我就是要跟他拼一拼!"顾天诚不服输地说。

"可你还是输了,爱是不能勉强的。"白若水答道。

"不错,我是输了,但你也要付出代价。"顾天诚说完,便拿着匕首向白若水狠狠地扎来。

"啊,不,救命——"白若水满脸惊恐地大声喊道。

她还没有明白过来,就感到自己的胸口一凉,她忍不住疼痛喊出声来。可血还是流出来了,红红的鲜血,跳动着妖娆的光泽,好像是可怕的死神的降临。

是的,死神来了!

"啊,不,不要,不要。"白若水摇着头失声喊道。

"若水,别害怕,有我在。"江山赶紧柔声安慰道。

"不,不要杀我,不要杀我!"白若水苦苦哀求着。

"快醒醒,若水,你做噩梦了。"江山轻轻摇了摇白若水,白若水猛地被惊醒。她睁开双眼,紧紧地抓住江山的胳膊,惊愕地问道:"这……这是在哪里?"

"这里是街心花园,你放心好了,不会有人找到我们的。"江山安慰道。

"我……我刚才真的做噩梦了,我梦见……"白若水的眼神里充满了恐惧。

"梦见什么了?"江山轻声问道。

"梦见他,他要杀我。"白若水胆怯地说。

"谁?"江山一怔。

"顾天诚。"白若水一字一顿地说道。

"他要是敢动你一根头发,我就跟他拼了。"江山说着,不由得握紧了拳头。

"不,我不想看到你们互相伤害,我也不想去伤害谁,可老天爷为什么偏偏这么捉弄我啊。"白若水低声啜泣道。

"若水,我会保护好你的,绝不允许别人来伤害你!"江山发誓道。

"我们走吧,找个地方躲起来,我不想让他们找到我。"白若水摇了摇江山的胳膊,说。

"你想去哪里?我带你去。"江山深情地注视着白若水。

"我想去一个安静的地方,一个让他们找不到我的地方。我好想静一静,让自己的心慢慢沉淀和平静下来。"

"哦,我倒是想起一个地方来。"江山的脑海里,忽然闪过一道亮光。

"哪里?"白若水心急如焚地问道。

"孤儿院。"江山缓缓地说道。

白若水一怔。

3

在去往孤儿院的路上,白若水的头上一直冒着冷汗。她始终弄不明白,自己和顾天诚的结婚照明明是放在水依阁的啊,怎么会突然出现在医院的病房里呢?

她忽然想起那天和顾天诚拍完婚纱照,顾天诚含情脉脉地望着她,一字一顿地说道:"若水,你太美了。我要你做我一生一世的新娘,我要照顾你一辈子,不让你受任何苦。"

她的心一动,眼里不禁泛起点点泪光。她知道,她对他只是感动,而不是爱情。他的深情和爱像缕缕春风,温暖着她的心,她实在是不忍去拒绝他,可最后她还是背叛了他,甚至让他为此搭上了性命。她,她真该死!

江山见她神情恍惚,面色憔悴,便把她紧紧地搂在了怀里:"在想什么?若水,是不是身体还有些不舒服?"

"哦,没关系,我会坚持住的。"白若水笑了笑,说。

她疲惫地把头靠在他的肩上,眼睛望着车窗外的风景,陷入了无尽的沉思。江山的心情也十分沉重,他万万没有想到,结局竟会是这样。几乎是一夜之间,三个人的命运就发生了天翻地覆的变化。他更没有想到,自己竟然在顾天诚的婚礼上看见白若水,紧接着后来所发生的逃婚和顾天诚跳崖事件,更让他措手不及。

车子摇摇晃晃地颠簸在马路上,快到达衍水村的时候,白若水向司机喊了一声:"师傅,麻烦你在这里停一下。"司机望了望窗外不远处的那一大片坟地,回头诧异地望了她一眼,然后把车停了下来。

江山扶白若水下了车,白若水望着前面那片坟地,幽幽地说道:"小山子,我想先去看一下姥姥。"

江山点了点头,两人慢慢地向坟地走去。半晌,两人在一座长满青草的坟前停了下来。"康乃馨!"白若水望着放在坟前的一捧洁白的康乃馨,惊叫道。

江山也是一愣,难道刚刚有人来过?可会是谁呢?白若水把一捧随路采摘的白色小野花放到坟前,泣不成声。江山站在她的身后,心情也是一片黯然。

良久,白若水才缓缓地抬起头,当她的眼神落到草丛里一片血肉模糊的东西上时,忍不住吓得尖叫起来:"啊——"

江山一惊,顺着白若水的目光,向草丛里望去,这才发现不知什么时候,草丛里多出一个血肉模糊的东西。此刻,正是黄昏之际,红红的夕阳照在那团东西上,让人望而生畏。

他走过去,掀开草丛一看,原来是一只被剖开胸膛的猫!

白若水吓得连连后退,江山大着胆子,一手提起死猫,把它抛到了好远:"别怕,若水,我已把它扔掉了。"

白若水惊魂甫定地钻到江山怀里,满眼都是说不出的恐惧。

4

衍水旅馆是衍水村唯一的一家旅馆,旅馆不大,但很干净整洁。江山和白若水要了两间标准间,先住了下来。

天渐渐黑了，白若水走进 302 房，房间里干净整洁，她顾不上多想，一下子扑到了床上，闭上眼睛，很快便进入了梦乡。

睡梦中她竟然看见自己一个人走在一座窄小的独木桥上，前方的雾模糊了她的视线，让她看不清四周的景象。她小心翼翼地扶着桥栏杆向前走着，忽然脚下一滑，只听扑通一声，她竟掉进了河里。

"啊，救命，救命，救……"她满脸恐惧地喊道。

河水不住地往她嘴里灌，她双手挥舞着，拼命想抓住什么，可最后什么也没有抓住……

"哦，不，不!"她心里拼命呐喊道。

她不想死，她不要被死神拽走，因为这个世界上还有她牵挂的人，她要好好地活着！黑暗中，她感到自己正失神地摇着头，然后在极度心慌的一刹那，猛然间惊醒。

她睁开眼，四周黑糊糊的，伸手不见五指。她一摸头，头上又是一片冷汗涔涔。她用鼻子一嗅，竟闻到一缕若有若无的淡淡的香味。她不由自主地走到窗前，向窗外望去，忽然看见窗户对面那片充满神秘和诡异气息的小树林里，似乎隐隐约约地有一个人影。她虽然看不清对方是男是女，但是她敢肯定，那的确是一个人影！

她浑身一颤，一阵没来由的恐惧霎时充满了她的心，她神情紧张地闭上了眼睛。过了一会儿，她听外面一点儿动静也没有，便睁开眼再次向小树林里望去，奇怪的是，那个人影竟然不见了。是不是自己眼花看错了？可是她刚才明明看到的是个人影啊，怎么会看错了呢？

她颤巍巍地摸到了墙上的开关，打开后赶紧拉上了窗帘，这才长长地吁了一口气。可能是这几天经历的事情太多，自己都变得有些神经质了吧。这么一想，她才逐渐放下心来。

她什么也不再想，一头冲到洗手间里，舒舒服服地洗了个热水澡，这才感到身上轻松舒适了许多。她披着浴衣走了出来。当她的目光落到床上时，她不禁啊的一声叫了出来。

原来床上不知什么时候多了一个浑身沾满鲜血的塑料娃娃。此时，那个塑料娃娃正无比恶毒地望着她。"这……这是怎么回事？"她的脑子里顿时一片空白，过了片刻，她才渐渐清醒过来，连忙惊慌失措地跑向门外。

江山听到白若水的惊叫声，不知发生了什么事，便立刻从 303 房间跑了出来。白若水一头撞到他的怀里，惊吓得说不出话来。

"怎么了？若水，发生什么事了？"江山疑惑地问道。

"娃……娃……"白若水神情紧张地喃喃自语道。

"什么娃娃？"江山一怔。

"床，床上……"白若水的双眼，充满了无尽的恐惧。

江山顺着白若水手指的方向，果然看见床上放着一个血娃娃。江山一愣，随后镇静地抚摸着白若水的头发，柔声安慰道："别怕，我问下服务员是怎么回事。"

白若水轻轻地点了下头，江山走到电话前，拨响了服务总台的电话。不大一会儿，一名女服务员便慌慌张张地推门走了进来。

"床上的血娃娃，是怎么回事？"江山严肃地问道。

"啊？这血娃娃是哪里来的？你们入住前我已经打扫得干干净净了，现在怎么会……"女服务员满脸歉意地解释道，可她也不明白这血娃娃究竟是从哪里来的。

"在我们入住之前，是不是有人进来过？"江山想了想，说。

"没有啊，除了你们就再也没有客人住进来过。"女服务员摇了摇头说。

"那血娃娃究竟是从哪里来的？"江山继续问道。

"对不起，我也不太清楚，不过，很可能是别人故意开了个玩笑，要不我给你们换一个房间，好吗？"女服务员万般无奈地说。

江山用征询的目光望了望白若水，白若水惊魂甫定地说："不，不要，我怕。"

"若水，别怕，有我保护你，不会有事的。"江山目光温柔地望着白若水。

"我，我是说，我一个人睡好害怕，我……我想睡在你房间里。"白若水犹豫了一下说。

"这……好吧，今晚我就睁着眼，看谁还敢来吓你。"江山微微顿了一下，扭头对女服务员说道："那我们就把这间房退了，如果再出现这种恐怖的事情，我就要投诉了。"

女服员慌忙点了点头，江山扶着白若水到303房间休息，白若水把头靠在江山的怀里，心中荡起一片春风般的温暖。她想把她刚才醒来后看到窗外对面的小树林里有黑影的事告诉他，可又怕他担心，于是便打消了告诉他的念头。

可那个血塑料娃娃是怎么回事？是别人搞的恶作剧？还是故意要吓

唬她？那么,对方到底出于何种目的？

她望了望窗外黑沉沉的夜色,心中不由得升起一丝忧虑和不安。

5

这一夜江山翻来覆去地睡不好觉,他想了很多很多,尤其是那个埋藏在心底的秘密,更是让他寝食难安。

江山几乎没睡,天便亮了。他望了望正在睡熟的白若水,心中不觉多了一丝安慰。还好昨天晚上没发生什么事情,要不他一看到她担惊受怕的样子,比刀砍在自己身上还难受。

可当他一想起顾天诚的死,心情便变得灰暗起来。他和顾天诚是一起在孤儿院里长大的好伙伴,他一直认为他和顾天诚将是一生一世的好兄弟,可谁知却变成了情敌。

他不禁扭头望了一眼白若水,那颗焦虑的心一下子更加沉重起来。她是那么爱他,可他能给她一个幸福舒适的未来吗？

此时,白若水已经醒了。她看见江山一直望着自己发呆,便不禁扑哧一声笑了出来。江山一愣,这才恍悟过来,脸不由得一下子红了。

"小山子,你在发什么呆呀？好像从来没见过我一样。"白若水害羞地望了江山一眼。

"呃,我,我……"江山支吾了半天,也没有说出一句话来。

只听白若水继续说道:"小山子,昨晚平平安安的,我睡得好香呀。只是苦了你,你有没有休息好呀？"

"嗯,还可以,只要你睡得好,我心里就踏实了。"江山憨厚地笑着说。

"对了,我们还要在这里住上几天呢？我是不想再住旅馆了,这样会让你身体吃不消的。要不我们住在姥姥家里吧,那里家具齐全,什么都有,打扫一下就行了。"白若水建议。

"好的,若水,听你的,只要你开心就行。"江山点了点头。

白若水很快洗漱完毕,然后两人退了房,来到一家干净的小饭店吃早餐。白若水好久没有吃到家乡的油条和小米汤了,所以她一口气连喝了两碗小米汤。她正吃得津津有味,猛一抬头,发现饭店的老板站在不远处,正用奇怪的眼神望着他们。

她心里有些不舒服起来,便向江山眨了一下眼。两人都不想惹什么麻烦,便赶快吃完,匆匆地离开了小饭店。

白若水推开破旧的木门,站到姥姥的遗像前,眼泪忍不住流了出来。想起从前与姥姥的相依为命,千般辛酸、万般怀念不觉涌满心头。江山见此,不忍心去打扰她,便找了一把扫帚,打扫院子去了。

白若水环视了一下四周,周围的家具和摆设,依旧是那么熟悉,只是落了一层厚厚的灰尘。自从姥姥去世以后,这里已经很久没有人住过了。想到此,她不禁悲从中来。她一转身,墙角的一张照片忽然引起了她的注意。

她好奇地走过去,捡起来一看,不由得愣住了。那张照片竟然也是自己和顾天诚的结婚照片,不同的是,这一张顾天诚那一半被剪掉了,而自己那一半的眼睛上,却被扎了两个洞。

是谁这么恶毒呢?她气得说不出话来。她双手颤抖着把照片撕了个粉碎。无论顾天诚是活着,还是已经死了,她都不愿意再让他缠着自己了,她感到自己仿佛不管走到哪里,都摆脱不了顾天诚带给她的阴影。

他,他为什么不放过自己呢?难道她今生欠他的,一定要全部偿还给他,他才会罢手吗?可她了解他,他不是这种心胸狭隘的人,只是为什么最近发生的事,似乎都和他有关呢?她的照片怎么会无缘无故地出现在白家老宅呢?难道是顾天诚做的?不,不!顾天诚早已经死了,可这又会是谁做的呢?对方为什么要这样做?这,这到底是怎么回事?

她越想脑子越乱,便转身来到院子里,和江山一起把屋里屋外打扫了个干干净净。江山一看表,快10点钟了,便和白若水一起去孤儿院看望何老师。谁知刚走出不远,就看见前面有几个小孩子,一边嬉笑一边叫嚷,不知在玩什么游戏。

白若水一见,好生羡慕。好怀念自己纯真无邪的童年啊!小时候是那么无忧无虑,好像一只自由自在的小鸟一样,不知忧愁为何物,而现在她却变得如此多愁善感、敏感多疑,如果时光能够倒流就好了。可惜生命只有一次,她没有那么多时间去后悔,去责怪和埋怨谁。

正在这时,一个四五岁的扎两个小辫的小女孩跑了过来,突然在他们两人面前停住了。白若水惊讶地望着小女孩,只见小女孩把一张纸条塞到江山手里,转身就跑掉了。

江山疑惑地打开小纸条,见上面歪歪扭扭地写着一行字:死神来了!杀人游戏开始了!"八人帮"会死,与你们接触的每一个人都会死,你们将会生不如死!他心中甚觉奇怪。死神?杀人游戏?他满脸疑惑,刚想走上前去,向那个小女孩问清楚,谁知,那几个小孩子一见他向这边走来,立即四散着跑开了。

无奈,他只好走了回来。白若水一见,连忙问道:"怎么了?上面写的什么?"

"你看下就知道了。"江山皱着眉说。

白若水接过小纸条,一看上面的字,大惊失色。一直以来,她就有一种不好的预感。她说不清这种感觉从何而来,似乎与她的逃婚和顾天诚的死有关,可她又不敢完全肯定。该发生的已经发生了,就算她想躲,又怎么能躲得过呢?

"死神来了!杀人游戏开始了!"白若水喃喃自语道。难道真的要发生什么杀人事件吗?要是那样的话,真是太可怕了!她想到这里,不由得打了一个寒战。

江山见她失神地站在那里,便轻轻地搂住了她的肩,说道:"在想什么呢?若水。"

"哦,我在想,在想这会不会是真的?"白若水慌乱地说道。

"不会的,若水,杀人是犯法的事,最后凶手还不是死路一条?"江山安慰道。

"那你说这是怎么回事呀?为什么那个小女孩会跑过来给你这个纸条?"白若水疑惑地问道。

"可能是那几个小孩子在捉弄人吧。好了,别多想了,若水,相信我,不会有事的。"江山轻声说道。

白若水还想说什么,可想了想,又咽了回去。

两人转身向孤儿院方向走去,可不知怎的,白若水忽然有一种奇怪的感觉,她感到背后好像有一双阴森森的眼睛,正冷冷地盯着她,让她不寒而栗……

『第二章』

死神来了

Scarlet Carnation

1

孤儿院的门紧闭着,江山远远地望去,心底不由得泛起一丝难言的凄楚。想起自己从小生活在孤儿院里的酸甜苦辣,感觉一切是那么遥远,却又恍若昨天。

白若水无言中握紧了江山的手,想给他一丝力量,只有她最清楚他从前受了多少苦。而现在,他身上散发的这种男子汉的坚强和刚毅,与他经历过的浸泡在岁月深处的苦难是分不开的。

白若水望了望江山的脸,心中越发地心疼他。江山见她偷偷地望着自己,便淡淡地笑了笑。两人来到孤儿院门前,刚想进去,却被一位老大爷给拦住了。

江山一见不认识,还没等解释,就听那位老大爷凶巴巴地说道:"喂,你们两个干什么的?"

"哦,老大爷,我们是来找何琼华老师的。"江山如实说道。

"呃,那你们进去吧。"老大爷向他们挥了挥手。

"怎么称呼你呢,老大爷?何老师在上课吗?"江山随口问了一句。

"哦,我姓陈,现在是休息时间,她应该在宿舍吧。对了,我想起来了,她昨天说要去市里看一个朋友,不知去了没有。你们进去看看吧,运气好的话,可能会碰上。"陈大爷说着,奇怪地望了他们一眼。

"那请问一下何老师的宿舍是不是仍在教室的后面,最左边那间啊?"江山客气地问道。

"对。"陈大爷点了点头。

江山注意到自己说话的时候,那个陈大爷一直用有些奇怪的眼神望着他,使他感到浑身不舒服。他道了声谢谢,便赶快拉着白若水走了进去。

两人走进孤儿院一看,见十几个孩子正在院子里玩耍,现在果真是休息时间,看来何老师在宿舍的可能性比较大。想到这里,江山和白若水便直奔何老师的宿舍。

绕过学生教室,两人来到何老师的宿舍门前。江山伸手敲了敲门,里面没人应声。于是,他大声问道:"请问何老师在吗?我是小山子,来看你了。"

江山一连说了两遍，里面却一点动静也没有。他不禁感到有些奇怪，他好奇地推了一下门，谁知门竟吱呀一声开了。

两人一望屋里的情景，全都愣住了：何老师横躺在地上，左太阳穴鲜血直流，红红的鲜血顺着她的脸颊，一直染红了她的前胸。她的身下压着一束被鲜血染红的康乃馨。

"啊！康乃馨！"白若水惊叫道。

江山赶紧走到何老师身边，蹲下身子摸了摸何老师的鼻子，然后失望地摇了摇头。

何老师浑身冰凉，看样子已经死亡多时了。江山心痛地望着何老师的尸体，一时痛苦得说不出话来。这，这到底是怎么回事呀？何老师怎么会突然死去呢？刚才听那个老大爷讲，昨天他还见到过何老师，怎么现在就死了呢？

江山猛地想起刚才在孤儿院外面，小女孩给他的小纸条上写的那些黑字：死神来了！杀人游戏开始了！"八人帮"会死，与你们接触的每一个人都会死，你们将会生不如死！江山的脸部一阵抽搐，那冰冷的尸体，猩红的鲜血，刺眼的康乃馨……无不暗示着何老师是被人杀害的！

可究竟是被谁杀害的呢？为什么何老师的房间里会出现诡异的康乃馨？这又预示着什么呢？江山的眉头不由得皱成了个疙瘩，好像冥冥中有一只魔鬼的手，把他往黑暗的深渊里推，他不禁打了一个冷战。

江山打量了一下四周，何老师住的这间是个单身宿舍，由于她无儿无女，又是一个人生活，所以孤儿院才给她安排了个单间。单间面积并不大，约有十平方米左右，从门外一眼便可以把屋里的一切看个清楚。屋里的摆设也很简单，除了一张床，一张桌子，两把椅子，一个掉了漆的破旧的衣柜，以及一些简单的生活用品外，几乎没有什么值钱的物品了。何老师平时也是一个衣着朴素，和蔼可亲的人，只是她怎么会突然被人害死了呢？

白若水的目光一直盯着桌子的右角，这时江山也发现桌子的右角上，有一颗黄豆般大小的褐色血斑。

白若水颤声说道："这是何老师留下来的血？"

江山走过去，仔细看了看，缓缓地说道："对，当时何老师应该站在桌子的对面，她倒下后，左太阳穴正好碰到桌子的右角上，才会留下血迹。"稍顿，他又接着说道，"你看，何老师的面部表情有些恐惧，她死前可能受

到了什么惊吓,或是看到了令她感到恐怖的事情。"

"怎么办?江山,报警吧?"白若水十分害怕。

"对,要赶紧通知警方才对。"江山边说边从口袋里掏出手机,他刚想拨打110,可又犹豫地把手机重新放了回去。

"怎么了?"白若水疑惑地问道。

"一旦通知警方,我们私奔的事便暴露了出来,为了你的名誉和安全,我们暂时还是不要通知警方好。"江山忧心忡忡地说道。

"那何老师怎么办?"白若水胆怯地问道。

"我们还是不要破坏案发现场,孤儿院里的人肯定会发现何老师尸体的,到时他们一报警,警察自然会来调查清楚。"江山想了一下。

白若水心情复杂地望着何老师身下的那束康乃馨,接着又打量着屋里的每一件东西。受了不少惊吓的她,经过这几天的磨炼,人也变成熟了不少。可现在也不知为什么,一种从来没有过的深深的恐惧和不安却充满了她的心。

江山刚想转身和白若水离开案发现场,忽然,地上有一样东西吸引了他的注意。

2

江山从地上捡起了一块扁平的泥土,白若水一见,不解地问道:"你这是做什么?"

江山幽幽地说道:"凶手很可能不是本村人,而是外地人。"

白若水一听,不由得愣住了:"你为什么这样讲?"

"你想想看,一般女人都是爱干净的,房间就算脏也不会脏到哪里去。而这块扁平的泥土,很明显是从鞋子上掉下来的,一个经常待在孤儿院的人,鞋子怎么会脏到如此程度呢?所以当我看到这块扁平的泥土时,便怀疑是外人带进来的。"江山思考着说道。

"嗯,你说得有道理,但孤儿院在衍水村里,如果何老师去熟人的农田里帮忙或是摘菜,脚上也可能会黏上泥土。"白若水提出了自己心中的疑问。

"你说得很对,这就是为什么我要接着讲第二个问题了。从颜色上来讲,衍水村里的泥土都是褐红色的,可这块扁平的泥土一半是褐红色,另一半却是黄色的。你再试想一下,就算何老师是从农田里走过,那黏到她鞋上的泥土,两面都应该是褐红色的才对,不应该是两种颜色呀。而凶手是从外地进入本村的,所以从凶手的鞋上掉下来的泥土,才会有两种颜色。"江山分析道。

　　白若水点了点头,经江山这么一说,她混沌的思绪才豁然开朗。可到底是谁杀死何老师的呢?别人为什么要杀她?却又是一个谜。

　　江山望着何老师那冰凉的尸体,几乎陷入绝望的境界。如果像何老师这样善良的人,都要被别人杀害,那么这个世界也太残酷了。难道好人都不长命吗?不,不,他心里断然否定道。他还是坚信那句话:善有善报,恶有恶报。

　　对了,动机?凶手的动机是什么?何老师一无钱,二无财,并且也没有与什么人结怨,那凶手是冲着什么来的呀?凶手为什么要狠心杀死一个善良无辜的人呢?这是江山最百思不得其解的地方。

　　白若水也怀着与江山同样的疑问。江山想了想,然后转过头,严肃地说道:"研究一个凶手最关键的是什么?"

　　"动机?"白若水答道。

　　"对,但也并不完全是,有时候凶手杀一个人,是不需要目的的。"江山皱着眉说。

　　"你是说凶手杀何老师并没有动机?"白若水疑惑地问道。

　　"不,恰恰相反,凶手是直接奔死者来的。"江山缓缓地说。

　　"为什么?"白若水突然感觉,何老师的死越来越扑朔迷离。

　　"如果凶手是为财物,那么何老师的房间里肯定会被翻得乱七八糟,可现在何老师的房间里并没有被翻动的痕迹,那就说明凶手不是为了钱财,而是为了杀人而来。"江山心情沉重地说。

　　白若水一听,心中的那种恐慌不安更浓了,当她的眼神落到何老师身旁那朵血红的康乃馨上时,她不由得再次被一种莫名的恐惧,深深地包围……

3

江山焦躁不安地在屋里走来走去,他一想起何老师的死,心便疼痛不已。

半小时前,为了不引起别人的注意,江山和白若水装着若无其事的样子,走出了孤儿院。那个陈大爷什么也没有问,便放他们走了出去。等走出好远,江山偷偷地一回头,发现那个陈大爷竟然站在孤儿院门口,望着他们远去的背影,他感觉陈大爷的两只眼睛好像两把刀子一样,正冷冷地注视着他们。

江山霎时感到后背凉飕飕的,仿佛刮过一阵阴风似的,他的心头不由得掠过一丝阴云。这个老大爷怎么有些怪怪的呢?他满心疑惑,却并没有多想。

此刻,白若水心里也是五味俱全。她本想和江山来到衍水村,过几天平静的日子,没想到,刚来到这里就碰到了何老师莫名死亡这件事,再加上顾天诚的死,使她的心情有一种说不出的沉重。

白若水望着江山那一脸痛苦的样子,她知道,他比谁都难过。顾天诚的死,无疑是雪上加霜,给他重重的一击。他和顾天诚不仅是从小一起长大的情同手足的好伙伴,而且还是出生入死的好兄弟,尽管他们因为自己变成了情敌,但他们的友谊还是很牢固的。现在他们三个人却落得这种下场,谁心里能好受呢?

可一波未平,一波又起。他们还没有从悲痛的情绪中喘口气,又遇上了何老师遭遇不测。何老师是从小看着江山长大的,她不是他的母亲,却比亲生母亲还要亲。现在她死得不明不白,这比挖了他的心还要让他难受。

白若水想走过去安慰江山两句,却又一时不知该说什么才好。两人好不容易挨到晚上,她一看表,快12点了,江山却仍然在屋里走来走去,毫无睡意。

白若水心疼地望着江山,忍不住说道:"小山子,快睡吧,我们明天再想办法。"

"不,我睡不着,你先睡吧,我想再去孤儿院看看。"江山沉默了片刻,接着说道,"一整天了,也没有看到孤儿院有警察来,我有种不好的预感,我怕还会有其他事情发生。"

"我跟你一起去,你一个人去,我怎么放心得下?"白若水不放心地说。

"天这么晚了,你还是乖乖地待在家里,等我的消息。"江山低声说道。

"那你小心些啊,早点回来。"白若水担心地说道。

江山点了点头,然后在白若水的额头上深深地吻了一下,转身走了出去。他来到孤儿院前,望着紧闭的大门,微微犹豫了一下,然后从旁边不太高的墙上,翻身跳了进去。

他趁着夜色,摸黑找到何老师的单身宿舍,他见四周无人,蹑手蹑脚地走过去,悄悄打开门,借着手电筒微弱的灯光一看,不由得大吃一惊,地上何老师的尸体,竟然不见了!怎么回事?尸体怎么突然不见了?他左照右照,小小的宿舍里被他照了个遍,也没看见何老师的尸体,而何老师身旁的那束血色康乃馨也不翼而飞。

江山长这么大,还是第一次碰到这种奇怪的事情,难道凶手又来到现场不成?还是有人故意把何老师的尸体藏了起来?可这个人是谁?他为什么要这么做呢?

江山想来想去,也没有想明白到底是怎么回事。这件事情的背后还隐藏着什么不可告人的秘密?他刚想转身走出宿舍,就感到后脑勺突然一疼,右手一松,手电筒啪的一声掉在了地上。

在一阵天旋地转中,他整个人扑通一声倒了下去。

4

时间似乎过了许久,当江山清醒过来的时候,他发现自己正躺在何老师单身宿舍的地上。他揉了揉眼,感到头部有些隐隐作痛。

他恍然记起自己刚来到这里不久,便被人从背后袭击了。由于事情来得太突然,偷袭他的那个人是谁,他一点也没看清楚。

怎么能如此马虎大意呢?看来他也太小瞧对方了,也正是他的轻敌,才导致对方钻了空子。不过,还好他受伤不重,只是有一点儿让他不明白

的是，敌人为什么不趁此杀死他呢？留着他不怕日后会抓住他吗？好歹他也是从警察学校里出来的优秀生啊！何况他发誓一定要抓住凶手，否则他死不瞑目。

江山从口袋里掏出手机，借着荧屏淡蓝的光，找到掉在地上的手电筒。江山试着打开一看，运气还不错，他摇晃了两下，手电筒竟又亮了。江山仔细查看了一下何老师的宿舍，除了尸体不见了之外，并没有发现什么异常。他转身正准备走出门外，忽然看到衣柜门敞开了一条缝，他不禁一愣，连忙走到衣柜前，拿着手电筒往里面照了照，他见衣柜里乱糟糟的，便伸手翻了翻，他那颗惶惶不安的心却变得越来越沉重。

江山一看手机，已经 2 点 47 分了。妈的，他竟然在地上昏睡了将近三个小时！下次凶手要是被他抓住，他一定要狠狠地揍扁凶手的屁股才解气。他擦了擦头上的冷汗，忽然想起白若水还在家里等他，便把门悄悄地掩好，匆匆地走出了宿舍。

来到墙角下，他照例从墙上翻了下去。谁知，刚走出孤儿院不远，他就感到身后有轻微的脚步声。他走快了，那个人也跟着走快；他故意走慢，那个人的脚步也跟着慢了下来；他猛地停下来，那个人也停住不走了。

江山满心气愤，妈的，这次可被老子碰上了，看我怎么收拾你！他听了听，见身后没动静，便决定速战速决，把跟踪他的那个人揪出来。

他突然转过身，对着黑暗处，厉声说道："出来吧，别藏了，我早就发现你了。"

四周顿时鸦雀无声，一片寂静。片刻之后，忽然听到嘿嘿两声冷笑，接着便从一棵大树后，走出一个又高又瘦的黑衣人来。

"是你？"江山不动声色地问道。

"不错，是我。"黑衣人冷冷地说道。

两人相距有一百米左右，江山尽管看不太清那个人的脸，但看那人的身形，感觉很熟悉。

"你是谁？为什么要跟着我？"江山疑惑地问道。

"呵呵，我还以为你认出我来了？看来你眼力也是一般啊，听说你现在是警察学校里的大学生了，是不是站得高了，就把故人给忘了？"黑衣人嘲笑道。

"哦，你是……"江山更加迷惑了。

"好了，我不跟你打谜语了，你真是贵人多忘事啊，我是王震。"王震缓缓地说道。

江山一听，不由一愣。

"王震？是你？"江山满脸惊讶，他万万没有想到，会在这样一个阴森恐怖的夜晚，遇见王震。

"当然是我了，还会有第二个吗？"王震冷笑道。

"你这家伙也真行，竟把我吓了一跳。"江山走上前去，捅了王震一拳，两人随后都咯咯地笑了起来。

"是你把以前的兄弟给忘了。"王震有些失望地说。

"是我不好，我真的没想到会是你。"江山惭愧地说。

"早上你和一个女的到我那里吃饭，我一眼就认出你来了。"王震犹豫了一下，说道。

"那你还不叫我？"江山埋怨道。

"我看你和那个女的好像有什么心事，就没上前打扰。怎么样？兄弟，最近混得好不好？你怎么又跑回来了？还想在孤儿院待一辈子呀？"王震低声问道。

"唉，一言难尽。"江山叹道。

"哦，怎么了？那个女的是你老婆吧？你什么时候结婚的？"王震笑嘻嘻地问道。

"先不谈这个。"江山一把拽过王震，严肃地问道，"我问你，你跟踪我干什么？"

而王震一听，却咯咯地笑了，那笑声在黑暗的夜色里，听起来十分的诡异和恐怖。

5

王震望着一脸警觉的江山，忍不住上前捅了江山一拳："你这小子是不是在警校里待久了，把什么人都当坏人来看了？"

"说正经的，我可没跟你开玩笑。"江山一本正经地说。

"好吧，我告诉你吧，晚上我11点钟就睡了，半夜忽然肚子痛，就出来拉屎，却看到一个人影从孤儿院里跳了出来，我还以为是小偷呢，就偷偷地跟在后面，谁想到，会是你老兄啊。"王震如实说道。

"哦，原来是这样。"江山半信半疑。

"谁骗你谁是王八。对了,我还没问你呢,你半夜三更去孤儿院干什么?是不是又想打架啊?"王震疑惑地问道。

"怎么会呢?兄弟,我们以前是不打不相识。过去的事都过去了,你怎么还念念不忘呢?我是有事才去孤儿院的,你早点回去睡吧,改天再告诉你。"江山一想起自己收到的那个奇怪的纸条,心便猛地往下一沉。他犹豫着该不该把实情告诉王震,他想了想,还是觉得先不要向他提起好。

王震见江山面有难色,便没再勉强,他转身刚想走,却被江山叫住了:"等等。"

"还有什么事?"王震一怔。

"我忘了问你了,何老师最近好吗?"江山迟疑了一下,问道。

"她?很好呀。"王震点了点头,说。

"她现在的人际关系怎样?"江山进一步问道。

"她是个好人啊,大家都很喜欢她。怎么了?她的为人你还不知道吗?以前在孤儿院里,她可是最疼你了。"王震不解地说道。

"哦,没什么,我也好久没见到她了,只是想了解一下她的近况,看她好不好?"江山解释说。

"她很好的,昨天我还见到她了。"王震答道。

"你是说昨天?"江山一愣。

"对呀,她精神看起来挺不错的,她还提到你了。"

"她说什么了?"江山迫不及待地问道。

"她说好长时间没见到你了,怪想你的,也不知道你什么时候会来看她。"王震低声说道。

"哦。"江山一听,双眼立即变得湿润起来。

"她,她还说什么了?"江山颤声问道。

"她还说她最大的幸福,就是跟这些孩子们在一起。看着他们一天天长大,她好开心。对了,她似乎说起今天要去看望一个朋友,也不知她去了没有。"王震缓缓地说道。

"她有没有提起她朋友的名字?"江山急声问道。

"这倒没说。"王震摇了摇头。

"那她最近有没有跟什么人闹起矛盾?"江山继续问道。

"矛盾?没有呀,何老师是脾气最好的一个人了,从来没见过她生过气,也没见跟谁吵过架,谁会跟她闹矛盾呢?"王震挠了挠头说。

"那她有没有什么仇家?"江山压低声音问。

"仇家就更不会了,她一生只做好事善事,谁会跟她有仇呢?你问这些干吗?你看起来好像有心事?是不是有什么事瞒着我?你可千万不要说没有啊,你的眼睛骗不了我的。"王震恼怒道。

"是的,但现在不方便告诉你,恰当的时候,我会告诉你的。对了,何老师喜欢康乃馨吗?"江山只好说道。

"康乃馨?她当然喜欢了,去年教师节我还送了她一把呢。怎么了?江山,你问这些干什么?"王震更加迷惑了。

"哦,没什么,王震,谢谢你。"江山握住王震的手,感激地说道。

"别来这一套了,江山,看你那样子,还是回去早些休息吧!记得明早来吃油条喝小米汤呀。"王震拍了拍江山的肩膀说。

"好,放心吧,我一定会去的,你小心点儿。"江山点了点头说。

王震一听,这才放心地转身走了。江山望着他远去的身影,心里突然涌出一股浓浓的辛酸和沧桑感。

可他万万没有想到,这竟是他见王震的最后一面。

6

江山摸黑回到白家老宅,轻轻地敲了敲门,可屋里却一片死寂,一点儿动静也没有。江山以为白若水睡着了,便轻声唤道:"若水——"可房间里依旧是一片寂静,死一般的寂静。

江山疑惑地推开门,悄悄走了进去。可当他走进屋里一看,眼前的情景让他大吃一惊。

只见地上昏睡着一个人,而那个人不是别人,正是白若水!江山一见,连忙走过去把白若水扶了起来。

"若水,你醒醒,快醒醒。"江山拼命地摇晃着白若水的胳膊,急切地喊道。

"啊,鬼,有鬼!"白若水挥舞着胳膊,满脸恐惧地喊道。

"是我,若水,我是江山,小山子呀。"江山低声说道。

"别,别碰我,有鬼!"白若水十分害怕地说。

"若水,你看看我,我真的是小山子啊。"江山焦急地说道。

"啊!"白若水猛地睁开了眼睛,当她看清眼前把她搂在怀里的人真的是江山时哇的一声哭了。

"小山子？真的是你？我还以为自己已经死了呢？刚才我看到鬼了，我，我好怕。"白若水哭泣道。

"鬼？"江山一怔，随后他把白若水的手握在手里，安慰道，"别怕，若水，你不会死的，有我保护你，你放心好了。这个世界上根本没有什么鬼，所谓的鬼，都是人装出来的。有些人用心险恶，故意扮鬼来吓唬人，我们可不能上当啊。"

"可那个鬼很像一个人！"白若水心有余悸地说道。

"别急，若水，慢慢告诉我，这是怎么回事？"江山安慰道。

"我也感到好奇怪。你走后不久，我想睡可一直睡不着，便躺在床上等你回来。过了一会儿，我有些困了，便迷迷糊糊地睡着了，睡着睡着，好像听见窗外有动静。我以为是你回来了，便叫了声'小山子'，然后坐了起来。你知道我看到了什么吗？我，我竟然看到了一张脸，和顾天诚一模一样的脸。"白若水神色慌张地说道。

"顾天诚？"江山一听，满脸吃惊。

"对，是他，没错，就是他！"白若水肯定地说道。

"顾天诚不是死了吗？你怎么会看到他？"江山疑惑地问道。

"是呀，当时我也觉得有些不可思议，可我明明看到窗外的那个人，就是顾天诚。我心里一惊，还以为自己眼花了，可再向窗外望去，那张脸却不见了。"白若水紧张地说道。

"是不是你看错了？顾天诚已经跳崖自杀了，他怎么会出现在这里？俗话说：日有所思，夜有所梦。这是不是你做的一个梦啊？"江山有些不相信地说道。

"我，我也不知道。可是我总觉得好像不是梦。"白若水轻轻地摇了摇头，说。

"那后来呢？"江山继续耐心地问道。

"后来我就壮着胆子慢慢地走过去。谁知，还没有走到窗前，鬼就出现了。可这次看到的却不是顾天诚的脸，而是一张惨白的毫无血色的脸，那张脸好恐怖，就像电影里的吸血鬼一样。"白若水一脸胆怯地说。

"这是不是你害怕，幻想出来的？"江山质疑道。

"不，绝对不是，我敢向你保证。然后我就被吓晕了，要不是你回来得及时，还不知道会发生什么情况呢？我现在好想姥姥，要是姥姥还活着就好了。"白若水望着黑幽幽的窗外，一脸忧郁，"对了，快说说你吧，怎么样?又发现了什么?"

江山听到这里,脸色一变,心情变得十分沉重。他慢慢地把自己晚上遇到的事情一字不漏地告诉了白若水。白若水一边听,一边惊奇地睁大了眼睛:"你说何老师的尸体不见了?"

"是的,我去了之后,发现尸体已经不见了。"江山难过地说。

"那是谁把尸体给藏起来了?"白若水好奇地问道。

"唉,不知道,都怪我,太疏忽大意了。"江山叹了一口气。

"背后袭击你的那个人,你看到了吗?"白若水想了想,轻声问道。

"也没有,不过,我竟然发现凶手是一个心理极度扭曲的变态者。"江山小声嘀咕道。

"你是怎么发现的?"白若水一听,迫不及待地问道。

"我醒来后,仔细地察看了一下现场,见何老师的衣柜门敞开了一条缝,便好奇地走过去打开,竟然发现里面被翻得乱糟糟的,却唯独看不见内衣和内裤,你不觉得奇怪吗?"江山困惑地说。

"嗯,是有些奇怪。可如果对方是个心理变态者,那么对方明知道偷走死者的内衣内裤,会给警方留下线索,那么对方为什么还要这样做呢?"白若水皱着眉问道。

"很可能对方有严重的心理障碍和恋物癖。"江山猜测道。

"你意思是说,凶手是个男的?"白若水一怔。

"从目前分析来看,凶手是个男人的可能性比较大。"江山点了点头,说。

"那束康乃馨呢?怎么解释?是何老师房间里就有的,还是凶手故意留下的?"白若水满脸疑惑。

"现在还很难说,也许另有原因吧。"江山想了一下,说。

白若水心疼地望着江山,柔声问道:"那头还疼吗?来,让我给你吹吹。"

江山微微一愣,还没等他反应过来,白若水便靠到他眼前,轻轻地吹了吹他的后脑勺。他缓缓地闭上眼睛,感到耳旁好像吹过一阵温馨的春风一样,心头荡漾起丝丝涟漪。

"袭击你的人会不会和吓我的人是同一个人呢?"白若水喃喃自语道。

"现在想想,也有这个可能。"江山沉默了片刻,说道。

"王震说他昨天还见过何老师了?"白若水用手梳了一下额头的刘

海,说。

"对,他是这么说的。"江山点了点头。

"哦,整件事情背后,究竟隐藏着什么秘密呢?"

白若水皱着眉,她极力想把思绪理清,但却越理越乱。现在事情似乎变得更复杂了,何老师的尸体会跑到哪里去呢?暗地袭击江山的那个人是谁?和故意吓唬她的那个人,是同一个人吗?王震半夜三更跑出来只为了拉屎,他说的是真的吗?他有没有隐瞒什么呢?

她不由得眉头紧锁,一脸凝重。

『第三章』

死亡阴影

Scarlet Carnation

1

江山是第二天一早才知道王震溺河而死的。

江山刚开始听到这个消息还有些不相信,可当他亲眼看到王震的尸体,横躺在王震自己家里的时候,他不得不相信了。

江山和白若水两人几乎一夜没睡。快到天亮的时候,两人才打了个盹儿,然后匆匆地起来,洗漱完毕,便来到王震的小饭店吃早餐。谁知道,还没走到跟前,就见小饭店围了一群人。

"怎么了?大妈,出什么事了?"江山见一位老大妈在旁边站着,便走过去问道。

"哎呀,你还不知道呀,王震死了。"大妈凑到江山跟前,低声说道。

"他死了?他昨天不是好好的吗?"江山一惊。

"是呀,昨天还好好的。听他老婆说,昨夜他出去拉屎,后来就一直没有回来。早上他们全家四处找人,后来在河里找到了。"大妈满脸诡异地说。

"河里?他是溺水死的?"江山一愣。

"是啊,他们家也真是倒了霉了。这下可苦了他的老婆了,年纪轻轻的,就要守寡。"大妈点了点头说。

"他老婆叫什么?"江山继续问道。

"王秀芝。"老大妈说到这里,便向他眨了眨眼,不再言语了。江山知道老大妈不愿多说下去了,便向她笑笑,拉着白若水向人群里挤去。

他怎么也想不到,昨晚还好好的王震,转眼之间竟溺水死了。人生也太变化无常了吧!很多时候,人一转身,就再也回不去了。

悲痛霎时袭遍了他的全身。地上的王震浑身湿漉漉的,肚子也鼓起了好高,两只眼珠子向外凸着,一副死不瞑目的样子。

王秀芝趴在他的尸体旁,哭天喊地地哭叫着,任人怎么拉也不起来。江山刚想过去,却被白若水拽住了。

白若水把他拉到一边,小声说道:"小山子,我看你暂时还是不要过去好,这样很容易引起别人的注意。我看我们还是先到事发现场看看。"

"嗯。"江山点了点头。

他心想还是女孩子的心思缜密，考虑得周全。要是他真的出场，肯定会引起别人的怀疑，何况他昨夜还与王震接触过，万一真惹祸上身，他是百口难辩啊！

两人一边走着，一边分析着王震的死。

"小山子，你怎么不说话？难道小纸条上的那个死亡预言是真的？'八人帮'会死，我们会生不如死？"白若水见江山的神情有些异样，便颤声问道。

"太匪夷所思了。"江山满脸不相信地说。

"你是说王震的死？"白若水一怔。

"对，昨晚他还好好的，还跟我说了好些话，可怎么突然就……"江山喃喃自语道。

"你怀疑是有人杀害了他？"白若水犹豫了一下，然后终于说出了这个藏在内心的可怕想法。

"现在没证据，还不能这么说。我只是隐隐觉得哪里不太对劲儿。"江山望了望阴沉沉的天空。

"我也是，王震怎么说死就死了呢？他半夜三更拉完屎，不回家睡觉，跑到小河边去干什么？"白若水满脸疑问。

"嗯，这也正是我疑惑不解的地方。"江山也想到了这一点。

"再说河水并不深，他又不是个不懂水性的人，怎么会被淹死呢？"白若水继续提出了置疑。

"是啊，这好像有些解释不通。"江山忽然感到事情并不像自己所想象的那么简单。

"咦，对了，他跟你交谈的时候，你有没有注意到他的表情，有什么不对的地方？"白若水想了想，问道。

"哦，现在经你这么一说，是有些奇怪。当时他突然冒了出来，吓了我一大跳，我还以为是杀害何老师的凶手，便做好了反击的准备。没想到会是他，刚开始我都没认出来，还是他提醒我才知道是他的。可他的神情也没什么不对的地方，只是他说话时，双眼四顾，好像观察四周有没有人。也许是我想多了，感觉他似乎有什么心事。"江山若有所思地说道。

"那他有没有对你说什么莫名其妙的话？"白若水刨根到底地问道。

"莫名其妙的话？"江山一怔。

"是的，人死前多多少少都有些预感的，所以才会说些不着边际、莫名其妙的话。可一般人都不会注意到的，事后想起来，才会觉得有道理。"白

若水沉思了一下,说。

"没有,他说的那些,我都告诉你了。"江山摇了摇头。

"呃,刚才你说他说话时,双眼四顾,是不是他觉察到了有人在跟着他?"白若水提醒道。

"也有这个可能,那跟着他的那个人会是谁呢?"江山的脸上,不禁充满了疑惑。

"凶手？会不会是凶手?"白若水脱口而出。

江山一听,整个人不禁一怔。

2

淙淙流淌的小河边,几个小孩子在玩耍。白若水走近一看,见昨天给江山纸条的那个扎着两根小辫的小女孩也在其中,便向江山打了个手势,然后笑眯眯地走了过去。

"小妹妹,你好。"

"阿姨好。"小女孩向白若水笑了笑。

"这个漂亮的钥匙扣你喜欢吗？只要你回答阿姨几个问题,这个小熊钥匙扣就归你了,好不好?"白若水说完,便像变戏法似的,手里突然多了一只可爱的小熊钥匙扣。

"喜欢,你真的会送给我吗,阿姨?"小女孩那双充满渴望的眼睛,早已暴露了她小小的心事。

"会的,阿姨呢,只是想知道昨天上午你给叔叔的那个小纸条,是谁让你给的?"白若水缓缓地问道。

"是一个叔叔让我给的。"小女孩如实答道。

"你认识他吗?"白若水轻声问道。

"不认识。"小女孩摇了摇头。

"他长什么样子呀,你还记得吗?"白若水继续问道。

"不记得,他戴着草帽,没看清楚。"小女孩想了想说。

"草帽？你是说他头上戴着一顶草帽?"白若水一怔。

"对,我好害怕,不敢去看他的脸。"小女孩胆怯地说。

"那他有没有对你说什么?"白若水故作轻松地问道。

"那个叔叔递给我一张小纸条,让我给那边站着的叔叔。"小女孩手指着站在旁边的江山说。

白若水看了看她的表情,不像在撒谎,便接着问道:"你再想想看,他还有没有对你说什么呢?"

"没有,我很害怕,就跑了。"小女孩咬着手指说。

白若水见小女孩很乖,便把小熊钥匙扣递给了小女孩,小女孩立即开心得笑成了花儿。

白若水还想问些什么,却看到一个矮胖的男人边向这边走,边挥舞着手说道:"你们几个小孩子别在这里玩了,快回村里吧,这里死人了,不安全。"

几个小孩子一听,马上像惊鸟一般跑开了。

白若水走到江山身旁,望着那个矮胖男人,突然心生厌恶。她扭过脸去,不想再看那个男人。谁知,那个矮胖男人却偏偏向他们这边走了过来。

"喂,你们两个是干什么的?不是村里人吧,看起来这么陌生?"矮胖男人凶巴巴地说。

"哦,兄弟,你是……"江山望着对方那张胖嘟嘟的脸,怎么看都觉得有些眼熟,忽然间他想起了一个人,刘二愣!

他刚想说出对方的名字,可还没等他开口,就见刘二愣一把抓住他的胳膊,激动地跳了起来:"哟,你不是江山吗?你这家伙怎么跑回来了?什么风把你给吹来了?"

"刘二愣,还真是你!"江山惊喜地说道。

"你身旁这位是……白若水!"刘二愣眼前一亮,"惨了,美女越长越靓了,害得我竟然没认出来。"刘二愣讨好地说。

白若水勉强笑笑,没有言语。

刘二愣盯着白若水的脸,继续说道:"你们两个怎么在这里站着呀,还不到家里坐坐?"

"哦,不用了,改天吧,早上我们想出来活动一下身体。"白若水撒了个谎。

"那也好,你们住哪儿?白家老宅还是旅馆呢?"刘二愣故作关心地问道。

"老宅。"江山答道。

"住老宅也不错,老宅清静。对了,王震家出事了,你们知道吗?"

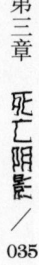

"呃?"

江山和白若水面面相觑。

3

刘二愣见江山和白若水神色有些异样,便尴尬地笑了笑,说道:"哦,我也是早上刚听说的,王震死了,他家里都乱套了。"

"王震怎么会死了呢?"江山低声问道。

"你们还不知道呀?听别人说是淹死的,出事地点就在这里。"刘二愣指着刚才那几个小孩子玩的地方说。

"王震那么大的一个人,怎么会被淹死呢?"江山一脸惊讶。

"是呀,听人讲他昨晚出来拉屎,就再也没回去,可能是喝酒了吧。唉,只怪他命太不好,丢下女人孩子,可怎么办呢?"刘二愣叹道。

"王震有没有仇人呢?"江山好奇地问。

"这,好像没有吧。我们这几个你也都知道,平时打架倒少不了他的,以前在孤儿院,还不是一天打多少次的,现在打架少了,不过就算打架,也不会变成仇人吧。"刘二愣答道。

"他平时有没有得罪过谁呀?"江山紧接着问了一句。

"应该没有吧,现在我们都变成村里人了,都和自家人差不多,偶尔有个矛盾,也不算是得罪人吧。怎么了?兄弟,你对这事看起来倒挺有研究的,以前听王震讲你现在是警校的大学生,人就是不一样了。"刘二愣挠着头,有些奇怪地问道。

"这是哪里的话呢,我还和从前一样,是你们的老兄弟。"江山连忙说。

"说得也是,毕竟咱们是一起从孤儿院长大的。对了,天不早了,不打扰你们了,我要去王震家帮忙了,看他们一家蛮可怜的。有空到家里坐坐。"刘二愣说完,便向江山和白若水两人挥了挥手,转身走开了。

江山望着刘二愣远去的背影,一脸沉思。白若水站在一旁,撇着嘴说道:"那个刘二愣现在怎么变成这样?看起来色迷迷的,比色鬼还令人作呕。"

"唉,人都是在不知不觉中变化的。"江山叹道。

"那你会不会变?"白若水笑嘻嘻地问。

"当然也会,不过,无论怎么变,我的心都不会变。"江山神情坚定地说。

"哦,要是有一天,我发现你的心变了,就把它挖出来,煮了吃。"白若水说完,扑哧一声笑了出来。

"要变也是为你变的。"江山说完,他原本盯着地面的眼睛,突然睁得好大。

"怎么了?小山子,你在看什么?"白若水好奇地问。

江山摆摆手,示意她不要讲话。白若水顺着他的眼神望过去,整个人也不禁一愣。

"血,那里有血!"白若水尖叫道。原来在不远处褐红色的地面上,竟有两滴不太引人注目的血!

那两滴血好像豆粒般大小,也呈褐红色。如果不仔细看,一般人是不会瞧出来的。两人走过去,望着那两滴血不由得满是疑惑。

这血是谁留下来的?是王震还是凶手?或是死去的何老师?江山用手捏起了一点血土,放到鼻子前闻了闻,一股血腥味立即迎面扑了过来。

"怎么样?有什么线索?"白若水低声问。

江山摇了摇头,这时,白若水惊叫:"小山子,这里还有。"

果然,在离他们几步远的地上,又有几滴鲜血出现在他们眼前。江山数了数,一共是七滴,和刚才他们发现的血滴一样,都呈褐红色,颜色都有些暗。

"这是怎么回事,小山子?"白若水疑惑地问。

"现在还不好说,但这些血滴对我们来说无疑是有价值的。"江山说到这里,便从口袋里掏出一张纸,把地上印有血滴的土块包了起来。

"我看可能是王震的,要不就是凶手的。王震死前,肯定挣扎过。我们找机会,看看王震身上有没有伤口就知道了。"白若水在一旁提醒。

"对,王震下葬前,我们一定要找到机会。"江山表情凝重地点了点头。

"喂,小山子,你快来看。"白若水沿着血滴继续向前走,没想到,却在一棵大树下,发现了一只死鸟。那只死鸟身上血迹斑斑,死前好像被人无情地踩踏和糟蹋过。

江山也不由得一怔。难道地上的血是死鸟留下来的?他们刚才所有的猜测都是错的?是不是他们太多疑了?竟把一起普通的溺水案看成是谋杀案？

江山越想心里越乱。

4

当晚，江山暗地潜入王震的停尸房，他见四周无人，便准备打开棺材查看王震的尸体有没有伤口。

正在这时，只听咯吱一声门开了，王秀芝一身素衣走了进来。江山一见，连忙躲在了不易被别人发觉的棺材后面。

王秀芝的眼睛哭得肿肿的，她一走进来就扑到棺材上，大声痛哭了起来。

"王震呀，你这个没良心的，怎么说走就走呢，你好狠心啊！丢下我们孤儿寡母的，以后可怎么办呀？你这个死人啊，早不死晚不死，偏偏在这个时候死，你这不是让我活受罪吗？我的命好苦呀，怎么这么倒霉啊！王震啊，你回来吧！你别丢下我们不管哪。"王秀芝哭着哭着，忽然停住了。她隐隐地感觉身后似乎有什么动静，便擦了擦眼泪，扭头看了看，却什么也没有看见。于是，她又嘤嘤哭泣起来。

哭了一阵儿，王秀芝又听到身后有轻微的响动，便偷偷地转回身，望了又望，可还是什么也没有看见。她刚想起身离开停尸房，却一把被人抱住了。

"想死我了，秀芝。"刘二愣暧昧地说。

"是你？怎么是你？"王秀芝惊讶地说。

"不是我，还能是谁呢？你只是我一个人的，其他人要是敢这样，我非宰了他不可。"刘二愣霸道地说。

"你也不看看是什么时候，偏偏选择在这个时间！"王秀芝神情紧张地向窗外望望，生怕有人看见。

"这个时间怎么了？这个时间正好，王震死了，该我们好好快活了。"刘二愣得意地说。

"哼，王震是不是你害死的？"王秀芝怒道。

"我害他干什么？就算我有这个心，也没这个胆量呀。"刘二愣有些委屈地说。

"他,他不是被你害死的?"王秀芝一怔。

"我哪有这个胆子去杀人啊?你是不是把我也想得太坏了些?"刘二愣不高兴地说。

"哦,那他,他真的是溺水死的?"王秀芝半信半疑。

"他不是被人从河里捞出来的吗?不是溺死的,还能是怎么死的?"刘二愣有些奇怪地问。

"是呀,我也觉得有些奇怪,河水那么浅,他水性又不错,怎么会掉到河里淹死呢?"王秀芝满腔困惑。

"你的意思是说,我害死了王震?"刘二愣脸一沉。

"不,二愣子,我不是那个意思,我只是觉得有些奇怪罢了。"王秀芝摇了摇头。

"哦,那他昨天晚上是不是喝醉酒了?"刘二愣低声问。

"他是喝了些酒,但没醉呀。他喝了两杯,我就不让他喝了。"王秀芝答道。

"好了,好了,不说这个了。反正他死了,现在是我们的两人世界了。"刘二愣说着,便一把抱起王秀芝,把她放到木床上,两人很快便滚到了一起。伴随着时高时低的呻吟声,王秀芝闭着眼睛,享受着从来没有达到过如此高潮的鱼水之欢。

"哎哟,你把我弄疼了,轻点,轻点。"王秀芝气喘吁吁地说。

"我就喜欢这样,我就喜欢这样。"刘二愣一边叫喊着,一边加大了力气,向王秀芝进攻。王秀芝被刘二愣弄得更加兴奋,两人越搞越来劲儿,可苦了躲在棺材后面的江山。

江山蹲在棺材后面,一动也不敢动,更不敢出声。他生怕惊动了这对野鸳鸯,引来不必要的麻烦。只好等机会,再想办法查看王震的尸体了。

王秀芝睁开双眼,当她的眼神落到窗户上时,不由得恐惧地睁大了眼睛。

"鬼,有鬼!"王秀芝惊悸地尖叫。

正在兴头上的刘二愣,被王秀芝这么一叫,不禁兴趣大减:"妈的,叫什么叫呀,你一叫我就软了。"

王秀芝没反应,两只眼睛仍然惊恐地望着窗外。刘二愣顺着她的眼神望过去,却什么也没有看到。他心里禁不住一阵怒火。

"哪里有什么鬼?我还要再来一次,这次你别瞎叫了。"刘二愣掰开王秀芝的双腿,刚想再次进入,却见王秀芝闭着眼睛,一点儿反应也没有,

原来王秀芝已被吓得晕过去了。

刘二愣见势不妙,顾不上提裤子,就以极快的速度偷偷溜了出去。江山见屋里半天也没动静,以为两人完事走了,便赶快打开棺材,查看了一下王震的尸体。

果然,王震的头上左侧部位,有一个一指多长的伤疤,好像刚留下来不久。而其他部位,却没见什么伤痕。有一点儿让江山感到奇怪的是,王震的衣服里竟然有一朵鲜红色的康乃馨。江山拿起了康乃馨,若有所思。

江山盖上棺材,正想离去,却一眼看见了躺在床上衣衫不整的王秀芝。

刚才他听到她喊有鬼,心想是不是被吓晕了,他犹豫了一下,然后走过去,向王秀芝的脸上啪啪打了两巴掌,王秀芝被江山这样一打,竟然悠悠地醒转了过来。

而此时,江山已经快步走到门外,消失在茫茫黑夜里。

5

王震是三天后下葬的。

下葬那天晚上,江山隐隐感觉到还会发生什么事情,可到底是什么事,他也说不清楚,他怕白若水为他担心,便等她睡着以后,一个人悄悄地来到王震家。

谁知,他还没走到门前,便看见两个人鬼鬼祟祟地从里面走出来,其中一个人手里拿着一把铁锹,另一个人的身后,还背着一个鼓囊囊的布袋。

江山打开手机一看,此时正是凌晨两点一刻。

只听一个女人的声音:"二愣子,我们会不会被人发现呀?"

那个男人说:"不会的,谁这时候不睡觉,会出来盯着我们呢?就算看到了,我们就说去丢王震留下的那些不吉利的东西。"

"嗯,还是你聪明。"女人压低了声音说。

江山一听两人的对话,立即判断出这两个人正是王秀芝和刘二愣。只见他们两人一路偷偷摸摸地向坟场走去,江山尾随其后,不知两个人在搞什么鬼。

刘二愣和王秀芝来到王震的坟前,站住了。刘二愣把布袋扔到坟前,随后吐了一口唾沫,从王秀芝手中一把夺过铁锹,二话不说,就在离王震的坟前不到十步远的地上,挖了起来。

王秀芝在一旁看着,也不说什么话。后来她实在忍不住了,不由得吧嗒吧嗒地往下掉眼泪。

"我的命怎么这么苦呀?我这是惹了哪门子神仙了,这么倒霉?唉,今后我可怎么办呢?剩下我们孤儿寡母的,以后可怎么生活呀?二愣子,你可不能丢下我不管,要不你就不得好死。喂,听到了吗?我在跟你说话呢!你说那个死人早不来晚不来,偏偏王震下葬这天跑到我家里,是不是被王震的魂勾来的呀?"

刘二愣一边挖坑,一边被王秀芝说得心烦意乱。可当他听到王秀芝说的最后一句话时,浑身不禁一震。

他原本就有杀王震的心,为了和王秀芝能天天在一起。可谁知,还没等他下手,王震就溺水而死了。这件事还真有点邪门!

刘二愣想到此,猛地一抬头,却看到不远处的一座坟前忽然冒出一张惨白冰冷的鬼脸,正阴森森地盯着他。他吓得哇的一声大叫起来,扔下手中的铁锹,撒腿就跑。

王秀芝不知道发生了什么事情,她见刘二愣被吓跑了,自己也跟在他的屁股后面跑出好远。江山见此情景,向四周看了看,什么也没有发现,周围仍然是黑糊糊的一片,一点动静都没有。

他蹑手蹑脚地来到王震坟前,打开布袋,掏出手机借着微弱的光亮,他看清布袋里装着的是一个人,一个已经死去的男人!

这个男人约有四十多岁,脸色黝黑,一摸身上还有点热气,看来应该刚死不久。江山检验了一下这个男人的尸体,发现他身上并没有一点伤痕,那么他是怎么死的呢?江山心里好一阵奇怪。

这个男人是谁?他和王秀芝与刘二愣之间有什么仇恨,才使他们痛下杀手呢?王震的死与他有关吗?他半夜潜入王震家要干什么?他会不会就是凶手?霎时,一连串的问题让江山的头变得好大,他想了想,还是不要打草惊蛇好,便悄悄地返回了住所。

刘二愣和王秀芝跑回家里,两人不禁互相埋怨起对方来。王秀芝指着刘二愣的鼻子说:"你这个没良心的,我还没死,你就抛下我不管了。我的命怎么这么苦,我真是瞎了眼,遇上你,真是我的不幸啊!"

"好了,别说了,刚才可把我吓坏了。"刘二愣语气颤抖。

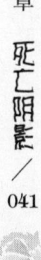

"把你吓坏了？难道会有鬼要吃了你不成？"王秀芝不相信地说。

"别说了，在坟前我碰到鬼了。"刘二愣向王秀芝摆了摆手，然后懊恼地低下了头。

"鬼？你是说你真的碰到鬼了？"王秀芝一愣，她忽然想起那晚她和刘二愣在做爱时，看到窗外那个恐怖的鬼脸，心中立刻慌成一团，"那该怎么办呢？要不把那个收破烂的李扁赶快埋掉，要是等到天亮，被别人发现了，就会怀疑到我们的头上呀。"

"你等等，我想想。"

"哦，你是不是看花眼了？不会真的有鬼吧？"王秀芝怯怯地说。

刘二愣一听，想想也有理。或许真的是自己看花眼了吧，这世上哪有鬼呢？好多时候，还不是自己吓自己？

他这么一想，胆子也大起来了，便对王秀芝说："你给我拿瓶白酒来。"

王秀芝一听，便很快拿出一瓶白酒，递给了刘二愣。刘二愣打开瓶盖，二话不说，咕咚咕咚地一口气喝下半瓶。他咂咂嘴说："你在家里等我，我把那小子埋了就回来。"王秀芝点点头，心中却满是担心。

刘二愣借着酒劲儿，一溜烟来到王震坟前，他见李扁的尸体还在，便把他扔到挖好的坑中，然后又用土埋住。

十分钟后，终于埋好了。他向四周看看，见并无异常，于是长长地舒了一口气，那颗悬着的心，这才渐渐地放了下来。

刘二愣转过身，正准备离去，忽然感到身后有异常的响动。他还没有来得及回头，就感到脖子突然一紧，致命的疼痛立刻向全身蔓延开来。

死神是降临了！千躲万躲还是没有躲过这一劫，这时刘二愣才模模糊糊地意识到，自己快要死了，一切都已经来不及了。

他的眼前猛然一黑，整个人晕了过去。

『第四章』

危险陷阱

scarlet Carnation

1

王秀芝在家里坐到天亮,也没有看到刘二愣回来。她想到王震坟上去看看,可又怕别人看到说三道四,就只好坐在家里干着急。

门外一阵嘈杂的脚步声,打断了她不安的思绪。她走出门一看,见村里的人都往村口跑,大家慌慌张张地也不知去干什么。

王秀芝不明白发生了什么事,便也跟着跑到了村口。等到了村口的老槐树下,她一下子傻眼了。大家都指指戳戳着树上吊着的一个男人,她一看那个男人不是别人,正是刘二愣!

刘二愣怎么会突然上吊了呢?他有没有把李扁的尸体埋掉呀?昨夜他是不是真的遇上鬼了?他在坟上到底发生了什么事情……她想着想着,整个人忽然间失去了意识,极度的恐惧和眩晕一起向她压来,她身子摇摇晃晃,终于支撑不住向下倒去。

在这千钧一发的刹那,一双温暖的手扶住了她,她模模糊糊地看到一个年轻漂亮的女子,似乎在哪里见过,却又一时想不起来是谁,然后她便什么也不知道了。

白若水扶着身材发福的王秀芝,有些力不从心。她望了望挂在树上的刘二愣的尸体,见有人壮着胆子把刘二愣从树上放了下来,便咬咬牙,继续费力地抱着王秀芝。

江山挤进人群,仔细观察着刘二愣的尸体,想从中发现些什么。可遗憾的是,刘二愣的尸体,除了脖子上有明显的勒痕外,其他什么伤痕也没发现。有一点可以证实的是,刘二愣上吊用的工具是他自己身上的黑色上衣,让人很容易想象得出,他死之前,把黑色上衣向树上一搭,然后将两袖子拧了个扣儿,脖子往里一抻,便一命呜呼了!

突然,刘二愣紧闭的嘴唇引起了他的注意,他犹豫了一下,然后掰开刘二愣的嘴,果然,江山在刘二愣的嘴里,发现了一朵血红色的康乃馨。周围的人见了,不由得一阵欷歔。

刘二愣的嘴里怎么会有朵康乃馨呢?难道又与那个……诅咒有关?江山猛地想起他收到的那个小纸条上的黑色预言:死神来了!杀人游戏开始了!"八人帮"会死,与你们接触的每一个人都会死,你们将会生不如死……江山的心一颤，正在这时，他听到白若水小声地喊："小山子，快来帮个忙。"他扭头一看，见白若水怀里抱着已经晕过去的王秀芝，霎时明白了，便马上走了过去，两人扶着王秀芝回到了王震家中。

白若水倒了一杯热水给王秀芝灌下，没多久，只听哎哟一声，王秀芝惶恐地醒了过来。她一睁眼，便看见了江山和白若水，整个人不禁更充满了胆怯和恐惧。

"你，你们是……"王秀芝神情恍惚地问道。

"别怕，我们是好人，我叫江山，是和王震一起从孤儿院长大的。"江山又一指白若水，"她叫白若水，刚才多亏了她，我们才把你送回家里。你可以告诉我们，到底发生了什么事吗？"

"我也不知道呀，我在那里站着站着，也不知怎么就晕倒了。"王秀芝一片茫然。

"刘二愣你认识吗？"江山直接开门见山地问。

"呃，不太熟。"王秀芝犹豫了一下，说道。

"那王震你认识吧？"江山缓缓地问道。

"他，他是我老公啊。"王秀芝一听，立即大声哭了起来，"哎呀，我的命真是好苦哟。呜呜呜……"

"王震是怎么死的，你知道吗？"江山严厉地问道。

"王震？"王秀芝猛然一惊。

"对。"江山点了点头。

"他，他不是溺水死的吗？"王秀芝慌乱地说。

"谁告诉你的？"江山不动声色地问。

"这……村里的乡亲都见了。"王秀芝见江山无比凌厉的眼神正望着自己，不由得浑身一哆嗦，瞬间慌成了一团。

江山看在眼里，更肯定了心中的猜测，王震不是人们想象中那样溺水而亡的，里面一定大有隐情。

2

江山的话好像一把锋利的匕首，一下子刺中了王秀芝的要害，王秀芝心中不由得一阵紧张。

"王震,他不是溺水死的。"江山一字一顿地说道。

王秀芝一听,更是慌乱得说不出话来。她支吾了半天,才说道:"和我没关系,我真的不知道呀。"

"那他是怎么死的?不会和你一点儿关系都没有吧?"江山冷冷地说。

"这,我真的不知道啊。不是我干的,王震无缘无故溺水而死,我也感到好奇怪啊。"王秀芝疑惑地说。

"那他死的那天晚上,都干了些什么?"江山凌厉的眼神,让王秀芝不寒而栗。

"哦,那天白天我们一直在饭店里忙活,到晚上,没客人了,11点多吧,他叫我炒了两个菜,又弄了一碟花生米,他一个人坐在饭店里喝闷酒,我怕他喝醉,就劝他少喝些,谁知遭到他一顿骂。我看他不高兴,便没再多言语。还好他喝了两杯就不喝了,说是肚子疼,于是上厕所拉屎,我也就回屋睡觉了。后来到了半夜,他又说肚子不舒服,要出去拉屎,可去了半天也没见他回来。第二天早上,我便叫上邻居一起去找,没想到,他——他竟然死掉了。"王秀芝回忆着说。

"最后一次上厕所前,他有没有对你说些什么?"江山继续开口问道。

"没有,他只是骂了一句:'妈的,肚子见鬼了',就出去了。"王秀芝如实说。

"你看时间了吗?那时候是几点?"

"大约是两点半吧。他起来之后,我也醒了。我打开灯一看,外面天还黑着呢,我迷迷糊糊地看了一下表,刚好是两点半。那晚我特别困,所以也没多想,翻了个身又继续睡了。谁想到,他,他再也没有回来……"王秀芝哽咽道。

"王震平时得罪过谁吗?有没有和谁产生过很深的矛盾?"江山紧紧地盯着王秀芝的眼睛,似乎想从中发现什么玄机。

"好像也没有吧,别看王震他脾气有些暴躁,有时候会无缘无故发火,偶尔也会跟别人吵架,但事情过去就没事了,人还和从前一样,也不会跟谁斤斤计较,更不会往心里去。他这个人就是这样,平时大大咧咧的,可心还是好的。了解他的人,都知道他这一点,所以大家还是满喜欢他的。尤其是开了这家小饭店之后,他的性格也变了不少,脾气比以前好多了。"王秀芝迟疑了一下说道。

"你这家饭店是什么时候开的?"

"有两年了吧。"

"刘二愣跟你是什么关系?"江山试探着问。

"仅仅……是认识而已。"王秀芝低下头不敢正视江山。

"那王震和刘二愣之间呢?"江山明知故问。

"刘二愣有时候来我们饭店里吃饭,他,他只是个客人,不是很熟。"王秀芝撒谎道。

"哦?不仅仅是客人这么简单吧?王震和刘二愣都是从孤儿院长大的,他们以前是铁哥们儿,怎么会只是客人的关系呢?"江山冷笑道。

"啊,这,这,你怎么知道?"王秀芝大惊失色。

"我刚才已经说过了,我和他们是一起在孤儿院长大的。"江山提醒道。

"是,是的,我……"王秀芝支支吾吾说不出话来。

"刘二愣还是你的情人对不对?"

"这,这,我,这……"王秀芝的脸红一阵白一阵。

"王震到底是怎么死的?"江山厉声问道。

"我真的不知道啊!我已经很对不起他了,怎么还会去害他呢?"王秀芝慌忙说道。

"是不是刘二愣害死的?"江山怀疑地问。

"不,不,不是他。"王秀芝拼命地摇头。

"你怎么知道?"

"当初我也有些怀疑是他,可是他亲口告诉我,不是他,王震的溺水,真的和他没关系呀。"王秀芝解释道。

"你就这么信任他?"

王秀芝低头不语。江山望了白若水一眼,然后叹息着摇了摇头。半响,王秀芝才艰难地抬起头,说:"好吧,我告诉你们,全告诉你们。唉,我知道迟早会有这么一天的。"

江山和白若水相视一望,心中不由得一阵暗喜,调查终于有眉目了。

王秀芝见瞒不过,只好对江山和白若水两人吐出实情:"两年前,经媒

人介绍我和王震认识了。那时候,我们家刚开了饭店,正需要帮手,于是,我爹便让他过来帮忙。经过一段时间相处后,我爹和娘见他为人诚实,心地不错,就有意撮合我们俩。一个月后,我们结婚了。本来我们过着很平淡幸福的生活,可是忽然有一天,一切全变了。"

王秀芝说到这里,眼圈发红,晶莹的泪珠在眼眶里直打滚,可终于还是忍不住滴落下来。她擦了擦眼泪,满心辛酸,想平静下来,可波动起伏的心潮始终难以抑制。

"那天,他回来时,身后跟着一个年轻小伙子,他把那个小伙子拉到我跟前说,这是和他从小一起长大的哥们儿,叫刘二愣,以后叫他二愣子就行了。刘二愣向我笑笑,然后叫了声嫂子,便去帮忙招待客人了,就这样刘二愣在我们家的西屋住了下来。有一天晚上,客人走光以后,王震和刘二愣在一起喝酒,两人边拳边大骂这个世道不公平。我知道,王震心里不痛快,他自从去了几次市里之后,回来就好像变了一个人一样,干什么都提不起精神。我问过他几次到底怎么回事,他总是一听就发火,我也就不再问了。现在才知道,他心里那个一直解不开的疙瘩,是他的自卑造成的。"王秀芝咽了一口唾沫,缓缓地说。

"自卑?"江山一愣。

"对,他和刘二愣在一起骂来骂去,我才知道,和他一起在孤儿院长大的那些人,经商的经商,做老板的做老板,个个都比他混得强,他心理不平衡,有怨气没地方发泄,所以那晚他们两个都喝醉了。我把王震扶进屋后,又把刘二愣扶进屋里。谁知,却、却……"王秀芝说到这里却不再往下说了。

"刘二愣强奸了你?"江山想了想,问道。

王秀芝点了点头。

"我怎么挣扎都没用,他的力气好大,我想喊,嘴又被他捂着,我只好、只好顺从了。从此,他便隔三差五地来找我,我不敢告诉王震,心里又害怕这种事情传出去,就一次次地顺从了他。可没想到,这样反而使他越来越大胆。终于,我最担心的事情发生了。一天下午,王震没在家,饭店里也没什么客人,我正在屋里休息,刘二愣醉醺醺地走了进来,二话不说,就要脱我的裤子。我正在反抗时,王震突然回来了,他一见此景,气得上前就和刘二愣打了起来。刘二愣酒也醒了,见势不好就跑了,我也被王震毒打了一顿。"王秀芝痛苦地说。

"那后来呢?"江山接着问道。

"后来我以为事情结束了,谁想却是我噩梦的开始。王震经常动不动就打骂我,说我给他戴了绿帽子。我爹看不下去,就来劝架,却不小心踩上摔碎的酒瓶滑倒了,从而引起心脏病发作,一命呜呼了。我娘也被活活气死了。我生了孩子后,他的火气更大,他嫌我生的是个女孩,又说不是他的种,所以常常不给我好脸色看。"王秀芝继续说道。

"那刘二愣呢?"

"我也是听别人说的,刘二愣不久就跟村里一个姓李的寡妇同居了。有一次,我去田里摘菜,回来时正好经过一片玉米地,那时天快黑了,我有些害怕,可又一想过了玉米地就到村里了,于是,就从玉米地里穿过去。谁知,刚走了没多远,我就感觉背后好像有人跟着我,我当时想可能是太累了,一时出现的幻觉吧,就没在意。可等我发现时,已经晚了。他一直偷偷摸摸地跟在我身后,那天他又强奸了我。次数多了,我也麻木了,也就认命了,便假意跟他好。没想到,却害死了王震。"王秀芝满脸愧疚。

"王震死的那晚,刘二愣在哪里?"江山好奇地问。

"不知道,可能是在李寡妇那里吧。不过,我不相信是他,他怎么都不会害死王震的,他们毕竟是一起长大的兄弟。"王秀芝低泣道。

"唉,你也太相信他了。许多事情,往往是出乎意料的。"白若水在一旁叹道。

"可是他……"王秀芝只说了一半,又咽了回去。

"王震下葬那天,你和刘二愣干什么去了?"江山故作轻松地问。

"没有呀,我一直待在家里看孩子,刘二愣应该和李寡妇在一起吧。"

"李寡妇?"江山一怔。

"嗯,是的,她叫李凤月,嫁人不久,就死了丈夫,人们都叫她李寡妇。"王秀芝声音低低地说。

江山一脸平静,王秀芝的话,似乎早在他的意料之中。

"我对你说的是真的。"王秀芝肯定道。

"不对,你撒谎。"江山一语道破天机。

王秀芝脸一红,低头不语。

"李扁是怎么死的?"江山突然问道。

王秀芝被江山锋利的眼神,盯得浑身不自在。她听到这话,先是一愣,随后吓得脸色苍白,冷汗淋漓。

4

王秀芝万万没有想到,江山会出其不意地戳穿她的谎言。

"你,你……"王秀芝惊讶得张大了嘴。

"那晚我就在你家门外,亲眼看到你和王震走出去。"江山紧盯着王秀芝的脸。

"唉!"王秀芝叹了一口气,无奈地说道,"看来你们都知道了,我就都告诉你们吧。"

"王震下葬那天晚上,我把孩子哄睡了之后,一个人在屋里整理他的遗物。差不多凌晨一点的时候,我忽然听到院子里扑通一声响,我吓了一跳,便小心翼翼地走出去看是什么动静,谁知,竟然在墙根下看到一个死人。我一下子吓得不得了,差点晕了过去。"王秀芝一想起那晚所发生的事,浑身不住地打哆嗦。

"你是说当时你发现他时,他已经死了?"白若水一怔。

"对,我立即就蒙了。我还以为是王震的魂回来闹腾了,可用手电筒一照,才发现这个人竟然是李扁。"王秀芝缓缓地说道。

"李扁是什么人?"江山在一旁问道。

"他也就是一个拾破烂的,附近好几个村的破烂他都捡,所以村里的人大部分都认识他。"王秀芝如实说道。

"李扁怎么会死在你家院子里?"江山疑惑地问道。

"这我也不清楚呀,我从屋里出来时,他已经死了。"王秀芝也是一脸茫然。

"李扁为人怎么样?"江山见王秀芝不像是在说假话,便又继续问。

"嗯,不怎么样。他这个人有时爱偷鸡摸狗的,品行不太好。"

"哦,那他与你家有什么矛盾吗?"白若水忍不住问。

"没有,有时我们见他可怜,还把饭店的剩饭剩菜拿给他吃,他对我们也挺感激的。可就是不知道他为什么会突然死在我们家?"王秀芝摇了摇头。

"那你和刘二愣为什么要把他埋了?"江山严肃地问。

"我是害怕呀,他死在我们家,我一下子也说不清楚,怕引起别人的猜疑,便连夜把刘二愣叫来,让他替我想想办法。他说把人埋到坟地里得了,这样神不知鬼不觉,谁也不知道他是死在我们家里的。我一听也就同意了。可谁知,刘二愣当晚竟上吊了。我,我真是遭报应了。"王秀芝后悔莫及。

"李寡妇家在哪儿?"白若水望了江山一眼,问道。

"出门后向北走,第二个路口,左数第四家就是。"王秀芝低声说道。

"对了,还有一个重要问题要问你,你和刘二愣在灵房里偷情那晚,你有没有往王震的棺材里放过一朵红色的康乃馨?"江山有些紧张地问。

"康乃馨?没有啊,怎么了?"王秀芝满脸疑惑。

"好的,今天我们的谈话,最好不要向别人讲,以免引起不必要的麻烦和误会。"江山严峻地说。

"放心,我不会对谁说的。"王秀芝答道。

江山和白若水交换了一下眼神,两人从王秀芝家里出来,径直来到李凤月家。李凤月正独自在家里抹眼泪,她听说刘二愣死了,满心悲伤,却又无处倾诉。

这时,外面忽然传来了敲门声,李凤月犹豫了一下,然后赶快拿毛巾擦了擦眼泪,急步走了出来。打开门一看,她不由得愣住了,门外站着一男一女,可自己并不认识他们。

"你们是……"李凤月满脸疑惑。

"哦,我们是刘二愣的朋友,想来了解一点事。"白若水轻声说。

李凤月一听,脸色忽变,随后强作欢颜:"好,两位请进吧。"

两人随着李凤月走了进来,白若水趁江山和李凤月交谈之际,细细打量了一下屋里的环境。屋里的摆设十分简单,也很干净。突然她的眼神落到床尾的那两件男式衣服上,她的心不禁一动,心想那两件男式衣服可能是刘二愣留下来的吧。

江山望了一眼李凤月,单刀直入道:"你和刘二愣同居有多久了?"

"半年吧。"李凤月轻声说道。

"你们是怎么认识的?"白若水好奇地问道。

"是他来找我的,他说他喜欢我,不嫌弃我是一个寡妇。我身边没有男人,也需要一个男人来照顾我,只要他对我好,这就足够了。"李凤月低声说道。

"这半年来,刘二愣有没有什么反常?"江山不动声色地问道。

"没有,他对我很好,在我面前,也很温柔,很少发脾气。"李凤月摇了

摇头。

"刘二愣得罪过谁吗?"江山继续追问。

"好像……没有吧,他在我眼里,是一个好人。"李凤月断然否定。

"刘二愣和王秀芝的事,你知道吗?"

"知道,那是他的从前,我不在乎他的过去,只要现在他对我好就行了。"

"你知道刘二愣现在还和王秀芝有来往吗?"

"那是他和王秀芝之间的事,因缘未了,苦果自食。我不会干涉他做其他的事,那是他的自由。"李凤月苦笑。

"王震出事那晚,刘二愣在哪里?"

"他和我睡在一起。"李凤月犹豫了一下,才说。

"刘二愣有没有中间离开过?"

"他上过一次厕所,也就五分钟的时间。"

"你怎么知道?"

"他醒后,我也醒了。我一直看着表,等他上厕所回来,然后见他睡了,才睡下。"

"那你以后有什么打算?"白若水同情地问道。

"想离开这个伤心的地方,我一个人无牵无挂,去哪里都可以。"李凤月悲伤地说。

"你没有孩子吗?"白若水奇怪地问道。

"三年前生病死了。"李凤月低着头说。

江山和白若水听到这里,都对李凤月充满了同情。忽然间,江山想起了什么,一把拉起白若水的手说:"走,有一个人对我们很重要。"

"去哪儿?"白若水的心不禁一紧。

"孤儿院。"江山一字一顿地说。

5

江山和白若水两人赶到孤儿院里,可还是迟了一步。门卫室里,陈大爷倒在地上,他惊恐地捂着胸口,身子一阵抽搐,表情极其痛苦。

"陈大爷,你怎么了?"江山一见,连忙把陈大爷扶起来。白若水也赶忙倒了一杯热水,放到陈大爷嘴边。陈大爷摇了摇头,他用手指着江山,似乎有话要说。可嘴动了半天,却一个字也没有说出来。突然他的头一歪,灰暗的眼珠霎时失去了光彩,两个眼皮很快搭了下去。

"不好,他死了。"江山一惊,可再想抢救已经来不及了。江山心里非常懊悔,眼睁睁地看着陈大爷死在自己面前却无力挽回。

"小山子,别急,我们再想想办法。"

"唉,已经晚了。"

他叹了一口气,幽幽地望向窗外。忽然,他竟看到窗外不远处的地上,被风刮起来一朵红色康乃馨。江山一怔,显然陈大爷的死,出乎他的意料,却又似乎在他的预感之中。陈大爷早不死晚不死,偏偏在这个时候死了,看来凶手是想杀人灭口啊。

"他是怎么死的?"白若水颤声问道。

"猝死的。"江山心情沉重地说。

"猝死?"白若水一怔。

"对,你看他的身上没有一丝伤痕,他的样子又不像喝了什么毒药,猝死的可能性比较大。他本身的心脏功能,可能也不太好。凶手正是利用了外界因素杀死了陈大爷。"江山分析道。

"外界因素?"白若水一愣。

"嗯,我们发现陈大爷倒在地上时,他的双眼满是恐惧,可能是看到了什么令人害怕的东西或是事情。"江山推测道。

"是呀,我也这么想,那我们现在怎么办?"白若水紧张地说。

"通知其他老师,让他们帮着料理后事吧。"江山沉思了一下,说。

"那他的死……"白若水想说什么,可只说了一半,又咽了回去。

"就说是猝死的,凶手在暗,我们在明,一旦打草惊蛇,我们更难对付了。"江山眉头紧皱。

"好。"白若水答应了一声,很快便通知孤儿院的其他老师来处理后事。其他老师也没起什么疑心,都认为可能是陈大爷年龄大了的缘故。

江山见旁边站着一位看起来很面善的中年女老师,便趁此打听道:"您好,请问怎么称呼您呢?可以向您打听一下陈大爷来孤儿院有多久了?他为人怎么样?"

"呃,我姓吴,陈大爷来孤儿院有一年了吧,他为人还不错,和大家挺处得来的。"吴老师说。

"他有什么亲人吗?"

"这倒没听说过,当初院长是看他一个人挺可怜的,便叫他来做门卫,也没见他有什么亲人。"吴老师摇了摇头。

"哦,那他和何老师的关系怎么样?"

"还可以吧,何老师那个人挺好的,和谁都处得来。只是有一两次,我好像听见他们在吵架。"吴老师想了想说。

"吵架?"江山一怔。

"是的,那次我刚上完课,听见何老师在门卫室里,指着陈大爷骂'不要脸',当时我感到十分奇怪。因为像何老师那种人,平时是很少发火的,也从来不会骂人。"吴老师回忆道。

"那后来呢?"江山接着问。

"后来何老师便铁青着脸,很气愤地从门卫室里出来了。我本来想上前劝几句,可还是忍住了。另外一次是在晚上,我从何老师宿舍门外路过,听到里面有摔东西的声音,然后就看见陈大爷骂骂咧咧地从屋里逃了出来,随后我便听到何老师的哭声。以后我只忙着孩子的事,没再注意他们,也没看到他们再有什么来往。"吴老师说道。

"哦,那你平时有没有看到陈大爷跟什么人来往过?"

"这倒没注意,不过,前几天,陈大爷家里好像来了什么远房亲戚。"吴老师说。

"远房亲戚?是男是女?"江山一听,赶紧问道。

"应该是男的吧,我只看到一个背影,似乎是一个男的。"吴老师皱了皱眉说。

"那他远房亲戚在哪儿?"

"好像已经走了吧,我就见过一次,以后再也没见到过。"吴老师答道。

江山道了声谢谢,便和白若水趁其他老师忙碌的工夫,悄然走出了孤儿院。白若水始终握着江山的手,她想安慰他几句,想了想,却又咽了回去。

"我们早该想到,凶手就在我们身边。"江山痛心疾首地说。

"是的,现在太晚了。"白若水满脸怨悔。

"不,还不晚!"江山摇了摇头。

"为什么?"白若水一愣。

"凭直觉判断,凶手可能还会再次杀人。"江山一脸沉重,突然他话锋一转,继续说道,"若水,你说最危险的地方是哪里?"

"当然是死神降临又被敌人攻击的地方了。"白若水低着头答道。

"对,可最危险的地方,又最安全。"

"你的意思是……"

"我的意思是我们要立即离开这个鬼地方,很显然凶手是冲着我们来的,只要我们离开这个鬼地方,就会避免其他人继续遭到伤害。"江山沉默了片刻,说。

"哦,那我们去哪儿?"白若水迷茫地问。

"回 N 市。"江山点燃一支烟,吸了一口,缓缓说道,"凶手很明显是想杀死何老师和'八人帮'然后嫁祸到我身上,现在,何老师、王震和刘二愣已经死了,我怕'八人帮'里的其他六个人还会遭到伤害。听说其他六人在 N 市,我们要赶到凶手前面找到他们。现在我还不能确定凶手杀人的目的是什么,但我却有一种感觉,凶手似乎一直在钉着我们,我猜想,这一系列死亡的背后,都可能与我们有关。"

"要不我们报警吧?凶手这么残忍,我们的处境太危险了。"白若水胆怯地说。

"这我也不是没想过,可一旦通知警方,我们不仅暴露了私奔的事,影响你的名誉,而且因为我每次都出现在死亡现场,警方肯定会把我列为怀疑对象,到那时我还怎么保护你呢?所以,我们的环境越是危险,就越要好好地活下去。"江山深情握住白若水的手说。

白若水的心一动,两人的眼神里都不禁多了一丝坚定。可他们谁也没有发现,在不远处的一棵大树后,一双充满仇恨的恶毒的眼睛,正阴森森地望着他们……

『第五章』

酒店惊魂

Scarlet Carnation

1

N市夏威夷酒店1602房里,白若水一脸落寞地站在窗前。她拢了一下头发,望着窗外迷人的景色,不禁陷入了沉思。

半小时前,她在大街上,用公用电话给她母亲白雅梅打了一个电话。她一听到母亲那沙哑的声音,心里便忍不住一阵酸楚,眼泪啪嗒啪嗒掉下来了。

"喂,谁呀?"白雅梅幽幽地问道。

"妈,是我。"白若水鼻子酸酸的。

"若水,是你吗?"白雅梅惊喜地问。

"嗯,妈,你还好吗?"白若水激动万分。

"唉,我都快被你气死了。你现在在哪里?"白雅梅叹了一口气。

"你放心好了,妈,我在一个很安全的地方。我听说天诚他,他……"白若水支支吾吾地说。

"他遗体前几天火化了。唉,你们两个真是一场孽缘啊。要是早知这样,当初我真不应该叫你嫁给他。现在闹得满城风雨,我都不敢出去见人了。"白雅梅十分后悔地说。

"妈,对不起,我真的不是有意的。"白若水说到这里,不由得顿了顿,又接着说道,"对了,妈,你和素雨现在住在哪里?"

"水依阁呗,毕竟名义上我也是顾天诚的丈母娘,他还能把我赶走呀?再说他人也死了,家里没个人操持。唉,他那么年轻就去了,真是可惜。"白雅梅惋惜地说。

"妈,你和素雨还是搬走好,回咱们家住吧,我怕那里不太安全。"白若水连忙劝道。

"不安全?堂堂新世纪总裁的家还不安全?那哪里安全呢?你是不是连妈也要气死呀?"白雅梅有些生气了。

"妈,我不是那个意思。"白若水慌忙解释。

就在这时,她忽然瞧见左边不远处的墙角下,有一个帽子压得很低的男人,正一边抽着烟一边冷冷地盯着她。她心里不禁咯噔一下,霎时充满了警惕。

"你听我说,妈,你和素雨赶快搬走,那里很危险,很危险的。"白若水着急地说。

"喂,什么很危险?"白雅梅疑惑地问。

"是……"白若水刚想再强调一遍,就见那个头戴四角平顶帽的男人向她这边走了过来。她一惊,迅速挂上了电话,向夏威夷酒店方向跑去。

白雅梅满心疑惑,不明白白若水那边发生了什么事。她以为白若水会给她解释清楚,谁知女儿却啪的一声把电话挂了,白雅梅心中不由一阵恼火,却又无可奈何。唉,孩子大了,翅膀硬了,管不住了。她叹息着摇了摇头,然后悻悻地放下了电话。

白若水一口气跑到夏威夷酒店门前,见那个戴四角平顶帽的男人没有跟来,这才稍微松了一口气。她向四周瞧了瞧,见酒店不时地有人进进出出,似乎并没有人注意到她的存在,于是,她扶着墙壁,大口大口地喘着气。

怎么回事?刚才是怎么回事呢?那个戴四角平顶帽的男人是不是就是凶手呢?他为什么一直在盯着自己?他是不是要来杀自己?

一想到此,她的心里便禁不住凉飕飕的。原以为离开了衍水村,一切都会好起来,没想到刚从酒店出来打个电话,就碰上了这种事。

她仔细地回忆着那个男人的面目,想从中寻找出蛛丝马迹,可脑海里竟然没有一点印象。由于那个男人把帽子压得很低,她匆匆的一瞥,只记住那个男人个子不是很高,走路时左腿好像有点跛。对,是的!那个男人左腿有问题!

此刻,她越想越感觉眼前天旋地转。坏了!头怎么忽然有些晕呢?她咬着牙,刚准备向酒店里走去,就见一个黑影一步步向她逼来。她抬头一看,不由得大吃一惊!站在她眼前的人正是那个戴四角平顶帽的人!

只见那个男人手里拿着一把明晃晃的匕首,满脸邪恶地笑着,向她慢慢逼过来。她满心恐惧地向后退去,整个人慌乱成一团。

白若水惊慌失措地张大嘴,刚想喊救命,就听那个男人冷冰冰地说:"你要是敢喊救命,我就立刻杀了你。"

"你,你想干什么?"白若水壮着胆子问。

"玩你。"男人冷笑着说。

"玩我?我,我给你钱。"白若水怯生生地说。

"我不要钱。"男人仍然冷冷地说。

"那你要什么?"白若水试探着问。

"哼,我只想要你的命。"男人说完,双眼突然闪出一丝凶光。

"我,我的命不值钱。"白若水慌忙说。

"你的命不值钱?那你陪我一夜怎么样?"男人狞笑着向白若水步步逼近。

"不,不,不!"白若水吓得不由得连连后退。

"那你是想死呢,还是想陪我一夜?"男人奸笑着说。

"那,你杀了我吧。"白若水心一横。

"你长得这么漂亮,杀了你还真有些可惜。我可不想让你这样白白死掉。"男人阴笑着说。

"啊,救——"白若水见那个男人拿着匕首在她眼前晃来晃去,她强作镇静,索性心一横,拼命叫喊起来。可谁知,刚喊了一个字,就感到脖子一凉,她眼前突然一黑,整个人晕了过去。

2

白若水似乎做了一个很长很长的梦,梦里梳着两条小辫的她,在一条又长又窄的小巷里,一直不停地奔跑着。她不知道自己为什么要这样拼命地跑,她只是感到满心的恐惧,压得她喘不过气来。

好像身后有什么令她感到害怕的人或动物一样,会随时冲上前来咬断她的脖颈,让她血流满地。容不得她多想,只是不停地向前跑着,跑着。可那条小巷好似永远跑不到头,是那么长,那么长,一眼望不到尽头。终于她感到累了,好想停下来休息一下,可就在这时,一个小男孩忽然出现在她眼前。

她一喜,立即走了上去:"小山子,是你吗?你怎么在这里?"

江山冷冷地望着她,却不说话。

"你怎么不说话呀,小山子?"她疑惑地向前走了两步,江山却不由自主地向后退去。

"你怎么不理我了?小山子,我哪里惹你生气了吗?"她着急地问。

江山只是冷笑着,仍旧不说话。她急了,情不自禁地走上前,一把抓住江山的手,想问个究竟。可此刻,她愣住了。她发现站在面前的不是江山,而是顾天诚。

"天诚,怎么是你？小山子呢?"她困惑地问。

顾天诚眼神复杂地望着她,同样也是一言不发。

"你怎么也不说话呀？天诚,小山子呢？他在哪里?"她心急如焚地问。

"他死了。"顾天诚喃喃自语。

"什么？他,他死了?"她一愣。

她不相信地望着顾天诚,此时,她才发现顾天诚的衣角和袖子上沾满了鲜血。她顿时一阵眩晕,好像天塌下来一样,她的眼前一片黑暗。

"是,是你杀死了他?"

顾天诚没有承认,也没有否认,他只是一个劲儿地狂笑着,然后她发现他手里不知什么时候,竟然多了一把匕首,正向她缓缓地走来。

"不,不要杀我,不要——"

白若水惊恐地摇着头,想拼命地向后退去,可双脚就像灌了铅似的,怎么也迈不动。渴,渴,她感到嘴里突然一阵干渴,整个人渴得要命。

"水,水。"白若水呓语道。似乎有人扶着她坐了起来,然后她就感觉一股清凉的液体,慢慢流进她的嘴里,她轻轻咽了下去,感到身上舒服了好多。

她的眼皮动了动,猛然间清醒了过来:"这,这是哪里?"

白若水一脸诧异。

"这是在酒店啊。"江山心疼地望着她,一时不知该如何安慰她才好,"是不是又做噩梦了?"

"是的,我,我梦到好多血,好可怕。"白若水满脸恐惧。

"别怕,有我在,一切都会好起来的。"江山心疼地说。

"嗯,对了,我怎么会在酒店里？刚才发生什么事了?"白若水一脸茫然。

"你晕倒了,是酒店的一位保安把你送上来的。"江山语气缓和地说。

"保安?"白若水一怔。

"是的。我上来时你不在房间里,我正疑惑,一位保安就扶着你上来说你晕倒在酒店外面,正好被他看见,便立即扶你上来休息。"江山不紧不慢地说。

"哦,是这样啊。"白若水皱着眉,她的头忽然有些隐隐作痛。

"怎么了？是不是不舒服?"江山紧张地问。

"呃,头微微有点疼,不过,不要紧,休息一晚就好了。"白若水用手拢

了拢头发。

"你看你,刚才还在酒店外晕倒了,一定要多休息,注意身体啊。"江山柔声说道。

"哦,我,我碰到一个男人。他,他……"白若水断断续续地说。

"他怎么了?"江山一听,紧张地问道。

"他想杀我。"白若水颤抖着说。

"杀你?"江山一怔。

"对。"白若水点了点头。

"是不是凶手?"江山猜测。

"我也在怀疑。"白若水沉默了片刻才说。

"他长什么样?"江山继续追问。

"他用帽子把脸给遮住了,我没看清。不过,他的左腿有点跛。"白若水边回边说。

"左腿?你是说他是左拐子?"江山一愣。

"是的,晚上我看不太清,不过他走路时,和正常人走路有点不一样。"白若水轻轻地点了点头。

"哦,难道凶手是个左拐子?"江山猜想。

"也有这个可能。"白若水双手托着下巴说。

"在我印象中,不认识这种人呀。凶手到底出于什么目的,要杀人呢?"江山疑惑不解。

"我也感到很奇怪,会不会他不是真正的凶手,而是帮凶呢?"白若水也是满心疑问。

"现在什么都不好说,什么都有可能。"江山刚说到这里,茶几上的电话响了。白若水伸手拿了起来,谁知,她接住电话,对方却一点声音也没有。她喂了两声,还是没音,她懊恼地刚想放下电话,就听电话里忽然一阵奇怪的阴森森的冷笑声。

"啊——"白若水尖叫一声,吓得赶紧扔掉了电话,捂住耳朵,浑身颤抖不已。

"怎么了,若水?"江山见状,慌忙问道。

白若水脸色苍白,整个身子早已哆嗦成一团。

3

江山心疼地把白若水搂到怀里,好不容易她激动的情绪才逐渐平稳下来,他那颗七上八下悬着的心方才慢慢放回了原位。

"别怕,别怕。"江山安慰道。

"电话,电话——"白若水浑身颤抖地指着电话,双眼充满了幽深的恐惧。

江山捡起电话听了听,电话里除了嘟嘟的声音外,其他什么也听不到。

"若水,冷静,别慌,刚才你听到了什么?"江山镇静地问。

"笑……笑声。"白若水胆战心惊地说。

"笑声?"江山,整个人不由一愣。

"鬼的……笑声。"白若水喃喃说道。

江山查看了一下来电显示,并没有看到有什么打进来的电话号码。他不禁满心诧异,明明刚才是电话响了,怎么会查不到来电号码呢?看来对方很小心呀!

"会不会是跟踪你的那个男的?"江山分析道。

"我不知道呀,他,他怎么会知道我住这个房间?"白若水恐慌地说。

"难道他一直在跟踪你?他真要是想杀你的话,那你晕倒的时候,他为什么不动手,而等到现在?并且还使用这种下贱的手段来吓唬你?"江山的心中充满了疑问。

"是呀,我心里也很奇怪。会不会他正想杀我时,有人来了?"白若水若有所思地说。

"也有这个可能。"江山赞同白若水的话。

"那我们现在好危险。"白若水惊魂甫定,现在又突然意识到自己和江山都处在危险中,更是愁云满腹。江山心里也是疑云密布,对方到底是何许人物?为什么要玩这种无聊险恶的把戏?要杀就杀,要砍就砍,何必使用这种小人卑鄙的手段呢?

江山想到这里,心中更是来气,他刚想破口大骂凶手一顿,就听白若水突然惊叫:"这里有张光盘!"

江山一扭头,果然看到桌子上不知什么时候竟多了一张封面上印着鲜血康乃馨的光盘。那血红血红的康乃馨,让江山的心不由得往下一沉。

　　白若水颤抖着拿起光盘,然后放进 DVD 影碟机里,画面上出现的竟然是她和顾天诚结婚的情景。白若水一脸惊讶,心中更多的却是挥不去的阴影和恐惧。她和顾天诚结婚时的录像怎么会出现在酒店里?难道又与孤儿院和衍水村发生的死亡案件有关?隐藏在暗处的凶手到底是谁?

　　而白若水的记忆也随着录像的放映,被缓缓地打开了……

4

　　往事的时针指向 2006 年 7 月 7 日,晚上 8 点。

　　新世纪大酒店的八楼正喜气洋洋地举行着一场热闹的婚礼。新娘白若水一身洁白的婚纱,含情脉脉地望着身旁的新郎。新郎顾天诚那张灿烂的笑脸,幸福得像花儿一样。此刻,他不时地瞄着腕上的手表,婚礼快要开始了,可还不见伴郎的踪影,他心里忍不住暗暗焦急起来。

　　"天诚,我来了。"

　　一个男人的身影在顾天诚眼前一闪而过,他一见,暗想说曹操曹操就到,是江山来了!他们两个人立即热情得好像一团火一样,握手、拥抱,互相捶打着对方,激动过后,两人终于平静了下来。

　　顾天诚指着在一旁早已惊呆了的新娘说:"江山,这是你嫂子,快来见见。"江山一看他身边的新娘,也不禁大吃一惊。

　　"若水?"江山惊讶地叫道。

　　"江山?怎么是你?"白若水也不禁愣住了。

　　江山和白若水目瞪口呆地望着对方,两人愣了好一会儿,才缓过神来。白若水的泪水不由自主地流下来了,当她刚看到那个熟悉的身影时,她还在怀疑是不是自己看错了,那个男人怎么会是他呢?可现在当她真真切切地看清眼前的男人时,她却慌张得不知所措。

　　这时,漂亮的主持人田甜小姐,在台上高声宣布:"亲爱的各位来宾,顾天诚先生和白若水小姐的婚礼正式开始。首先我们进行婚礼的第一个环节:恋爱甜蜜蜜。"

　　台下响起一片热烈的掌声,众人的目光都羡慕地落在了新郎顾天诚和新娘白若水身上。顾天诚依旧是春风得意地望着大家,而白若水却害羞地低下了头。

"你问我爱你有多深,我爱你有几分,我的情也真,我的爱也真,月亮代表我的心……"伴随着优美的旋律,婚宴正中宽大的屏幕上,出现了新郎和新娘一个个甜蜜恋爱的镜头,宾客们欢呼雀跃,无不艳羡这一对天仙眷侣,可唯独江山绷着脸,一副心事重重的样子。

白若水一直低着头,她不敢去看顾天诚那兴高采烈的眼神,更不敢去看江山沉默的表情。自从她在婚礼上见到江山的第一眼起,她的心里就像悬吊着无数水桶一样,七上八下,难受至极。她知道自己,完了,完了,彻底完蛋了。要是晚一天遇见他,也许她会把他彻底地从脑海里忘掉,她会清楚自己的身份,她是顾天诚的妻子!可要命的是,不早也不晚,偏偏在婚礼上遇见他,而且看样子,似乎他一直都没有忘记过她。她该怎么办?难道这就是命中注定的缘分?或是他和她的宿命?

她矛盾的心情,并没有逃过顾天诚的眼睛。他从她落到江山身上那奇特的目光里,就知道自己错了。他不该邀请江山来参加自己的婚礼,更不该让他做自己的伴郎!他虽然妒火中烧,却仍然装作若无其事的样子。他赢得她还是有很高的砝码的,毕竟他已不是当年那个受人欺负的穷小子了。他现在是N市有名的企业家,上百万的家产,加上投资的公司和酒店,最少也有上千万的资产。而江山只不过是一个还没有从警校毕业的一穷二白的大学生罢了,他相信靠自己的实力,打败这样一个情敌是绰绰有余的。想到此,他嘴边不由得浮起一丝得意的微笑。

一曲终了,主持人田甜又在台上宣布:"现在进行到婚礼的第二个环节:真爱一生,有请顾天诚先生和白若水小姐上场。"

顾天诚立即红光满面地大踏步走到台上,而白若水仍然呆呆地站立在原地没动。大家惊异的目光一下子都落在了她的身上,她身旁的伴娘苏媚见状,连忙用胳膊捅了捅她,悄声叫道:"若水。"

白若水仿佛从梦中惊醒似的,猛地打了一个寒战。她霎时明白了,赶紧歉意地向大家笑笑,慌里慌张地走上台去。

"好,新郎和新娘都到齐了。"田甜真不愧为电视台小有名气的才女,不仅美貌突出,气质优雅,而且能歌善舞,做事冷静干练。只见她环顾了一下四周,继续说,"请问新郎顾天诚先生,你爱白若水小姐吗?"

"我爱她。"顾天诚脉脉含情地说。

"你能照顾她一生一世吗?"田甜注视着顾天诚的脸,缓缓地问道。

"能。"顾天诚坚定地点了点头。

"你愿意娶她为你今生的妻子吗?"田甜继续问道。

"我愿意。"顾天诚点了点头。

顾天诚一脸虔诚,田甜望了他一眼,然后转过脸,不动声色地接着问道:"请问新娘白若水小姐,你爱顾天诚先生吗?"

"我爱他。"白若水低声说道。

"你能照顾他一生一世吗?"田甜语气平和地问道。

"能。"白若水平静地回答。

"你愿意让他成为你今生的丈夫吗?"田甜满含羡慕的目光中,忽然隐隐闪过一丝妒忌。

"我……愿……意。"白若水犹豫了一下,才轻声说道。

"新郎新娘真心相爱,此情天地可鉴。现在请新郎新娘互换相伴一生的礼物。"田甜说完,便退到一边。

此时婚宴上鸦雀无声,只见伴郎和伴娘双双走了上来,手里各捧着一只托盘,托盘上放着一只精致的红色礼盒。顾天诚打开礼盒,取出一枚漂亮的心形钻戒,给白若水戴在手上,然后深情地吻了一下她的小手。

白若水见此情景,也只好打开礼盒,取出一枚较大的心形钻戒,戴在了他的手上,可她没有去吻他的手,而是伸出左手,望着无名指的钻戒,默默地发呆。

周围的人都不禁愣住了,大家都不知道新娘在干什么。那枚心形钻戒在璀璨的灯光下闪闪发光,她望着望着,忽然感到那枚钻戒好像一把明晃晃的匕首一样,向她的胸口刺来。她忍不住哎哟一声,晕过去了。

全场一下子乱了。

5

白若水恍如梦中,她望着刻骨铭心的画面,不由得痛苦地闭上了眼睛,她那颗支离破碎的心,忍不住回忆起悲伤的往事……

当她苏醒过来的时候,顾天诚正一个人安静地坐在病床边,小心翼翼地守着她。他现在心里后悔万分,他知道自己做得最愚蠢的一件事情,就是千不该万不该把江山叫来做他的伴郎。他太低估江山了,他没想到事隔这么久,江山还没忘掉她。

他不经意的一步棋,却是把他的新娘往别人怀里推啊！一想到此,他心中便有一团火在愤怒地燃烧着,他不自觉使劲地抓紧了拳头。

"啊！"白若水的头疼得厉害,她缓缓地睁开了双眼,嘴里含糊不清地叫了一声"小山子——",然后又痛苦地闭上了眼睛。

"若水,你醒了？"顾天诚一见,欣喜若狂,"你怎么样？好些了没有？"

"嗯,好些了,就是头,头有些痛。"白若水皱着眉说。

"别怕,我来帮你揉揉。"顾天诚柔声说。

"不,不要,我自己来。我,我这是在哪里？"白若水神情恍惚地问。

"这是医院。"顾天诚轻声说。

"医院？我怎么会在医院？"白若水一怔。

"你在婚礼上晕倒了。"顾天诚心疼地说。

"真的吗？江山呢？苏媚呢？我妈呢？他们在哪里？"白若水焦急地问。

"别急,他们现在在外面等着呢。我怕吵到你,就没让他们进来。"顾天诚安慰道。

"哦,是吗？我躺了多久了,怎么外面天都黑了？"白若水望着窗外黑沉沉地夜色,心猛地往下一沉。

"你躺了一天了,现在是晚上。"顾天诚低声说道。

"是不是发生什么事了？我,我的头好疼,我怎么什么事都记不起来了？"白若水惊疑地说。

她使劲地捶打着自己的头,想回忆起婚礼上的一切,可偏偏她什么都想不起来。唯一让她记忆深刻的是那双眼睛,那双沉默而又哀伤的眼睛。江山！她的心一阵抽搐,随后像被刺扎了似的疼痛起来,宛如十年前,那种痛令她几乎窒息和毁灭。

"别怕,若水,我已经请了市里最好的医生来给你治病。"顾天诚望着脸色苍白的白若水,脉脉含情地说道。

"谢谢你,天诚。"白若水感激地回应。

"别这么客气,你是我的妻子,我应该做的。"顾天诚俏皮地摇了摇头说。

"妻子？"白若水一听到这两个字,眼神里又不由微微地闪过一丝哀伤。

"怎么了？若水，是不是身体不舒服呀？来，要不喝口水吧。"顾天诚倒了一杯温水，给白若水端了过来。

白若水接过水杯，听话地喝了两口，然后望了望顾天诚，有些为难地说："天诚，我想一个人静静，可以吗？"

顾天诚点了点头。他转身刚想走，却被她叫住了："哦，天诚，你记得告诉我妈，说我醒了，让她放心。"

"嗯，我会的。"顾天诚点了点头。

白若水一直望着顾天诚走到门外，不安的心情才变得稍微平静了些。可她现在脑子里依旧是一片混沌，她想理清思路，却越理越乱。

白若水正烦躁得不知该如何是好的时候，忽然从窗外落进来一个东西，只听啪哒一声，正好落在她的床下。她捡起来一看，是一个小纸条。小纸条里面还裹着一个小石子，她把小石子扔到一边，打开小纸条一看，上面写着："若水：我是江山，你身体好些了吗？我很担心你，我现在就在你的窗下。"

白若水看到这里，立即惊喜地跑到窗前，向窗外一看，果然看见江山正笑嘻嘻地站在窗下。她向他挥了挥手，很快把什么烦恼都忘了。

"江山，你怎么在这里？快进来呀。"白若水惊喜地叫道。

"嘘，我怕他们不让进，你好些了吗？"江山悄声问道。

"好多了。"白若水一脸激动。

两人说到这里，却又不知该说什么话才好了。白若水似乎有好多话，想跟江山说，可话到嘴边又生生咽了回去，江山也是同样的情景。两人尴尬地望着对方，一时陷入了沉默。

过了半天，江山才嗫嚅着说道："若水，你多保重，我要走了。"

"你要走了？你去哪里？我要跟你一起走。"白若水固执地说。

"我要回警校了，也许我不该来。不管怎么说，若水，我都祝福你。今天是你大婚的日子，你一定要开开心心的。"江山说完，眼神顷刻间变得一片黯然。

"你别说了，越说越让我伤心。我不结婚了，我要跟你走！"白若水含着泪说。

"那怎么行，你那样做会让天诚很难过的。"江山一时不知如何是好。

"难道我不难过吗？我才是受害者呢。"白若水撅着嘴说。

"是不是他欺负你了？我，我去揍他。"江山怒道。

"你别去了，他没欺负我。我只是，只是想跟你在一起。"白若水终于说出了一直埋藏在自己内心的话。

"这……"江山左右为难,心里矛盾极了。他本来是想跟她告别的,可听她这么一说,他又不忍心独自离去,留下她不管。

"你就答应我吧,小山子。"白若水恳求道。

"好吧,我带你走。"他犹豫良久,终于下定决心。

"真的?"白若水激动地问道。

"嗯。"江山只好答应。

"好的,你等等,我马上下来。"白若水心花怒放。

"好,我等你。"江山耐心地说。

白若水看了看手上的钻戒,然后轻轻地摘了下来,放到桌子上。幸好她住的这间病房是在一楼,窗台并不高。她爬到窗台上,从上面往下跳,江山在下面接着,正好她跳到了他的怀里。她立即开心地笑了起来。

"嘘——,小声点,别让人听见了。"白若水低低地说道。

"好的,不会有人看见我们吧?"江山小心地向四周望望,见周围无人,这才放了心。

"不会的,走,我们快走,再晚就来不及了。"白若水催促道。

江山拉着白若水的小手,两人迅速淹没在茫茫的黑夜之中……

6

"啊!"当白若水恍然惊醒的时候,录像上的画面却忽然换成了另外一种场景……

四周是一片白色,白色的灵堂,白色的康乃馨和白色的花圈,以及黑白照片里顾天诚的遗像。突然,画面上一个女人黑色的身影引起了白若水的注意,那个女人一脸肃穆,双眼充满了悲哀和幽幽的恨意。

方静舒!那个黑衣女人竟然是顾天诚以前的恋人方静舒!白若水一愣,她怎么会出现在顾天诚的灵堂上呢?

……

画面就在这时,突然停止了。

白若水和江山的脸色都变得十分难看,好久好久,两人都没有开口说话。白若水万万不会想到,此刻,和她有着同样心情的,还有两个女人。

一个是电视台的女主持人田甜,另一个就是顾天诚以前的女朋友方静舒。

田甜早已对顾天诚暗恋多日,可惜侬有心郎无意,她的一腔痴情也只能付之东流。扪心自问,她有哪一点不好呢?要才有才,要貌有貌,人缘又好,又是电视台的当家主持,她凭什么就比不上那个白若水呢?

可顾天诚却偏偏看上了白若水,她心里能不气吗?这次她坚持要来主持他们的婚礼,就是想看看两人到底相爱有多深。没想到,婚礼当天新娘竟然和别的男人一起逃跑了,她一想起来就开心得要死。

婚礼当晚田甜回到自己的住处,竟然兴奋得一夜没睡着。她想现在顾天诚肯定痛苦死了,正好借这个机会,她好好安慰他一下。她拨通了他的手机,谁知,响了好久,却没人接听。再打过去,他的手机竟然关机了。

田甜开始担心起来,怎么回事呢?他会不会出什么事呢?直到这时候,她才有些后悔,为什么他一个人出去时,她竟没有跟出去呢?可现在这么晚了,她去哪里找他呢?

田甜睁着眼,直到天亮,她打他手机,仍然是关机。但愿他不要出什么事情,她暗暗祈祷。可没想到,第二天听到的却是他跳崖自杀的消息。

方静舒这时心里除了恨之外,还是恨!她后悔自己在顾天诚婚礼晚上一时冲动跑去看他。其实在那种尴尬的场面,她才不想去呢!她只是有些担心他而已,她听说他的事情后,心里极其难过,便忍不住跑去看他。

方静舒知道,她心里始终都是爱顾天诚的。尽管和他分手已经一年了,可她从来没有忘记过他,相反,日子越久,那种深入骨髓的相思折磨她越深。但他的态度,的确让她有些失望。可为什么她见到他的一刹那,她的心还会怦怦地跳个不停呢?

像顾天诚这样优秀的男人,他的身边并不缺少女人,那种主动投怀送抱的更不在少数,而她也早已成为他的过去式了。可她就是有些不明白,为什么自己至今都会对他念念不忘?难道这就是爱情?

方静舒还是怕他想不开,她忍不住去拨打他的电话,却是暂时无法接通。再打过去,被对方挂断了。怪了,搞什么鬼呀?他怎么不接她的电话?难道他真的连她的电话都不想接了吗?

男人都这么绝情吗?方静舒郁闷地想。

可是让方静舒意料不到的,却是婚礼那晚她和顾天诚是最后一次见面了。他竟然为一个逃跑新娘跳崖自杀了,这对于她来说,比什么打击都来得重!她除了恨和诅咒之外,又能怎么样呢?

7

不知从什么时候起,房间里的空气变得窒闷起来。白若水忍不住咳嗽了两下,她刚想去拿DVD影碟机里面的光盘,门铃忽然响了。白若水打开门一看,见门外站着一名保安。

"请问你是白若水小姐吗?"保安问道。

"是的,有什么事?"白若水点了点头。

"这是一位客人送给你的。"保安说着把手中的一捧鲜艳夺目的康乃馨和一个漂亮的礼品盒递给了她。

白若水满脸疑惑地接住康乃馨和礼品盒,魂却早已跑到了千里之外。

保安刚想走,却被白若水叫住了:"等等。"

"请问还有什么需要帮忙的,小姐?"保安礼貌地问。

"那位客人是男是女?"白若水急切地问道。

"这,我不太清楚,不是我接待的,我只是负责给客人送到而已,如果你有什么问题,可以到服务总台问问。"保安歉意地笑笑便转身走了。

白若水望着手中好像鲜血一样让她惊恐万分的康乃馨,眼前一黑,康乃馨掉到了地上,撒了一地。

江山见此情景,连忙扶住了她。白若水见礼品盒呈四方形,外面用一层有淡黄色小花的塑料纸包扎着,上面还扎着漂亮的粉红色蝴蝶结,心中一下子轻松起来。

或许自己太多疑了吧,白若水幽幽地想。可当她看清礼品盒上只写着"白若水小姐收",竟没有写寄件人的姓名和地址时,她又满心疑惑起来。她犹豫了一下,然后漫不经心地拆开蝴蝶结和塑料纸,当她打开礼品盒的一刹那,她惊呆了。

"啊——"白若水不由得尖叫了一声,然后只听重重的啪嗒一声,礼品盒掉到了地上。江山听到尖声,一个箭步走过去,也不禁愣住了。

礼品盒里竟然装着一对穿着结婚礼服的洋娃娃,可令人害怕的是,洋娃娃身上竟然染满了鲜血,那触目惊心的红色,让人有一种眩晕的感觉,好像地狱的大门已经打开,吸血鬼会随时把人无情地吞噬掉一样,死亡之神正欲降临。

"拿走，拿走。"白若水激动地叫喊道。

江山容不得多想，便赶快打开门，把礼品盒以及里面的洋娃娃扔到了楼梯口旁边的垃圾桶里。这时，他也注意到礼品盒上竟没有写寄件人的姓名和地址，而那大大的"白若水小姐收"六个字，却是用电脑打印出来的。

"可恶。"江山狠狠地骂了一句，他真想一刀把那个兔崽子给宰了！他不知道自己跟对方到底有什么深仇大恨，对方竟然三番五次地用这种见不得人的手段，让他一次次地处于险恶的危境之中。他自己受苦不说，更重要的是还连累了自己心爱的人——白若水！这是他最最不想看到的。他宁愿自己受苦受痛受累，也不愿意看到她受半点委屈。

可现在一切太出乎他的意料了，甚至让他有点措手不及。他心情复杂，刚想折回身，就听到屋里哗啦一声，他还没有反应过来，紧接着又是扑通一声，他箭一般地窜到屋里，屋里的情景让他更是大吃一惊。

白若水跪在地上，双手鲜血直流，地上也是血迹斑斑，她那痛苦而又恐惧的表情，让江山心碎不已。

"血，血。"白若水神经质地喊道。

"怎么了？若水？"江山慌忙跑过去，一把抓住白若水的右手，用嘴对准伤口，然后拼命地吮吸着。过了一会儿，白若水的神情渐渐好转起来。江山从白色的衬衫上撕下一条布，小心翼翼地缠到她的右手上，直到血不再流了，他那绷紧的神经，才慢慢地放松下来。

"还疼吗？怎么不小心把手给划破了？"江山满脸心疼地问道。

"哦，刚才喝水时，不小心把杯子给打破了，我想出去透透气，可没想到，脚下一滑，一下子摔到了地上，碎玻璃刚好扎到右手上，所以才流了那么多血。"白若水紧皱眉头。

"哦，可把我给吓坏了，以后要小心些啊。"江山深情地注视着白若水，柔声说道。

"知道了。"白若水答应了一声，手尽管还有些疼，但心里却感到无比的幸福。可当她一想到刚才令人惊恐的情景，神情又变得忧郁起来。

她望着江山，转了转眼珠，说道："好奇怪，小山子。"

"怎么了？"

"我在想那一对新婚娃娃，会是谁送的？"

"嗯，上面没有写寄件人的姓名和地址，对方在跟我们玩捉迷藏，并且收件人那几个字也是电脑打印出来的，看来凶手是不想让我们知道对方是谁。能以这么快的速度,知道我们落脚的地方,对方不简单呀。"

"很可能对方在一直跟踪我们,才出此下策。"

"对,也只能这么解释。我们刚到市里一天,对方怎么会这么快就知道了呢?除了跟踪我们之外,还有没有其他可能?"

"其他的可能性很小。"

"可跟踪我们的那个人是谁呢?"

"难道是熟人?"白若水说到这里,忽然想起了一个人,那就是顾天诚。可是顾天诚已经死了,就算他还活着,以他的为人,他也不会做出这等龌龊的事情来。可为什么她竟有一种感觉,似乎跟她的逃婚有关呢?那一对新婚娃娃说明了什么?不就是暗指她和顾天诚的婚姻吗?

此刻,白若水的心里更加后悔起来。要是早知有如此结果,当初她宁肯遭天谴,也不会与顾天诚结婚的,可现在说什么都晚了。她只能无奈地咀嚼着感情的苦果,任黑夜残酷地把她吞噬掉。可是她不甘心,她绝不甘心做命运的奴隶。她要反抗,她要反抗,她要反抗!

8

白若水不断地给自己心理暗示,绝不轻易屈服。江山见她那张憔悴的脸,忽然变得坚毅起来,心里霎时也增强了不少信心。

"我去查一下送礼品盒的人是谁。"江山望了一眼神情疲惫的白若水。

"我跟你一起去。"白若水连忙说道。

两人来到酒店一层总服务台,问一位女服务员:"小姐,请问1602房的礼品盒是哪位客人送过来的?"

女服务员想了想说:"哦,是一个孩子。"

"孩子?"白若水一怔。

"是的。"女服务员点了点头。

"多大?"江山在一旁问道。

"可能十二三岁吧。"女服务员想了想说。

"男孩还是女孩?"白若水不由得问了一句。

"男孩子。"女服务员答道。

"他说了些什么?"江山急切地问。

"当时,他只是说麻烦我们把康乃馨和一个礼品盒送到1602房,给一位姓白的小姐,其他的也没说什么。"女服务员漫不经心地说。

"那后来呢?"江山继续问。

"后来他就走了,我们就派了一位保安把礼品盒送了上去。"女服务员如实说道。

"呃,原来是这样。"白若水恍然大悟。

两人道了声谢谢,便又回到房间。

白若水极其失望地说:"小山子,敌人好狡猾呀,竟然不留一丝痕迹。"

"是的,敌人太狡猾了,那个小孩子肯定不是凶手。"江山心情沉重。

"嗯,我也是这么想。"白若水赞同道。

"看来是一个很厉害的对手。"江山若有所思地说。

"我猜想对方一定是一个男的,心狠手辣,手段阴险,并且胆大心细,具有一定的反侦察能力。"白若水猜测。

"对,往往这种人都有阴暗心理,或是偏执型人格。"江山分析道。

"阴暗心理?"白若水一愣。

"是的。一般这种人都跟自己的经历有关,在早年或是某个时期受到过某些刺激或伤害,给心理上留下了阴影,对客观的事物和世界有了不正确的认识和看法,从而影响到他以后的行动,久而久之,便形成一种性格的缺陷。"江山解释。

"那具有偏执型人格的人,是不是很危险?"白若水眼神迷离地问道。

"哦,这要看他得的这种心理疾病严不严重,有没有伤害到别人。"江山说。

"好恐怖呀。"白若水的双眼闪过一丝恐惧的神情,稍顿,白若水又说道,"我忽然想起一件事来。"

"什么事?"江山轻声问道。

"那个把我救起的保安,他怎么知道我住1602房呀?当时我在酒店外面,他是怎么发现的我?"白若水疑惑地说。

"是呀,你这样一说,我也有些疑惑。"江山的心里,也充满了同样的疑问。

"那个保安长什么样?"白若水随口问。

"哦,当时我所有注意力都集中到你身上了,根本没去注意那个保安长什么样,他好像长着一撮胡子。"江山懊恼地挠了挠头。

"胡子?那他有多大年纪?"白若水追问道。

"看起来像三十的样子。"江山回忆道。

"那个保安有没有说什么?"白若水紧张地问。

"没有,他只是说你晕倒了,便把你送了上来。"江山摇了摇头。

白若水一听,心不禁猛地往下一沉。

9

江山见白若水突然沉默起来,心里不由得一阵狐疑。

"你怀疑那个保安有问题?"江山满脸疑惑。

"呃,不,我只是觉得也未免太巧合了。"白若水托着腮帮,说道。

"嗯,可是对方如果是有坏心的话,怎么还会把你送上来?再说他的身份是这家酒店的保安,是很容易被查出来的啊?"江山质疑道。

"是啊,这也是我感到疑惑的地方。他怎么就那么清楚我住哪个房间呀?"白若水的脸上,也充满了疑问。

"门钥匙?是不是他看到了门钥匙上的房间号码?"江山提醒道。

"不对呀,当时钥匙在你那里,不在我身上。"白若水摇了摇头。

"那他会不会去查了客人的登记记录?"江山猜测。

"也有这个可能。不过就算对方查了,可他又怎么会一下子就知道我是谁呀?"白若水还是不能释怀。

"我看是有问题。"江山说到这里,便一把拉住白若水的手,说,"走,我们去查查那个保安的资料。"

"好。"白若水答应了声,两人便很快来到酒店一层,找到正在值班的保安。那个保安年纪轻轻的,二十岁出头。

江山一见,便直入正题:"你好,打扰一下,请问你们这里有个长着一撮胡子的保安吗?"

"哦,你好,请问有什么事吗?"保安疑惑地问道。

"呃,是这样的,我姓江,是1602房的客人。大约一个小时前,我女朋友晕倒在酒店外,是那个保安见到后帮忙送上楼。我是来谢谢他的。不知他下班了吗?"江山不紧不慢地说道。

"噢,是这样啊。你说的是老阎吧?他就长着一撮胡子,他还没下班呢,你等下,我帮你找找看。"保安客气地说道。

"好的。"

两人坐在大堂一角,静静地等着。大约过了五六分钟,刚才那个年轻保安慌慌张张地跑来了。

"怎么样?找到了吗?"江山焦急地问。

"没,没有,不好了,老阎不见了。"保安神色慌张地说。

"什么?"江山一愣。

他最担心的事情还是发生了,这显然出乎他的意料。看来又一条线索断了!他不禁好一阵懊恼。

"他的对讲机是通的,可一直没人接。不知是不是发生了什么事情。我已经报告经理了,也通知了其他保安,可能一时还没那么快。"保安担忧地说。

"哦,那我们和你们一起找吧,这样快些。"江山建议道。

保安点了点头,三个人便分头去找。江山先在酒店外转了转,没看到人,便一层一层地仔细寻找。当他找到第十三层时,整个人已是累得筋疲力尽。

忽然,一阵窸窸窣窣的响声吸引了他的注意。顺着声音他望过去,发现是从走廊尽头的洗手间里发出来的。

他犹豫了一下,决定走过去看看。

洗手间里除了哗啦啦的流水声外,其他并无异常。江山站在门口,从声音的来源,他判断出是从男厕这边发出来的。他便一脚踏进男厕,细细观察起来。

水龙头不知是谁忘了关,水顺着洗手池一直流到地上好远。江山走过去关上了水龙头,当他的眼神落到脚下那朵压扁了的比鲜血还要红的康乃馨时,他不由得惊恐地连连后退。

康乃馨!

一丝不祥的预感霎时充满了江山的心,他仿佛看见了什么恐怖的东西一样,慌忙转身想走开。

可不知为什么,江山的心却猛地动了一下,宛如一条蜿蜒的毒蛇,在他的心底深处不安地游动着。他犹豫了一下,惊悸地转过头,望了一眼洗手间里那些或开或闭的门。

一扇,两扇,三扇……似乎有什么力量在驱动着他,他一扇扇地打开了洗手间里的门,里面并没有人。当他走到最后一扇门时,他的心里禁不住咯噔一下。

一缕鲜红的血液缓缓地从里面流出来,和地上的冷水融合到一起,变成另外一种更诡异的血色,让人容易产生一种刺痛的感觉。江山揉了揉眼,他还以为自己眼花或是看错了,可当他惊诧的眼神再次落到那丝猩红的黏稠的血液上时,他不顾一切地推开了那扇门!

"啊——"

尽管他推开那扇门的一刹那,已经意识到各种危险和惨景,可他还是被眼前的一切吓了一大跳。

便池边倒着一个男人!

这个男人的眼睛睁得好大好圆,嘴巴也张得好大,表情十分痛苦。年龄约在三十岁左右,而他脸上那撮最显著的黑黑的胡子,早已失去了生机,充满了一片死亡的气息。

江山垂头丧气地靠在墙边,身旁陆逊警官正在一字一笔地做着笔录。陆逊一脸严肃,他打量了江山一眼,不由得皱了皱眉。

"姓名?"陆逊开始了询问。

"江山。"江山垂头丧气地说。

"年龄?"陆逊皱了皱眉说。

"22岁。"江山的声音低得不能再低。

"职业?"陆逊悄悄地观察着江山的表情。

"N市警察学校的学生,现在是暑假,所以一直没上课。"江山如实说。

"哪里人?"

"本市的。"

"你是什么时候到达现场的?"陆逊严厉地问。

"大概是10点47分吧。"江山看了看表说。

"到达现场后你都发现了什么?"陆逊追问道。

"水,水声。"江山喃喃地说。

"水声?"陆逊一愣。

"哦,对,我到十三楼后,听到洗手间那边传来一阵流水声,我便走过去看。果然,男厕里水龙头没关好,我关好水龙头后,刚想离开,却忽然觉得有些不对劲儿,便一个个地打开厕所门。谁知,走到最后一扇门前时,竟然看到里面有血流出来。当时我心里有些害怕,可还是大着胆子打开了,后面的情景你也看到了,那个男人已经死了。"江山娓娓叙述。

"你住在酒店吧?为什么要到十三楼来?"陆逊继续问。

"我和女朋友住在1602号房,我到十三楼来当然是有事呀,我是来找人的。"江山犹豫了一下,说道。

"找谁?"陆逊不动声色地问。

"保安老阎。"

"找他有什么事?"陆逊锐利的眼神,似要穿透江山的心。

"晚上我女朋友晕倒在酒店外,是老阎见到后帮忙送上楼的。我找他,是去谢谢他的。"江山低声说道。

"你认识他?和他很熟吗?"陆逊刨根问底地问。

"不,我也是第一次见他。"江山回答。

"那你怎么知道他叫老阎的?"陆逊紧问不舍。

"是另外一个保安告诉我的,他可以作证。"江山说到这里,便用手一指正在一边和几个男人说话的年轻保安。

陆逊面无表情地说道:"哦,我会对在场的人一一进行询问的。"

此时,白若水脸色苍白地走了过来,刚才她得到保安老阎死掉的消息,不由得吓了一跳,她万万没有想到,事情竟然来得这么快,可更让她感到恐惧不安的,却是当她一个人返回1602号房间时,竟发现放在DVD中的光盘不见了!

陆逊望了白若水一眼,隐隐觉得有些眼熟,似乎在哪里见过,可就是一时想不起来。他拍了拍脑门,向江山问道:"这个就是你女朋友吗?"

"是的。"江山点了点头。

"嗯,好好想想,看还有没有什么遗漏的地方?"陆逊提醒道。

"没有了。"江山摇了摇头。

"好了,你走吧。"陆逊挥了挥手。

江山感激地望了他一眼,然后急切地走到白若水眼前,一把抓住她的手,一脸的关切和不安。

"若水,你没事吧?"江山担忧地问道。

"还好,你呢?让你受惊了。"白若水心疼地说。

"没有,刚才把你吓坏了吧?"江山亦是关切地问道。

"嗯。"白若水轻轻地点了点头。

"走,我们回房间休息。"江山说着,便扶着白若水向电梯走去。

陆逊望着江山和白若水离去的背影,眉头不由得皱得更紧。

死者的身份很快被查了出来:死者,阎大海,男,32岁,N市阎村人。家里除了父母外,还有一妻一女。他生前是夏威夷酒店的保安,在酒店工作有一年时间,平时与人相处关系良好,未与人有所矛盾。但近来一段时间,有人发现他偶尔会晚归,从不沾烟酒的他,却似乎沾上烟酒的恶习。还有人反应有一次他值班时,与一名客人大吵大嚷,好像为了什么事,最后似乎不了了之。

"阎大海死前上的是什么班?"陆逊问酒店保安部的李经理。

"是晚班,从下午4点到晚上12点。"李经理答道。

"上班前有没有发现阎大海的情绪有什么异常?"陆逊严肃地问道。

"没有。"李经理摇了回答。

"是什么时候发现阎大海不见的?"陆逊仍不紧不慢地问。

"保安小徐反映10点24分左右,有一男一女两个客人下楼找他,他才发现阎大海不见了。"李经理谨慎地说道。

"那一男一女就是刚才那两个人吗?"陆逊不动声色地问道。

"对,就是刚才那两个人。"小徐在一旁答道。

"10点24分?目击者发现的时间是10点47分,中间相差了23分钟?"陆逊产生质疑。

"对,差不多就是这个时间,我们发现他时,他已经死了。"小徐点头说。

陆逊摆摆手,示意他们不要说话。他仔细检查了阎大海的尸体,发现他身上除了右额角有一块伤疤外,并无其他伤痕。而他右额角上的伤疤,正好与墙上的印记相符,由此可以推断,阎大海是上完厕所准备离去时,突然猝死,他的右额角正好碰在墙上,才导致头部出血。

这时法医鉴定结果出来了,果然,与陆逊推断的一模一样,阎大海是猝死。陆逊手里拿着死亡鉴定书,心中忽然感到无比的沉重。

又一条生命去了!

他望着窗外黑沉沉的夜色,若有所思。

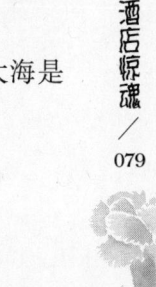

『第六章』

静幽公墓

Scarlet Carnation

1

香水湾。

白若水疲惫地倒在沙发上,好像一条倦极了的被晒在沙滩上的鱼儿一样,她浑身酥软无力,脑子里一片茫然。

江山花了整整一天的时间,终于在香水湾找到一套两室一厅的房子,房子在一楼,带家具每月租金只有一千元,他看小区空气清新,环境安静幽雅,便果断地租了下来。

从夏威夷酒店来到香水湾,白若水的心情一下子好了不少。暂时有了属于自己的一个小窝,让她的心隐隐有了一种归属感。

白若水把房子里里外外打扫得干干净净,晚上江山带她吃了水煮鱼,然后把她送了回来,自己匆匆地出去办事了。她见他表情严肃,便没有多问,只是一再嘱咐他小心行事。

江山一走,她的心立即空了下来。她的眼前突然出现了一片血色,那是鲜红的血液和红色的康乃馨混合在一起的血色,她的心一阵抽搐,恐惧和不安再次潮水般地向她涌来。

白若水痛苦地闭上了眼睛,几天来所发生的事情,好像放电影似的在她的脑海里迅速地过了一遍。她本来是想整理一下思绪的,可现在反而越理越乱。那个影子,那个滞留在她心海深处的影子,不仅没有随着时间消失,反而像树根一样在她心里越长越大,直至变成一棵参天大树,任风雨无情袭击,却仍然颜色依旧。

可她明白,那不是爱,而是一种很难以说清的情愫。有痛,有愧疚,有无法弥补的过失,同样也有恨,也有同情,也有让人永远无法回头的决绝……

顾天诚!这个男人,让她生死都要与他纠缠在一起!也许到现在,他满意了,她再也不会忘掉他了,这一生她的心和灵魂再也不会安宁,在另一个世界他完完全全地得到她了,可这不是她想要的结果,这绝不是她想要的结果!

结果不应该是这样的!不是,不是,不是……她霎时泪流满面。她再也无法想下去了,便胡乱地往嘴里塞了一口面包,然后走到窗外,缓缓地拉开了米黄色的窗帘。

可当她望向窗外的一刹那,她不禁惊呆了。"啊,谁?"她吓得浑身一哆嗦,手里的面包啪的一声掉在了地上。

原来一张枯树似的爬满皱纹的脸,紧紧地贴在窗户的玻璃上,那充满诡异而又冰冷的眼睛,正一眨不眨地盯着吓坏了的白若水。

"谁?你是谁?"白若水颤声问道。

窗外的老头儿仍旧一动不动地站在那里,他咧着嘴向她笑了笑,然后什么也没有说,便转身走开了。

白若水呆呆地望着老头离去的身影,好一会儿,她才反应过来。她赶紧向外面跑去,可人已经不见了。

她想了想,便又跑到了门卫室,问一位值班的保安道:"请问刚才你有没有看见一个五六十岁的老头儿出去过呀?"

"没有。"保安摇了摇头。

"什么?"白若水心里更是一惊,"那你有没有看到过一个老头儿在小区里四处转悠呀?"

"哦,也没有,你有什么事?"保安奇怪地问道。

"呃,没,没什么事。刚才我在窗前看见一个老头在小区里,所以过来问问你。"白若水犹豫了一下说。

"不会吧?小区里住的大都是年轻人,很少有上了岁数的人。再说晚上我一直在这里值班,根本就没有看见有老头儿进去过,更不要说有人出去了。"保安难以置信地说道。

"那,那可能是我看错了。"白若水悻悻地转回身,向住处走去。当她经过小区的喷水池时,她忽然听到一阵轻微的异样的响声,她抬起头,猛地瞧见一个男人的身影向花园里一拐,然后十分迅捷地消失在黑暗深处。

顾天诚?是他吗?一瞬间她认为自己眼花了,可为什么那个男人的身影和顾天诚是那么相似啊?难道世界上真有一模一样的人?

不,不!

不可能,真的不可能!

但是她敢肯定,她刚才看到的那个男人,的确跟顾天诚很像。或许她太想他,一时看眼花了吧?可那个男人会是谁呢?他跑到花园里面做什么?

"天诚,是你吗?"白若水激动地问道。

她大着胆子向前走了两步,却又停住了。她忽然想起了顾天诚曾说

过的一句话：我不在天堂，就在地狱。地狱？难道他真的在地狱？

他会在地狱等她吗？白若水不由得打了一个寒战。

她吸了吸气，微微犹豫了一下，然后向花园深处走去。

2

暗夜里，白若水轻轻地低唤着顾天诚的名字，她不知道他能不能听见，可她渴望能够出现奇迹，那个男人就是顾天诚，他没有死！

她不愿意一生都陷在这份痛苦的情债里，更不愿意让自己一辈子都背负着这样一个永远也无法还清的情债。

如果她能够代替他死的话，她情愿是她死，而不是他。

白若水继续向前走，穿过亭子，又穿过一片碧绿的草地，她来到一个开满鲜花的花池前站住了。

空气中弥漫着幽幽的清香，她好似身在梦幻之中一样，头隐隐有些眩晕。

"天诚——"

白若水轻轻地咳嗽了一下，忧郁的眼神透着些许迷离。那张俊俏的脸上挂着一丝淡淡的清愁和忧伤，在夜色的衬托下，她感到自己更像一个充满哀怨的妇人，苦苦挣扎在红尘中，为情牵绊，始终不得解脱。

"唉！"她轻叹了一声，又继续说道，"我对不起你，天诚。这一切都是我的错，都是我不好，你能原谅我吗？我心里难过极了，我知道自己做错了。如果能够重新选择，我一定不会再去伤害你。你不要死好吗？你回来吧，你回来吧，你不要死，好不好？好不好呀？"

白若水小声啜泣起来，她低头擦了擦眼泪，眼睛的余光却忽然看到一个黑色的影子，向自己缓缓地移过来。

白若水心中一惊，吓得不由得浑身哆嗦起来："什么？那是什么？"她胆战心惊地抬起头，当她看到那个黑影的一刹那，不禁"啊"的一声，人一下子晕了过去。

"我不在天堂，就在地狱。"那个黑影幽幽地说道。

地狱？真的是地狱吗？

四周是黑糊糊的一片，她置身其中，仿佛经历了一个漫长的世纪，心底还残留着一丝惊恐。她的眼角挂着一颗清泪,身体接触着冰冷的地面,记忆若有若无。

白若水不知自己是在梦中,还是在另一个世界。身旁突然多了一缕男人的气息,那种气息是那样熟悉,好像一团火要把她整个人燃烧起来,是那样令人终生难忘。她感觉有一双温暖的手正缓缓地滑过她的发际,把她柔软的身体抱在怀里,然后她感到那个男人俯下身子,在她的脸颊上轻轻地烙下一个吻。

那颗清泪终于流下来了,她的脸湿湿的,一片冰凉。

"若水,若水,我的若水。"那个男人在她的耳边如做梦般地呓语着。她的心在挣扎着,拼命地挣扎着,而后好像退潮的大海般,渐渐变得平静下来。她似乎沉浸在那一片温柔的海里,宛如做了一个奇怪的梦似的,她在那片梦里越睡越沉,一切也越来越变得不真实。

潮湿的吻好似不是烙在她的脸上,而是烙印在她的心上。她的心莫名地动了一下,然后她伸出手,想留住那种奇异的感觉,想抚摸一下身边的男人。

白若水的手慢慢地伸了出来,可是空了!她身边什么也没有,她什么也没有抓住!她仍旧是躺在冰凉的地上,身子仍然一片僵硬。

她的头,忽然疼得厉害。

她的手失落地垂了下来,然后一阵缥缈的似乎来自地狱的歌声,缓缓地飘进了她的耳朵里。

> 这个世界,
> 一半是天堂,
> 一半是地狱。
> 你身处其中,
> 置若罔闻。
> 你的爱变成了葬品,
> 你的心已被恨吞噬。
> 你伫立原地,
> 再也回不去原来的位置。
> 你想逃脱,
> 一切皆是枉然。
> 白天变成了黑夜,

黑暗存在每一个角落。
来吧,
来吧,
这里欢迎你。
啊,地狱,
飘满灵魂的地狱。
……

3

也不知过了多久,当白若水模模糊糊有些意识的时候,耳边突然传来江山的呼喊声:"若水,若水。"她的胳膊动了一下,感到整个身体一片酸痛。

"若水,你在哪里?"江山的呼唤声,在弥漫着神秘气息的空气中,轻轻地飘荡着。

"小,小山子,我在……花……池……这边。"白若水断断续续地说。

"若水,你怎么了?"此刻,正在四处寻找白若水的江山,心里比热锅上的蚂蚁还要焦急。他正急得不知如何是好时,耳边忽然传来她断断续续的说话声。他顺着声音找到花池前的白若水,见她无助地倒在地上,便赶快上前把她扶了起来。

"怎么了?若水,发生什么事了?"江山急声问道。

"我,我遇上了一个人。"白若水神情恍惚地说。

"别急,回家慢慢讲,我先背你回去。"江山说着,便把白若水背到背上。两人回到房间里后,江山轻轻地把白若水放到沙发上,然后又倒了一杯热水,端给了她。

"你知道吗?若水,我一直很担心你。刚才你怎么又不小心晕倒了?"江山担忧地说道。

"小山子,我知道你对我好,我明白你的心。"白若水感激地望了江山一眼,然后接着说道,"你走后,我便在屋里休息。房间里很闷,我便准备打开窗,谁知却看到一个怪怪的老头,我跑出去后,那个老头已经不见了。我便到门卫室去问,保安说没见这样一个人。我往回走,正好看到一个男人向花园里走去。我越看那个男人越像一个人,便追过去,那个男人一闪便不见了,而我也莫名其妙地晕倒在地。"

"以后要小心些,别乱跑了啊。"江山柔声说道。

"好的,以后我会乖乖待在家里的。"白若水点了点头。

"你刚才说遇到的那个男人很像一个人?"江山疑惑地问。

"是的,他很像……顾天诚。"白若水颤声说。

"顾天诚?"江山一怔。

"对,那个人真的很像顾天诚。"白若水低声说道。

"怎么会呢?天诚已经走了,可能是你日有所思,夜有所梦,不小心看错了吧?"江山缓缓地问道。

"哦,你这样一说,也有可能。"白若水此时也糊涂了,刚才在花池前见到的那个酷似顾天诚的男人,究竟是自己看花了眼,还是一时的幻觉?

"对了,若水,你看我给你带回来什么?"江山从背后拿出一个小玩意来。

"啊,手机。"白若水一怔。

"你身上不带手机,要是有事不太方便,我给你买了一个。"江山解释说。

"可我怕……"白若水胆怯地说。

"放心吧,这是我新买的,别人不知道这个号码的。"江山安慰道。

白若水一听,这才放心地接过手机。自从她逃婚以后,她怕接到顾天诚和她母亲的电话,便偷偷地把原来的手机扔掉了。现在江山给她买了个新手机,她又喜又怕,可为了不扫江山的兴,便在他的脸上亲了一口。江山幸福地咧着嘴傻笑着,心里比中了五百万大奖还要甜蜜百倍。

两人兴奋了一阵儿,白若水突然想起了什么,又变得忧心忡忡起来。江山觉察到她变化的情绪,问道:"在想什么呢?你这个小鬼,真让人捉摸不透。"

"我,我在想……"白若水支吾道。

"说呀,在想什么啊?"江山笑嘻嘻地问。

"我说了你不会生气吧?"白若水望了江山一眼,说道。

"不会的,你说吧。"江山点了点头说。

"我想明天去……上坟。"白若水吞吞吐吐地说。

"上坟?"江山一愣。

"对,我想到天诚的坟前看看。"白若水犹豫了一下,然后说道。

江山一听,脸色不由得一变,可马上又恢复了原来的样子:"好吧,我陪你去,你一个人去,我不放心。"

白若水在江山深情的目光注视下,只好点了点头。可当她一想起死去的顾天诚,心中便变得难受起来。如果没有顾天诚,如果她不认识顾天诚,如果顾天诚不是江山的好弟兄,如果他们三个人从小不是一起长大的,如果她不是顾天诚的新娘,如果……

没有那么多的如果,该发生的,都发生了,不该发生的,同样也发生了。她感到自己好像做了一个长长的梦一样,她从梦中醒来时,一切都变了样。

明天?上坟?

她忽然又想起那支《地狱之歌》:

你的爱变成了葬品,
你的心已被恨吞噬。
你伫立原地,
再也回不去原来的位置……

4

静幽公墓。

白若水站在公墓门前,心中犹豫着自己是否该进去。实际上江山已经陪她在这里站了半个小时了。早上6点,他们匆匆起床后,便打车来到静幽公墓。可当她准备进去的时候,却退缩了。

自己该不该来呢?要是被人发现怎么办?会不会被别人笑话呢?昨天她还冲动地想到顾天诚的墓前来看看,不曾想到真正来时,才发现有这么多世俗的问题摆到她面前。

她从挎包里掏出一张报纸,找到画着红色标记的地方,轻声念了起来:"顾天诚先生葬于静幽公墓C区4排26号。"为了找到顾天诚安葬的具体位置,她昨晚整整一夜没合眼。江山跑到卖报纸的小店,买回来这十多天来所有的报纸。两人翻来找去,终于在一张报纸上看到一则有关顾天诚死后安葬的新闻,那篇报道里写了顾天诚坟墓的详细位置。等两人都长长地松了一口气时,天已经亮了。

静……幽?

她心里一愣。她忽然想起了一个女人的名字,同样也带着一个"静"字,并且和顾天诚也有着千丝万缕的关系。

那个女人的名字叫——方静舒。

对,就是方静舒!

她精神一振。她只和方静舒见过三次面。一次是因为墓地的事,她和顾天诚一起请方静舒喝咖啡。那时,她还是顾天诚身边的一个小妹妹,而方静舒也只是一个普普通通的墓穴推销员。可现在,物是人非,一切都变了!甚至变得她连自己也不认识了!

她白皙细嫩的脸上,不禁笼起了一层悲伤。忆起逝去的往事,只能给她的心,更增添许多愁。而她和方静舒的另一次见面,却是两个女人之间的秘密。那个秘密早已被她悄悄地隐藏在岁月深处……

最后一次见到方静舒,是她和顾天诚订婚后的一天,那时顾天诚早已和方静舒分手了。那天,白若水兴致勃勃地试完婚纱回来,在去往水依阁的小巷拐角处,她竟然遇见了方静舒。

"你好呀,白小姐。"方静舒大大方方地走上前打招呼。

"静舒?怎么是你?"白若水一愣,她万万没有想到,竟会在这里遇见方静舒。

"很意外吧,连我都感到十分意外,本来我想这一辈子都再也不会见到顾天诚和你了,没想到,老天还是让我遇见了你。也许,这就是缘分吧。哈哈。"方静舒说完,自嘲地笑了笑。

"哦,你还好吧?静舒。"白若水一时不知该说什么好。

"托你的福,我活得很好,也很开心。老天有眼呀,让我错过顾天诚之后,又遇上另外一个男人。"方静舒故作神秘地说。

"另外一个男人?你,你结婚了?"白若水有些意外地问。

"结婚?我一辈子都是不会结婚的。一个为情所伤的女人,还会再相信婚姻和爱情吗?我已经伤得够重了,再也不想为情所困,为爱所累了。"方静舒冷笑道。

"那你……"

"我这辈子只爱过他一个男人,当然以后仍然还会只爱他一个人。他不在我的身边,但却住在我的心里。"方静舒语气坚定地说。

白若水无语。她知道,一个女人一旦疯狂地爱上一个男人,挡是挡不住的。当你用尽办法想去阻挡时,反而会适得其反。

"呵呵,你不用怕。"方静舒走过来,拍了拍她的肩膀,"我不是来跟你抢的,我是来向你道声祝福的。"

"哦,谢谢。"白若水一脸尴尬。

"你用不着客气,明天晚上8点我在市体育馆有演出,欢迎你和天诚一起去观看。"方静舒缓缓地说道。

"演出?"白若水一怔。

"对,我的节目是舞蹈《魅》,别忘了去看。"方静舒提醒道。

"哦。"

"放心,我是好意邀请你们去的。但最后有句话,我不得不提醒你。"方静舒盯着白若水的脸,一字一顿地说,"当你爱一个男人时,就用心真正地去爱他;当你不爱一个男人时,就请你尽早放手。否则,容易惹火上身。"

白若水听完这句话,整个人不由得一愣。方静舒那犀利的目光好像两把利剑一样,穿透她的心,让她的心事无处躲藏。

难道她看出什么了吗?她再看向方静舒时,方静舒却向她诡异地笑笑,然后转身走开了。她呆立在那里,过了好久,才向水依阁走去。

不巧,顾天诚那天恰好有应酬,她也有些感冒,便没去成。后来她在报纸上看到过方静舒的演出照片,白色的裙子,曼妙的舞姿,哀怨的眼神,绝望的神情……直到现在,她还印象非常深刻,想不到一直做墓穴推销员的方静舒,还蛮有舞蹈天分的。可她没有再多想,过了一段时间,当顾天诚告诉她说买了两块墓地,以留到晚年用时,她心里虽赞他想得周到,但却不免有些疑惑。

"墓地?在哪里买的?"白若水好奇地问道。

"静幽公墓,怎么了?宝贝,不好吗?"顾天诚十分疼爱地望着她。

"静幽公墓?你怎么会想到跑到那里去买呢?"白若水疑惑地问道。

"怎么了?那里环境和风水都不错呀。"顾天诚解释道。

"可是我不愿意。"白若水撅着嘴说。

"为什么?"顾天诚笑嘻嘻地问道。

"因为它让我想起了一个女人。"白若水有些不高兴地说。

"你是说方静舒?"顾天诚脸色一变。

"对。"白若水点了点头。

"她早已经是我的过去了,不要这样计较,好吗,宝贝?"顾天诚哄道。

"可我心里总有些不舒服,要不你转让给别人吧,我们再到其他地方去买。"白若水想了想说。

"那好吧,听你的,谁让你是我的小宝贝呢?"顾天诚说着说着,便把白若水给逗乐了,白若水也没再把墓地的事放在心里。

这件事她很快就忘记了,一周后,顾天诚告诉她已经转让出去一块墓地,另一块墓地再慢慢托人转让。她一笑而过。

后来,她把这件事更忘得无影无踪了。可没想到,他还是葬到了这里。难道她和他始终都走不出人生那个怪圈吗?

5

白若水拢了拢头发,收回投向远处的目光,看了一下表,已经7点一刻了。这时,已经断断续续地有人来墓地上香了。她一见,心中不由得一紧,要是不赶快到顾天诚的墓上看看,等人多了,更不好办了。江山知道她想单独去顾天诚的墓前待一会儿,便在静幽公墓门外等她。白若水感激地望了江山一眼,便急步向公墓里走去。

A区,B区,C区。

白若水边找边来到C区前,然后又找到4排26号。当她的目光落到顾天诚的墓碑上时,她的眼泪哗的一下流出来了。

来之前,她曾不止一次地告诉自己,到了顾天诚的墓前,一定不要哭,不要流泪。可现在,她自己还是忍不住哭出来了。她知道,她欠顾天诚的情债,一辈子都还不清。

"天诚,我对不起你,对不起你啊。"白若水擦了擦眼泪,然后把手中那捧白色的康乃馨,轻轻地放到了顾天诚的墓前。望着顾天诚墓碑遗照上那英俊的笑容,她更是心如刀绞。

是她害了他!真的,是她害了他!如果没有她的负情,他也不会死。想起以前的种种,想起他常会摸着她的小鼻子乐呵呵地傻笑,想起他常常会送她小礼物给她意外的惊喜,想起他总是心疼地望着她,让她一定要吃饱,想起……可现在,一切都晚了,都晚了!

突然,一阵窸窸窣窣的响声把她从回忆中拉回到现实,她一抬头,正

好看到离自己不远处一个打扫卫生的老太婆正用一种异样的目光望着她。她一惊,心想是不是有人认出她来了?可又一想,不会的,应该不会的,这里没有一个人认识她。

白若水再向那个老太婆望过去时,那个老太婆已经拿着扫帚颤巍巍地向远处走去了。她心放了下来,她弯身向顾天诚的墓碑鞠了三个躬,嘴里喃喃说道:"天诚,请原谅我。如果有来生,让我再做你的妻子吧。"

她说完,便闭上眼睛,双手合十,默默地祷告着。祷告完,她准备离去时,眼睛的余光正好看到顾天诚旁边的墓碑。她无意的一瞟,却吓得她整个人方寸大乱。

原来在顾天诚墓旁,还竖立着一块墓碑,那块墓碑上写着:爱妻白若水之墓。她摸着白色的墓碑,身子摇摇欲坠。她从来没有如此生气过,她一直以为自己亏欠顾天诚,可没想到他竟然如此可恶,他生前得不到她,死后竟然让她陪着他下地狱?!

她是一个活人,不是死人!世上哪有给活人立墓碑的啊?就算要立,可也要征得她同意才行。可连个招呼也不打,就要把她跟死人放在一起,这分明是不把她放在眼里呀?对于她来说,这不仅大大地伤害了她的自尊,更是给她抹了一层洗不掉的耻辱啊!这,这要比打她十个巴掌,还让她难过百倍。

白若水冲动地掏出手机,想打电话给她母亲白雅梅,问问这到底是怎么一回事?她狠狠地按了几个数字,却又迟疑地停住了。这个时候还是不让母亲知道她的处境好,否则她又要担心了。一想到母亲那花白的头发,她便忍不住心酸得要掉眼泪。她悻悻地放回手机,心里更加愤愤不平。

太自私了!这种男人太自私了!幸亏当初她没有选择他,及时从婚姻的围城里退了出来。他这种人,怎么能做出这种事来?真想象不出他当时是怎么想的?她气得连连跺脚,这还不解气,她一把抓起放在顾天诚墓前的康乃馨,向那密密麻麻的墓地里扔去。

忽然,她身上的手机响了。她掏出来一看,见是一个陌生的电话号码,心中不禁一阵奇怪。这么大清早的,谁会来打她的电话呢?何况知道她这个手机码的,只有江山一人。

"喂,喂。"她不耐烦地喊了两声,可电话那头竟然没人应声。

又是恶作剧吧?她气愤地刚想挂电话,电话那头却突然传来咔嚓咔嚓的响声,然后便是一阵充满诡异的阴冷的笑声……

"啊——"

她一声尖叫,划破了天空。

6

当白若水缓缓从恐惧中苏醒过来时,她发现自己正躺在家中的床上,身旁江山一脸关切地望着她。

"你醒了?好点了吗?"江山轻声问道。

"嗯,我刚才是不是又晕倒了?"白若水难过地问道。

"对,幸好我不放心,跟了过去,见你晕倒在墓前,可把我吓坏了,我便赶快把你抱了回来。"江山轻轻地点了点头。

"哦,又让你担心了。"白若水一脸自责,江山看在眼里,疼在心上。他摸了摸白若水凌乱的头发,脸上不禁浮起了一丝忧虑。

"若水,你心中的愁,让我替你分担好吗?我不愿意看到你不高兴。"江山心疼地说道。

白若水一听,张了张嘴,想把她在墓前看到她墓碑的事告诉江山,可又一想,暂时还是别说了,免得他又为自己担心。

她支吾了半天,才说道:"小山子,你在墓前看到什么了吗?"

"你是说顾天诚的墓?"江山一怔。

"嗯,是的。"白若水答道。

"没有呀,怎么了?有什么发现吗?"江山疑惑地问道。

"哦,没,没有。"白若水慌忙说道。

她为自己的撒谎感到有些歉疚,可她实在不愿意再看到他为她费心了,想到连日来他为自己吃了好多苦,受了好多惊吓,她有些过意不去。

"对了,肚子饿吗?我给你买了蛋糕和牛奶。"

"你想得真周到,我还没吃早餐呢。"

"我就知道你会忘记。"江山说着,便把蛋糕和牛奶拿了过来。白若水接住蛋糕,幸福地咬了一大口,只听他又说道,"中午想吃什么?我给你做。"

"好呀好呀,好想尝尝你的厨艺。哦,红烧排骨、蒜薹炒腊肉、韭菜炒蛋,还有冬瓜海螺汤。"她一口气报了一大串。

"好,你安心躺一下,我去给你做。"

江山很快便忙碌了起来。白若水望着他的身影,心想要是这一切都没有发生,那她和他将会过着多么快乐的生活呀。可往往事与愿违,生活中充满了太多的不如意。

中午两人吃完饭后,白若水躺在床上,躺着躺着竟睡着了。睡梦中她竟然梦见顾天诚手里拿着一条白布,要来勒自己的脖子。

"啊,不要,不要。"白若水一惊,吓出了一身冷汗。她睁眼一看快5点钟了,她想自己可真能睡呀,本来是想睡一小会儿,谁想一睡竟睡了一个下午。

白若水懒懒地从床上爬起来,见江山不在房间里,便想他可能出去了吧。她洗了一把脸,整个人立即清醒了许多,她呆呆地望着镜子里憔悴清瘦的自己,想起刚才的噩梦不禁心有余悸。她梳了梳头发,忽然又想起了早上所发生的事情。

墓碑?她的墓碑?她竟然和顾天诚葬到了一起?会不会是自己看错了呢?不,不可能。那会不会另有隐情呢?她犹豫了一下,决定再到顾天诚的墓前看看。

这次她轻车熟路地来到静幽公墓,远远地就看见顾天诚的墓前,站着一个身穿黑裙头披黑纱的女人。她一愣,连忙躲到了一个墓碑后。

那个女人站在那里一动也不动,眼睛却一直盯着顾天诚的墓碑。白若水躲在一个墓碑后,因为离得太远,她看不清那个女人的表情,但是却觉得那个女人似乎很奇怪。

二十分钟后,那个女人默然地离开静幽公墓,在马路边招手上了一辆出租车,向北绝尘而去。白若水也赶快上了一辆出租车,在后面偷偷地跟踪着。

白若水说不清自己为什么要跟踪这个披黑纱的神秘女人,凭感觉她觉得这个女人不一般,可是她为什么要到顾天诚的墓前来呢?她跟顾天诚是什么关系?

不知为什么,她隐隐觉得这个女人的身影有些熟悉,似乎在哪里见到过,可又一时想不起来。猛然间一个女的名字跳到了她的眼前:方静舒!她越来越觉得这个女人的背影有些像方静舒。她虽然和方静舒没见过几次面,可是她对方静舒的印象非常深刻,当初她能够得到品位很高的顾天诚的喜欢,看来她不简单啊!

只是方静舒为什么要打扮得那么神秘呢?如果方静舒仅仅是来祭奠

一下死者就好了,可为什么她竟然给她一种奇怪的感觉呢?白若水想着想着,方静舒乘的那辆出租车在一家名叫"西堤岛音乐咖啡厅"停了下来,然后她看到她下车走了进去。

白若水悄悄地跟在后面,她看到方静舒上了三楼,直接来到一个靠窗的位置坐了下来。对面的男人抬起头,向方静舒笑了笑。

她一看那个男人,浑身不由得一颤,然后惊得目瞪口呆。

那个男人不是别人,正是江山!

7

白若水气得差点儿晕了过去,江山?那个男人竟然是江山?她真想扑过去,在他的胳膊上狠狠地咬一口。原来他也有秘密瞒着自己?

白若水转念一想,江山怎么会和方静舒在一起呢?他是什么时候认识她的?他们在一起谈什么事?会不会和顾天诚的死有关呢?还是另外隐藏着她不知道的秘密?

越来越多的疑问积聚在她的脑子里,她看到江山一直面带笑容地和方静舒交谈着什么,心里更加恼火。好不容易看到方静舒起身离开,谁知方静舒上完洗手间又回来了。两个人又继续谈论着什么,过了好一会儿,她终于看到他们两人双双起身离开咖啡厅。

江山站在马路边,帮方静舒招手叫了一辆出租车,方静舒向他扬了扬手,很快乘车而去。江山向周围看了看,转身向一家披萨店走去。

白若水望着江山离去的背影,不由得狠狠地跺了跺脚。她气呼呼地回到家里,把挎包往床上一扔,然后坐在沙发上生闷气。

正在这时,门开了,江山提着披萨走了进来。白若水听出是他的声音,连忙闭上眼睛,假装睡觉。江山把披萨放好,挨到她身边,轻轻捏了一下她的鼻子。

"小懒猪,还在睡觉呀?"江山柔声说道。

白若水不吭声,只听江山继续说道:"你猜我给你带什么好吃的回来了?"

她还是不说话。

"哦,还在睡啊,有没有梦见我?"江山轻声说道。

白若水一听，立即睁开了眼睛，撅着嘴说道："不错，是梦见你了。"

"梦见我什么了？你怎么哭了？"江山凑到白若水耳边，悄声说道。

"哭？哼，我才不会那么轻易流泪呢，梦见你背叛我了。"白若水不高兴地说。

"背叛？我怎么会背叛你呢？小东西，你把我想得太坏了吧？我好冤枉呀，我眼里除了你，可没别人啊。"江山一脸委屈地说。

"冤枉？我可不会随随便便去冤枉人，老实招来，今天下午你去哪里了？"白若水心一横，要探探他的虚实，看他究竟有没有背叛她。

"我出去谈事情了。"江山低声说道。

"男的女的？"白若水紧接着问道。

"女的。"江山如实说道。

"她叫什么名字？"白若水故作平静地说。

"方静舒，她说她叫方静舒。"江山想了想，说。

白若水一听，暗想自己还真没猜错，那个女人果然是方静舒。她脸上不动声色，继续问道："你和她是什么时候认识的？你和她都谈了些什么？"

"我和她刚认识，下午你睡着后，我在分析案情，忽然收到一条短信，她说她是顾天诚的朋友，有事想跟我谈一下，地点约在明华路八号的西堤岛音乐咖啡厅，时间是下午四点整。我本来是想告诉你一声的，可那时你还在睡觉，我便一个人去了。谁知，一等便是一个多小时，直到五点多她才来，见了面我才知道她叫方静舒。"江山答道。

"方静舒还有没有跟你说别的什么了？"白若水继续问道。

"她说她是顾天诚生前的好朋友，只是有一段时间没联系了，她很想了解一下他生前的情况。"江山缓缓地说道。

"那以后呢？"

"我说我跟顾天诚也是前不久才联系上的，没想到，不久他便死了。对于他之前的一些情况，我也不是太了解。她似乎知道我跟顾天诚小时候的事情，她问我，他小时候是不是很喜欢打架，生活是不是很艰苦之类的。"江山叙述道。

"那你都告诉她了？"

"是的，再说我也没必要隐瞒呀，她看起来有些伤感。"江山忧郁地说。

"伤感？"白若水心里不禁生出一丝醋意，"她会有什么伤感呢？"

"她说顾天诚的死,让她很痛苦,她想为他还魂。"

"还魂？愚蠢!"白若水生气地说道。

"她还说她知道你和我在一起,她让我转告你,不要以为你什么都没做,就是无辜的。无心的伤害比罪人还不可饶恕,何况有心？她说这话真有些莫名其妙,你别往心里去,更不要和这种人一般见识。"江山安慰道。

"岂有此理。"白若水气得浑身颤抖,顺手捏住他大腿上的肉,强压住心中的怒火。江山疼得哎哟叫了一声,她这才知道,刚才用力重了些,便赶快抽回了手。

"临走时,方静舒让我这个星期三下午,照样在那个咖啡厅等她。"江山皱着眉说。

"星期三？"

白若水一听,脸上不禁浮起一丝奇怪的神色。

8

江山感觉白若水的脸色有些异样,不觉有些奇怪。

"怎么了？是不是不高兴啦?"江山轻声问道。

"没什么,我可没那么小气。我是在想方静舒星期三让你在咖啡厅等她,会有什么事呢？对了,你没问是什么事情吗?"白若水想了想,说。

"问了,可她没说。"江山垂头丧气地说。

"哦,她这个人不知在搞什么鬼？搞得这么神神秘秘的,她今天的表现真有些奇怪。"白若水低声说道。

"是呀,我也觉得她有点怪怪的。"江山点了点头说。

"那还有没有其他什么收获?"

"没有了,不过倒使我想起一件事情来。你还记得小时候在孤儿院的情景吗?"江山犹豫了一下,然后说道。

"哦,当然记得。那时候你是个倒霉蛋,老受别人欺负。怎么了？你问这干吗?"白若水疑惑地问道。

"记得有一次过六一儿童节,何老师给孤儿院的孩子们每人发了一朵小红花,还有一块巧克力蛋糕。孩子们高兴极了,何老师走后,有一个叫邬艳艳的小女孩跑过来,抢我手里的小红花和巧克力蛋糕,我双手捂在胸

前,紧紧地护着。邬艳艳见抢不到,便叫一个名叫江丽蓉的小女孩过来帮忙,推搡中,邬艳艳不小心摔倒在地,她哇的一声坐在地上大哭了起来,我刚想过去扶她起来,就见身边围过来六个人。我一看,是孤儿院里孩子们当中最爱打架最霸道的六个小男孩。他们是:王震、刘二愣、崔浩、吴维国、李兵和杨志宏。后来我才知道,他们六个人和邬艳艳以及江丽蓉组成了'八人帮',暗地专门欺负弱小怕事的小孩子。"江山缓缓地说道。

"他们好可恶,你是不是也被他们打了?"白若水心疼地问道。

"是的,那天我被他们打得鼻青脸肿,要不是顾天诚站出来,说不定我的小命会搭上。"江山回忆道。

"顾天诚?那后来你们两人怎么了?"白若水一听,赶紧问道。

"当时顾天诚还真有两下子,很快打倒了两个,可毕竟不敌众,他也被打得鼻青脸肿的。我被他们几个压在地上,心里实在气不过,便蘸着血在地上写了几个字。"江山一想起凄惨的过去,便不由得满心伤感。

"什么字?"白若水急切地问道。

"那几个字是:我长大了,要杀掉你们!可他们几个在一旁笑话我,说我是一只耗子,只能被他们几只猫吃掉,我气得眼泪在眼眶里直打转。就在这时,何老师来了,他把他们狠狠地训斥了一顿,然后把我和顾天诚送到村里的诊所进行包扎,见无大碍,才把我们送回孤儿院里。以后我和顾天诚便成了铁哥们儿,和他们成了死对头。不过何老师怕我们再受到他们的欺负,便一直护着我们,他们也不敢再轻易伤害我们。"江山慢慢地说道。

"这件事你为什么不早告诉我?"白若水望着他,眼前不禁一片潮湿。她满脸心疼,心想还不知道他受了多少委屈呢,可他就是这犟脾气,硬是放在心里不说。

"唉,我是想说的,可当时看到你给我们带来姥姥做的绿豆糕,便咽到肚子里了。"江山叹了一口气,无奈地说道。

"唉,我也好怀念姥姥的绿豆糕呀。那时我们三个真快乐,常常在小河边挖蚯蚓,在草地里捉虫虫,还在河里捉鱼烤着吃……"白若水说着,神色一片黯然,"可现在,再也找不回过去了。哦,对了,你说的那个'八人帮'……"白若水说到这里,突然怔住了。

"'八人帮'如今已经死了两个了,何老师也死了,我怀疑这是一场阴谋,凶手绝不会轻易罢手的。"江山心情沉重地说道。

"你的意思是凶手还要杀人?难道凶手真的要把我们身边的人都杀

死,才会罢休吗?"白若水满脸恐惧地问道。

"我有种感觉,凶手跟孤儿院有关,所以我们要尽快找到以前在孤儿院待过的人,否则,我怕还会死人。"江山忧心忡忡地说。

"嗯,你这样一说,我也隐隐觉得跟孤儿院有关。何老师、陈大爷、王震和刘二愣,以及李扁的死都直接或间接与孤儿院有关系,那凶手要是再杀人的话,肯定也是和孤儿院里的人有关。可夏威夷酒店的那个保安阁大海与孤儿院有什么关系呢?"白若水的心中充满了疑问。

"凶手到底是冲着什么来的呢?为什么对方要把我们身边的人都杀死?难道真的与孤儿院有关?凶手说要让我们活得生不如死,就是说要慢慢地折磨死我们,可我们也没有得罪过谁啊?不管怎么样,我们都要小心才是。"江山担忧地说。

"嗯,凶手杀人的目的还不清楚,不过,我相信,无论凶手多么狡猾,迟早有一天会露出狐狸尾巴的。"白若水说到这里,转过脸对江山低声说道,"对了,有一件事我也要告诉你。那天在静幽公墓,我在顾天诚墓旁看到了我的墓碑。"

"你的墓碑?"江山一听,不由得一愣,"这个顾天诚怎么能这么做,也太不把人看在眼里了吧!哼,我真想教训他一下。"江山握紧了拳头,想象着把那坚实的拳头打到顾天诚脸上的结果,可他头一歪,忽然意识到顾天诚已经死了,不禁垂头丧气地低下了头。

"这件事我也觉得很奇怪,所以下午睡醒后,我便又跑到静幽公墓里去。谁知,竟在顾天成的墓前看到了方静舒。"白若水终于把自己奇怪的经历告诉了江山。

"方静舒?她怎么会在顾天诚的墓前呢?她不是和我在咖啡厅吗?"江山疑惑地问道。

"那时候她还没去呢,后来我跟着她一路来到了那个西堤岛音乐咖啡厅,直到你们谈完我才回来。不过你们谈了什么,我可一点儿也没听到。"白若水不紧不慢地说道。

"原来那个时候你也在?"江山一怔。

"对,我是想看看方静舒要做什么?谁知她竟然是和你会面。"白若水一想起这件事来,心里便一阵恼火。

"哦,还在生气吗?"江山嬉皮笑脸地问道。

"不了,不过,下次可要上报。"白若水嗔怪道。

两人冰释前嫌,心情一下子轻松了不少。

"好,下次你是总指挥,行不行?"江山微笑着问道。

"嗯,这还不错。对了,我怎么觉得事情好像不像你我所想象的那么简单。"白若水忧虑地说道。

江山一皱眉,白若水的话让他忽然感到,整个事情渐渐变得扑朔迷离,复杂多端,似乎越来越出人意料。

『第七章』

扑朔迷离

Scarlet Carnation

1

这是一个寂寞难耐的漫长之夜。

疲倦的白若水冲完凉后,便一头栽到床上呼呼睡了起来。睡梦中她感到自己好像一头迷失了方向的小鹿一样,在黑暗的森林里东奔西跑着。但无论她怎么转,也转不出如迷宫般压抑的森林。

可她不死心,依旧在里面转来转去,转来转去……

仿佛过了好长好长时间,终于她听到有人微微走动的声音。那脚步声很轻很细,好似下雪沙沙的声音。之后便是沉沉的空寂。

愕然之余,她那颗兴奋的心又像皮球似的软了下来。失望、焦虑和无助一起潮水般涌上她的心头。她环顾四周,黑暗之外,仍然是一片可怕的黑暗。

耳边脚步声再度响起,然后又是一片死寂。片刻之后,空气中传来一阵幽怨曼妙的歌声。那歌声似哭似泣,是那般熟悉。

> 这个世界,
> 一半是天堂,
> 一半是地狱,
> 你身处其中,
> 置若罔闻。
> 你的爱变成了葬品,
> 你的心已被恨吞噬。
> 你伫立原地,
> 再也回不去原来的位置。
> 你想逃脱,
> 一切皆是枉然。
> 白天变成了黑夜,
> 黑暗存在每一个角落……

白若水一听,立即惊慌失措地捂住耳朵。她感到那歌声好像来自地狱勾魂的使者一样,要召往她到另一个世界。

她不知自己到底是在梦中还是身在何处,那极具穿透力的歌声好似一块磁铁般,正缓缓地把她吸引过去。

白若水摸索着来到窗前,悄悄地拉开了一条缝,她看到窗外不远处的一棵树下,站着一个白衣女子,边唱着歌边哀怨地注视着窗户。

她心里一惊,那个女人被树影遮挡,她看不清面容。可她却感觉那个身影是那样熟悉,就像刚刚见过一样。

谁?她是谁?

白若水放下窗帘,心怦怦直跳。那个女人到底是谁呢?这么晚了她不睡觉唱歌做什么?还有她那哀怨的眼神,怎么那么熟悉呢?就好像一件多年不穿的旧衣服,一直藏在她的柜子深处,被刚刚翻出来似的,有一种似曾相识的感觉。

正疑惑时,歌声却停了,然后又是一阵沙沙轻声走路的声音。她赶紧拉开窗帘向外望去,眼前白影一闪很快便消失在茫茫黑夜之中。

白若水长吁了一口气,悬着的心终于放了下来。她刚想转身回到床上睡觉,耳边歌声却又响了起来。

  来吧,
  来吧,
  这里欢迎你。
  啊,地狱,
  飘满灵魂的地狱……

白若水的心又猛地一紧,身子慢慢地向门口移去。不知何时她的脑子里,已变成了一片空白,只有那若有若无的诡异歌声,在她脑海中轻轻飘荡着。

白若水打开门,顺着歌声向外走去。

也不知走了多久,在一片墓前她站住了。离她不远处,一个白衣女子在一座墓前如蝶般翩然起舞。那幽怨绝望的眼神,那诡异冷漠的神情,那轻盈飘逸的舞姿,那秀丽熟悉的身影……

突然一个名字在她脑海里一闪而过。

方静舒!

这个谜一样的女人,偏偏要和顾天诚纠缠在一起,到底是为了什么

呢?是爱,是恨,还是曾经的那份不甘心?

白若水慢慢地闭上眼睛,忽然感到心里好堵。此刻,耳边的歌声却停了下来,只听到树叶微微响动的声音。她猛地睁开眼,那个白色的身影竟然不见了,眼前除了一个个冰冷的墓碑外,什么都没有。

梦?难道这是梦里?还是自己的幻想?她有些糊涂了,她揉了一下眼睛,向四周望去,却仍然什么也没看到。

怪了?真是怪了!

白若水整个人恍恍惚惚,刚想转身离去,就听耳边一阵风响,一个黑色的影子从草丛中窜了出来,然后从她眼前一闪而过。那绿幽幽的眼睛,让她顿时吓得差点灵魂出窍。

鬼?

她想跑,可双腿却像注了铅似的,一点儿也迈不动。就在这时,只听一个墓碑后传来喵的一声,然后便是一阵沙沙离去的声音。

啊!可吓死我了,原来是一只猫!

白若水有些愤愤不平,今晚竟然被一只猫捉弄了。唉,真是苍天弄人!她轻叹了一声,然后转身向公墓外面走去。

也不知是怎么回事,在转身的刹那,她竟然感觉背后似乎有一双眼睛,一直在黑暗处冷冷地盯着她。她猛地回头看去,身后却什么也没有。她心里怪怪的,不是滋味。今晚是怎么了,好像中了邪一样,整个人都似乎变得不正常起来。

白若水边走边不时地向身后望着,好似后面会随时有怪物跟踪而来。终于在她连连回头,却什么都没有发现后,才放心的迈步前行。

白若水拢了拢散乱的头发,心想看来是自己多心了,弄得神经太紧张了。以后可不要这样自己吓唬自己了,她自我安慰道。

她紧绷的心逐渐放松了起来,警惕性也不像刚才那么强了。她沿着夜色一路而去。可她怎么也想不到,一双阴森恶毒的眼睛,自始至终,一至在暗处狠狠地盯着她……

2

天亮了,白若水睁开惺忪的眼睛,看到枕头上竟然有一片湿痕。她用手摸了摸眼角,发现眼角处也是湿乎乎的,难道自己睡觉时哭了?她不禁有些奇怪。

白若水的头隐隐有些痛,她忽然想起了那个奇怪的梦,那穿白裙的女子,那哀怨伤感的歌声,那美丽诡异的舞姿……好像放电影似的又一次出现在她眼前,她心里更加疑惑,这些到底是梦还是她真的经历的事情?

白若水望了望放在门口鞋架上的那双粉红色的皮鞋,一尘不染的皮鞋上竟然有三四个泥点和脏迹。奇怪!昨晚睡前她特意把皮鞋擦干净了呀,怎么会一夜之间变得这么脏?她又看了看她那条搭在衣架上的粉红色的裙子,令人感到怪异的是,她洗干净的裙子上竟也有几处脏乎乎的。

这到底是怎么回事呀?难道昨晚她真的出去过?她拼命地回忆着昨夜所发生的一切,可脑子里一片模糊,竟什么也想不起来。

白若水挠了挠头,心情有些郁闷。这时,正好听到江山在客厅里叫她一起去外面吃早餐,她答应一声,很快便把所有的灰色情绪抛到一边了。

两人吃完早餐,开始分头活动。江山去找曾经在孤儿院待过的几个人,而她则再到静幽公墓查问墓碑的事。

公墓管理处只有一个五十多岁的老大爷在,老大爷姓乔,花白头发,鼻梁上架着一副近视眼镜。白若水来时,乔大爷正在专心致志地看一份早报,猛然抬头见眼前站着一个漂亮的大姑娘,不禁满脸疑惑。

"姑娘,你找谁?"乔大爷扶了扶眼镜问道。

"哦,大爷,我找你呀。我想向您打听一件事,C区4排25号那个叫白若水的墓,是什么时候入葬的?"白若水缓缓地问道。

"白若水?"乔大爷一怔。

"是的。"白若水点了点头。

"你等下,我看一下记录。"乔大爷说着,便从抽屉里拿出一个记录本,翻了两页,只听他慢条斯理地念了起来:"是今年7月15日,鬼节那天。"

"鬼节?"白若水心里咯噔一下。

"对,怎么了,姑娘?"乔大爷奇怪地问道。

"哦,没,没什么。入葬那天,她的家人来了吗?"白若水继续问道。

"好像来了吧,唉,这女孩真可怜,年纪轻轻的,就得病死了。"乔大爷叹息着说道。

"病?什么病?"白若水一脸好奇。

"听她家人说,似乎是先天性心脏病吧。"乔大爷答道。

"先天性心脏病?"白若水气得脸色苍白,一时连话也说不下去了。她万万没想到,顾天诚的死,把她也拖入了万劫不复的地狱,还编造了一个先天性心脏病的名,把活着的她当死人安葬。

"是的,她家人这么说的,我不会记错的。"乔大爷肯定地说道。

"那她家人有没有联系电话?"白若水接着问道。

"等下,我找下。"乔大爷说着,又翻了翻记录本,找到了家属那一栏,"哦,有,有,不过……"

白若水见乔大爷面有难色,连忙说道:"大爷,这对我很重要,麻烦你告诉我一下吧。"

"呃,好吧,那个女孩家属的名字叫陈希同,联系电话嘛,你等下,我抄给你。"乔大爷找了一张小纸条,然后把陈希同的电话号码抄了下来,递给了白若水。白若水连忙道谢,心里忍不住一阵激动。

现在事情总算明朗些了,她这趟真不白来,可当她想到"陈希同"这个名字,心中不禁更加疑惑。陈希同?这个名字怎么从来没听说过呢?难道是他们故意编造的假名?还是真有其人?

白若水按捺着好奇,没有立即拨打陈希同的电话,又接着问道:"大爷,我想再向你打听一件事,你们这里原先有一个叫方静舒的墓穴推销员吧?"

"对,姑娘你怎么知道?"乔大爷反问了一句。

"我们见过几次面,我想了解一下她的情况。"白若水答道。

"呃,原来是这样呀,她的情况我不太清楚,再说她不在这里已经有一年多了。"乔大爷摇了摇头说。

"那你知道方静舒在公墓工作了多长时间吗?"白若水刨根追底地问道。

"大概几个月吧。"乔大爷想了想说。

"那方静舒后来怎么不在公墓里上班了?"白若水追问道。

"哦,可能是不喜欢吧。女孩子做这个挺少的,不过她做得蛮好的。"乔大爷慢理斯条地说。

"你知道她后来去哪里上班了吗?"白若水又问道。

"听说是市文工团吧,具体的我也不清楚,姑娘还有事吗?"乔大爷不耐烦地说。

白若水见乔大爷有逐客的意思了,便告辞了乔大爷,转身走出了静幽公墓。

可是她没有察觉,就在她离开的那一瞬间,乔大爷的嘴角扬起了一丝诡异的微笑……

3

当白若水打通陈希同的电话时,才发现自己完完全全错了。接听电话的是一个年轻男人,听声音大概也就二十多岁吧,说话很爽快。两人很快约好在西堤岛音乐咖啡厅见面。

白若水赶到西堤岛音乐咖啡厅时,陈希同已经在咖啡厅等候了。白若水直接走到9号桌,然后在他的对面坐了下来。

"你好,请坐,怎么称呼你?"陈希同客气地说道。

"我姓白,白若水。"白若水平静地说。

"哦。"陈希同一愣。

此言一出,果然如她的想象,陈希同的脸色变了变,忧郁的眼神里悄悄地多了一丝难以言明的痛苦。他咳嗽了两声,然后装作一副满不在乎的样子。

"呃,要喝点什么?"陈希同语气颤抖地问道。

"一杯热牛奶吧。"白若水淡淡地说。

陈希同一听,伸出手在空中打了一个响指,对走过来的服务员说:"来一杯热牛奶,一杯冰咖啡,再来一份情侣套餐。"

白若水低头看了看表,11点15分,她的肚子此时也咕咕地叫起来了,她对服务员扬了扬手,说道:"哦,我那份不要辣的。"

服务员答应了一声,便走了。陈希同自嘲地笑了笑,说:"你们怎么一模一样?都不喜欢吃辣的。"

"我们?"白若水一怔。

"呃,我是说你和若水。"陈希同说到这里,深沉地望了白若水一眼,两人都不由得怔住了。此刻,白若水已经意识到陈希同指的那个白若水,不是她,而是另有其人。难道真的有一个女孩和她的名字一模一样,也叫白若水?

趁陈希同发愣的工夫,白若水偷偷地打量着眼前这个男人。他看起来不是很帅,但有一股潇洒之气,眼窝深陷,两个眉头拧成一团,似是有解

不开的疙瘩。她心想，看来这个痴情的男人，最近是不曾睡过一个好觉的。

这时，服务员把热牛奶和冰咖啡端了上来。白若水拿起小勺，搅了一下杯子里的牛奶，漫不经心地说道："我可以了解一下若水的事吗？"

"可以。"陈希同点了点头，随后又说道，"不过，我想知道你来找我的目的？"

"哦，是这样的。昨天我在朋友的墓旁看到了我的名字，当时我以为他们搞错了，可今天问了公墓管理处的乔大爷后，才知道事情并不是这样。我感觉事情有些蹊跷，所以想弄清楚。"白若水答道。

"是呀，你叫白若水，我也感到有些意外。不过，若水是一个病人，生下来就患有先天性心脏病，可是她是一个很善良很好的女孩。如果不是因为她的病，我们就结婚了，可她还是先走了，唉。"陈希同叹道。

"她多大了？"白若水同情地问道。

"19岁。"陈希同说完，又强调了一下，"才19岁。"

"哦，好可怜，那她的墓穴，是她的家人买的吗？"白若水缓缓地说道。

"不，听林阿姨说，是别人转让的。"陈希同低声说道。

"转让？"白若水一愣。

"对，实际上算是赠送吧。林阿姨说转让的那个人心地很好，听说若水的病以后，就把墓穴赠送给她了，没要一分钱。"陈希同犹豫了一下，然后说道。

"哦。"白若水一听，心里暗想这点倒符合顾天诚的性格，血性汉子，容易动感情，又有强烈的同情心，面对如此可怜的女孩，不心软才怪呢。想到此，她便接着问道，"那你知道那个转让人的名字吗？"

"听说那人姓顾，叫什么我忘了，是本市的一名企业家。好像前不久也死了吧，前两天我还去祭奠了一下。对了，好像叫顾天诚吧，报纸上还报道了。"陈希同想了想说。

白若水听完，头微微地有些眩晕，那个人果真是顾天诚，可他当时为什么要瞒着自己呢？她也不是那种斤斤计较之人，他又何苦瞒着她呢？

"他是什么时候把墓穴赠送给若水的？"白若水郁闷地问道。

陈希同喝了一口冰咖啡，然后眼神漠然地望着窗外，听到白若水的疑问后，连忙收回目光，向白若水歉意地笑了一下："大概是一年前吧。"

一年前？顾天诚竟然瞒她这么久？白若水一阵苦笑。

"当时我记得转让墓穴时，不是顾先生亲自来的，而是一个女人。"陈希同回忆道。

"那个女人是谁?"白若水急切地问道。

"哦,那个女人看起来对办理墓穴这方面的事很熟,她说是顾天诚的朋友。好像不到半个小时吧,很快就办好了。"陈希同慢慢地说道。

"她长什么样?你还记得吗?"白若水故作平静地问道。

"一年了,不过印象倒是很深的,因为是顾先生的朋友,所以便多看了一眼。她长脸,大眼,卷发,长得很漂亮的。"陈希同十分冷静地说道。

"她的名字你还记得吗?"白若水继续问道。

"好像……姓方吧。"陈希同迟疑了一下,说道。

那个女人果然是方静舒!不知怎的,白若水心里忽然感到很不舒服。

"你有若水父母的地址吗?我想去拜访一下。"白若水幽幽地问道。

"有,我写给你。"陈希同掏出钢笔,然后又在口袋里找到一张没写过字的小纸片,刷刷地写好了地址,交给了白若水。

白若水接过小纸片,放好后又接着问道:"那后来你们还和顾先生联系过吗?"

"没有了。"陈希同答道。

"那方小姐呢?"白若水追问道。

"也没有。"陈希同摇了摇头。

4

白若水神情恍惚地望着小纸片上的那个叫"林美芳"的女人的名字,在马路上七转八拐,终于找到了陈希同写给她的地址。

"西德口街57号。"白若水喃喃自语道。

她对了一下地址,然后又不放心地多瞄了几眼,果真没错,就是这里了。院子里传来叮咚叮咚的声响,她望着那扇紧闭的破旧的木门,犹豫着是否现在就进去。

此刻,耳边那种叮咚叮咚的声响突然停止了,她发愣的瞬间,一阵浓浓的烟味突然从里面飘了出来。她捂着鼻子,皱皱眉,然后轻轻地敲了敲门。

"喂,请问有人在吗?"白若水大声问道。

没有人应声,门却吱呀一声开了。她向里面探了一下头,刚好看到一个跪在地上的女人正回头望着她,那阴冷怨恨的目光,让她禁不住浑身一颤。

"你,你好。"她声音低得连自己也听不见,那个女人没有理她,转回身继续翻动着手里的东西,浓烟越来越大,呛得她喘不过气来。她咳嗽了两声,这才看清那股浓烟就是从那个女人的手下冒出来的。

原来那个女人在烧纸!只见她一边把冥币放到眼前的盆子里,一边嘴里不断地念念有词:"若水,我的好闺女,你在人间享不了福,就到天上去享福吧!可娘哪里舍得你走呀,我的好闺女,你不要走,不要走啊!娘舍不得你,舍不得你啊!你回来吧,若水,再让娘看一眼吧!呜呜呜……"

女人忽然哭了起来,刚开始还是小声,后来那声音越来越大,白若水听得也有些心酸。她一抬头,猛地看见女人前方的桌子上,放着一个女孩的遗像。女孩看起来很年轻,大概也就十八九岁吧,长得十分秀丽,一脸清纯和淡然,身上有一种说不出来的纯美。她想,这个女孩可能就是死去的白若水吧!

"哦,你,你是林阿姨吧?冒昧地打搅你,真不好意思。我是……"白若水还没有说完,就感到身上好像遭了雷击一样,那个女人冷冷的目光向她直射过来,她霎时感觉浑身不舒服起来。

"林阿姨,你……"她竟忘了该说什么了,不禁满脸尴尬。那个女人望着她,好久没有说话。她一时有些糊涂了,搞不清眼前的女人是不是白若水的母亲林美芳,可又觉得她的五官和照片上的女孩有些像,忍不住狐疑乱猜起来。

"若水,是你吗?"那个女人忽然说道。白若水一怔,不知该如何回答。的确,她是白若水,可不是那个死去的白若水,更不会是林美芳的那个叫白若水的女儿。可是她该怎么回答呢?眼前的女人会信吗?关键是她感觉眼前的女人精神似乎有些不正常,这虽然不关她的事,却无形中给她造成一种莫名的压力和恐惧。

白若水越想尽快抛开那份恐慌和无助,那种恐惧却来得越猛,就像被一张巨大的网绑着一样,她越挣扎反而被绑得越紧。她惶恐地望了一下眼前神情发怪的女人,不由自主地点了点头。

"嗯,我是若水,但不是……"白若水还没说完,就被那个女人打断了。

"若水,你真的是若水?"那个女人一听,立刻变得激动起来。

"哦,我,我不是那个……"白若水害怕地摇着头。

"若水,我的若水呀,你终于回来了!妈好想你啊,你走的这些日子,有没有忘了妈呢?我是你的妈妈林美芳,永远爱你的妈妈!"林美芳激动地颤声说道。

"林阿姨,我不是你的女儿若水,你搞错了。"白若水慌忙解释道。

"你在说什么话呀?若水,你不认妈了吗?我真的是你妈妈林美芳呀,你仔细地好好看看,妈妈没变呀,一直都没变呀。"林美芳说着,神情变得更加激动不安。她上前一把拉住白若水,然后紧紧地抓住了她的手,"若水,你看清妈妈,真的是妈妈啊,妈妈没骗你,没骗你。"

"不,放开我,快放开我!"白若水吓得不知所措,她的手被林美芳抓得生疼。她望着林美芳那张变得狰狞的脸,忽然感觉自己好像一只掉进狼口的可怜的小绵羊一样,软弱无助。而林美芳却张着狼似的大嘴,似要把她无情地生吞活剥。

白若水突然间想逃跑,可双手却被林美芳死抓着不放。她越挣扎越无力,头越眩晕得厉害。她心中一片绝望,好像生命会随时停止呼吸一般,她被一种濒临绝境的灰色绝望,深深地包围着。

5

坏了,坏了!

她的头怎么越来越疼痛眩晕呢?哦,遇上这个疯女人真可怕!她怎么这么倒霉呢?不早不晚偏偏遇上这个疯女人!她痛苦地微闭上眼睛,然后又慢慢地睁开。突然间,她的双眼直了,她盯着墙上那张白若水的遗像,忍不住惊讶地张大了嘴。

她在笑!

她在向她笑!

那个早已死去的和她一模一样名字的女孩,居然在向她笑!

白若水?白若水?白若水?……是那个死去的白若水还是自己?那个白若水真的死了吗?她死了吗?她死了吗?不,不,不!

"啊——"

白若水的脑子里一片空白,霎时被那个诡异的笑容吓得大声尖叫起

来。她这一嗓子把林美芳也吓坏了,她呆呆地望着眼前的女子,弄不清楚她到底是不是自己的女儿。她一时有些糊涂了。

就在这时,一个男人从门外快步跑了进来。他用力推开紧紧抓着白若水不放的林美芳,然后轻轻扶住了将要晕倒在地的白若水:"若水,别怕!"

"哦,是你?"白若水一下子清醒了许多,她望着突然出现在自己眼前的陈希同,伸出手摸了摸头,才发现自己竟不知什么时候出了一身冷汗。

"是我,若水。我不放心跟了过来。你,没事吧?"陈希同担忧地问道。

"没有,放心好了。"白若水微微摇了摇头。

"你快走,这里有我。"陈希同急声说道。

白若水点了一下头,心里忽然涌出一阵感动。陈希同!这个男人的出现,多多少少让她感到有些意外。她顾不上多想,刚想离开,可还没来得及转身,就见林美芳又张牙舞爪地扑了上来。陈希同连忙又不顾一切地护住了她。

"快走。"陈希同催促道。

"好,你小心。"白若水说完,便跟跟跄跄地跑了出去,等看到自己已远远地离开了林美芳的家,这才忍不住长出了一口气。

太可怕了!

太可怕了!简直让人无法想象!

白若水整个人还没有从刚才的极度惊魂之中完全挣脱出来,她喘了口气,想起那个心理有些变态的疯女人,浑身便忍不住颤抖起来。

良久,白若水的心情才逐渐平静下来。她走到马路边,伸手拦住了一辆出租车,抬脚刚想上车,眼睛却不经意地向远处一瞟,刹那间她整个人一下子呆住了。

她的眼睛突然睁得好大,眼神一直疑惑地盯着远处的一个男人的身影。她的举动引起司机的巨大不满,她的神情太专注了,以至于司机在她耳边说了什么话,她都没听到。

"小姐,请上车。"司机连说了好几遍,见白若水依旧一动不动地站在那里望着远处,忍不住丢下一句"神经病",便把车开走了。

白若水这时才反应过来,她满脸歉意地向远去的出租车笑笑,然后急忙向马路对面走去。她刚走了两步,却听到耳边一阵喇叭响,她一愣,身子却差点碰到迎面驶来的汽车!

白若水一皱眉,连忙向后退去,眼前又有两三辆汽车驶了过去。该死,该死!车,车,又是车!她急得直跺脚。

　　好不容易等所有的汽车都驶过去了,对面那个男人的身影也不见了。她急忙跑到马路对面,心中暗想那个男人应该是消失在这座大楼里。

　　东方明珠!白若水注视着眼前这座大楼,什么都顾不上想,急急地走了进去。可结果令她大失所望,她找遍了整座大楼,也没有再看到那个男人的身影。

　　难道是自己看错了?

　　不,不,她看的那个男人的身影跟他简直太像了!顾天诚!那个男人的名字突然又冒出了她的脑海,她心中不禁一阵绞痛,很快这种疼痛便蔓延到她的全身。

　　只有她自己知道,她的心里有多痛苦。顾天诚的死,给她带来前所未有的巨大的伤害,她有时候想这是不是真的?好端端的一个人突然就从她的眼前消失了!想起这完全是自己的过错造成的,她心底的那份罪恶感便越来越重。

　　可现在,她竟然看到了一个跟他是如此相像的男人的身影?难道是她想他想疯了?还是渴望出现奇迹,他会突然出现在她眼前?她说不清楚,她不知道,她,她感到自己也快死了!

　　天诚,真的是你吗?

　　白若水满心忧郁地想道。

『第八章』

诡异酒吧

Scarlet Carnation

1

江山一整天脑子里都是乱哄哄的,他想尽快找到"八人帮"剩下的几个人,可是他与他们平时素不来往,很久没有联系过了,茫茫人海,去哪里找他们呢?

江山神情茫然地在大街上转来转去,寻找这几个人是件很头痛的事,让一向颇自信的他,竟一时不知从何处下手。

江山有时候想是不是自己太多疑了,也可能他们是平安无事的呢?可他心里总有一种说不清楚的不安感觉,如果不亲眼看到他们,这种不安便会在他心里一直继续下去。

崔浩、吴维国、李兵、杨志宏、邬艳艳和江丽蓉,你们到底在哪里呢?但愿你们不会出什么事情!他暗暗祈祷道。

晚上江山在一家牛肉馆吃了一碗牛肉面,快步走出门后,一扭头竟然发现牛肉馆门口的墙壁上贴着一张寻人启事。他好奇地走过去瞄了一眼,整个人却不禁大吃一惊!

只见寻人启事写着:吴维国,男,29 岁,身高 1.77 米,体形略胖,平头,皮肤黝黑,N 市人,在红人坊夜总会做总经理,于 2006 年 7 月 16 日失踪。失踪时上穿深蓝色 T 恤衫,下穿灰色裤子,脚穿黑色皮鞋。有知其下落者,请与警官陆逊联系。凡能提供有价值线索者,将有重谢!

江山盯着寻人启事,良久才反应过来。吴维国?吴维国?吴维国?是和他一起从孤儿院里长大的吴维国吗?

江山迅速地抄下了寻人启事下面的陆逊警官的手机号码,心中犹豫着走到马路边一个投币电话旁,他从口袋里掏出一枚硬币投了进去,然后拨通了陆逊的手机。手机很快就通了,只听嘟嘟响了两下,随后传来一个男人洪亮的声音。

"喂。"陆逊的声音,从电话的另一端传了过来。

江山一听,又很快挂断了电话。电话那头陆逊正在公安局的办公室里查看一份案情资料,失踪人吴维国,红人坊夜总会的总经理,失踪已经十多天了,至今还无半点消息。红人坊里的邬小姐天天打电话来催,可由于吴维国的社会关系太复杂,案情查来查去却一点进展也没有,搞得他的头都大了。

就在他焦头烂额时,手机响了,他一看是一个陌生电话,便接通,谁知刚接通对方就把电话给挂了。他郁闷地打过去,电话响了半天却没人接。

"妈的,这都什么社会呀,警察也有人骚扰。"陆逊皱了皱眉,继续埋头分析案情。

江山挂了电话,他对自己的举动也有些莫名其妙。他想了想,暂时还是不要和警察联系好。一旦衍水村里死的几个人,被警察怀疑到自己头上,未免会失去自由。那时他就不能亲自抓到害死何老师的凶手了,可如果他不亲自抓住害死何老师的凶手,他那颗充满愧疚的心便不会安宁。虽然他还没从警校毕业,但他对抓住凶手还是充满信心的。无论遇到多少困难,他都要想方设法揪出凶手的尾巴。

江山转身刚想离去,身上的手机却响了。他掏出手机一看,是一个自己不认识的电话号码,他疑惑地接通后,就听手机里传来一个男人冷冷的声音。

"我看到你了。"神秘男人冰凉的语气,让江山浑身发凉。

"你是谁?"江山一愣。

"你现在正站在马路边是不是?"神秘男人得意地问道。

"对。"江山答道。

"身旁还有一个公用电话?"神秘男人又问道。

"不错,是的。"江山说完,扭头向四周看了看,周围并没有发现有什么可疑的人物。难道自己被凶手发现了?他心里不禁咯噔一下。

一直以来,这个恶魔似的冷血杀手始终躲在暗处,好像一个看不见摸不着的无形人一样,对方对他的行迹了如指掌,可他却处处被动,连对方的半根毫毛也没有看到。事情往往就是这样,喜欢向相反的方向发展。他越想抓住对方,对方却越跟他玩猫捉老鼠的游戏,他就越难摸清对方的底细。

此时,那个男人咯咯地笑了起来,那笑声里似乎藏着万把尖刀,从四面八方直刺他的心脏。他不由得打了一个寒战,极力让自己慌乱的情绪镇静下来。

江山稳了稳神,说:"你是谁?"

"你见到我就知道了。"神秘男人冷冷地说道。

"见你?你是谁?我为什么要见你?"江山反问道。

"因为我是你想见的人,你不来会后悔的!"神秘男人阴森森地说道。

"你究竟是谁？到底想干什么？"江山急声问道。

"这个嘛,哈哈,告诉你就没意思了。"神秘男人冷笑道。

"你是怎么知道我手机号码的？"江山随口问了一句。

"哈,你这个问题好愚蠢。你始终在我的眼皮底下,如果我要是连这点小事都办不到,还怎么和你较量呀？老兄,你的脑子进水了吧？哈哈……"神秘男人讥讽地笑道。

"你……"江山气得说不出话来。

"别生气,笨猪才会生气呢。呵呵,好戏还在后头呢!"神秘男人兴奋地说道。

"说吧,在哪里可以找到你？"

"哼,我就知道你会去的。"神秘男人满有把握地说。

"有屁快放。"江山有些急了。

"别急嘛,我会安排一个好地方给你的。"神秘男人故意吊起了江山的胃口。

"快讲。"江山不耐烦地说道。

"通川路56号,鬼色天堂酒吧,4号桌。晚上10点准时见面。记下了吗？年轻人,用不用我再重复一遍？"神秘男人慢悠悠地说。

"不用了。"江山答道。

"哈哈哈哈……"

那个男人的笑让人毛骨悚然,江山铁青着脸挂了电话,那颗沉重的心一下子陷进了无尽的黑夜里。

2

鬼色天堂酒吧。

江山心神不宁地坐在4号桌,他低头看了一下表,9点55分,离约定时间还差五分钟。

就在刚才,他提前十分钟来到了鬼色天堂酒吧。尽管他做好了种种心理准备,但还是被酒吧的装饰和布景吓了一跳。

远远地,他就望见鬼色天堂酒吧门口站着一个"男鬼",那个"男鬼"穿着古代秀才的衣服,惨白着脸,龇牙咧嘴地向他笑着。他只望了一眼,便皱着眉向酒吧里走去。

谁知,还没走两步,眼前突然一黑,一只"女鬼"竟从他的头顶冒了出来。女鬼阴阳怪气地说了一声"欢迎光临",便倏地不见了。

酒吧里的光线很暗,江山直接走到4号桌坐下,然后暗暗打量了一下周围的环境。这时他才发现,酒吧里的服务员也都扮作各种各样的鬼,样子看起来怪吓人的。江山心中不禁一阵压抑,感到自己好像一不小心踏入地狱一般,一股浓浓的死亡气息深深地包围着他。

"妈的,这是什么鬼地方?"江山在心里狠狠地骂了一句。正愣神的时候,一个"男鬼"飘到了他的眼前,伸着脖子说道:"先生,请问你要喝点什么?"

"先给我来杯冰水吧。"

"好的,请稍等。"

那个"男鬼"很快给他端来了一杯冰水,然后阴森森地笑着走开了。江山郁闷地喝了一口冰水,猛一抬头,看到一个男人正站在他的眼前,满脸惊讶地望着他。

江山望着眼前的男人,也吃惊不小:"杨志宏,是你?"

"江山,怎么是你?"杨志宏十分意外地说道。

江山站起身,走上前去激动地捶了杨志宏两拳,然后两人哈哈大笑起来。江山拍了拍杨志宏的肩膀,说道:"快坐吧,我们好好喝两杯。"

"好,今晚是不醉不罢休。"杨志宏兴奋地说道。

江山又要了些冰啤,便和杨志宏大口大口地喝起酒来。

"杨志宏,你这小子,这几年跑哪儿发大财了,也不见人影。现在一见面,竟然搞起恶作剧来了?"江山拍了拍杨志宏的肩膀,慢慢地切入正题。

"我呀,整天瞎混呗,能混口饭吃已经不错了。哦,听说你成警校的大学生了,以后当警察了,可别忘了咱哥们儿。"杨志宏喝了一口酒,又接着说道,"对了,刚才你说什么恶作剧啊?"

"晚上我吃完饭,8点钟左右吧,不是你给打的电话吗?可把我吓得不轻。"江山疑惑地问道。

"没有呀,我哪里知道你的电话啊,想找你还怕找不到你呢。怎么了,有人给你电话吗?"杨志宏奇怪地问道。

"哦,是的。"江山满脸疑问,那个约他到鬼色天堂见面的电话不是杨志宏打的,那会是谁打的?那个人似乎对他非常熟悉,是凶手还是另有其人?

"你说打电话这事呀,我也觉得很怪。晚上 8 点多我吃完饭后正在街上溜达,忽然接到了一个电话,让我 10 点钟赶到鬼色天堂见面,说有人找我,并且让我一定要去,否则会后悔一辈子的。"杨志宏缓缓地说道。

"那个人是男的女的?"江山一听,连忙问。

"是一个男的,说话阴阳怪气的。我还以为是在跟我开玩笑,可听他那口气,似乎不像在开玩笑,我便赶过来看看,没想到竟然是你要见我。"杨志宏有些惊讶地说。

"你认识那个男人吗?"江山不动声色地问道。

"声音听起来很陌生,好像不认识。我朋友当中没有这种语调说话的。"杨志宏摇了摇头。

"他还有没有说别的?"江山接着问道。

"他说完就挂了,我打过去,响了半天没人接,那人打的好像是公用电话吧。怎么了?那人不是你吗?"

"不,不是。"江山答道。

"不是?那就怪了,不是你会是谁呢?会不会是你的朋友呢?"杨志宏好奇地问。

"也不是。"江山否定道。

"哦,真邪门了。我正想问你呢?你这家伙,啥时想起我来了呢?怎么一下子就把我给找到了?本事还挺大的嘛。"杨志宏大大咧咧地说道。

"这……"江山一愣,看来杨志宏并不知内情,可他误打误撞地和自己碰到一起,还是让人有些怀疑。他是真的不知道,还是假的不知道?他决定试探试探他,"实话告诉你吧,杨志宏。其实我并不知道你的电话,今晚我也并没有想到会是你来。"

"哦,你这样一说,真见鬼了,好像是鬼把我们安排到一起的。"杨志宏低声说道。

"是的,我也感到很奇怪。"江山一听,只好点了点头。

"好,那我们今晚就去见阎王老子。"杨志宏说着,一仰脖咕咚咕咚地喝起酒来。

江山不知该哭还是该笑,也开始拼命地喝着酒。可不知怎的,他郁闷的心情却似乎变得更加沉重。

3

江山怎么也没有料到,晚上与他赴约的神秘男人竟会是杨志宏,他更没有想到的是杨志宏竟然也接到了一个奇怪的电话。

那个打电话给他和杨志宏的神秘男人是谁?对方为什么要让他和杨志宏见面?那个神秘男人这样做的目的究竟是什么?瞬间江山的脑海里积满了疑问。

"你说会是谁打的那两个电话呢?"杨志宏醉眼蒙眬地问道。

"不知道。"江山摇了摇头。

"你这个从警校出来的大学生,也分析分析,好像有哪里不太对劲儿。"杨志宏疑惑地说。

"我也有些觉得不对劲。"

"是不是别人在开玩笑,知道我们两个想见面,才特意把我们约到一起呀?"杨志宏撇了撇嘴说。

"这个很难说。"江山若有所思地说。

"唉,算了算了,不去想那个了。好不容易才见个面,兄弟一场,来,我们喝酒。"杨山说着,又咕咚咕咚地喝了起来。

两人边说边聊。江山忽然想起了什么,问杨志宏道:"你们那个'八人帮'现在混得都怎么样了?"

"唉,别提了,前两天听说王震和刘二愣死了,搞得我心里也挺不好受的。"杨志宏摆了摆手说。

"你知道他们是怎么死的吗?"江山故意问道。

杨志宏一脸悲伤,缓缓地说道:"听说一个是跳河死的,一个是上吊死的。唉,他们都是猪脑子,说死就死了。"

"是呀,生命好脆弱。"江山感叹道。

"他们一死,我怎么感觉我的命好像也不长了。妈的,这几天整天在家里胡思乱想,老是感到似乎有人想害我,我是不是有些精神不正常啊?"杨志宏挠了挠头,问道。

"不管怎么说,你还是小心点好。"

"当然了,我现在是处处小心,你看,我把这个都带来了。"杨志宏说

着,从口袋里掏出一把锋利的匕首,啪的一声放到桌子上,然后一脸得意地望着江山,"谁要是敢来害我的话,我就把他给宰了。"

"嗯,快收起来,让人看到不好。"江山严肃地说道。

"不怕,我号称'杨不怕',谁敢来惹我。"杨志宏拍了拍胸脯说。

"哦,那崔浩、吴维国、李兵,还有邬艳艳和江丽蓉他们都怎么样了?"江山急切地问道。

"他们呀?唉,一言难尽。吴维国失踪了,崔浩也好长时间没消息了。李兵也不知躲到哪里去了,剩下的邬艳艳和江丽蓉两人还混得不错。"杨志宏叹道。

"吴维国怎么失踪了?"江山好奇地问道。

"听说他是在他生日那天失踪的,那天我本来想去的,可偏偏头天晚上吃坏了肚子,第二天一直拉肚子,上了一天厕所,就没有去。可没想到,吴维国竟然在他生日那天蹊跷地失踪了。"杨志宏慢慢地说道。

"崔浩和李兵是怎么回事?"江山接着问道。

"崔浩呀,别看小时候我们玩在一起,可现在这家伙挺神秘的,有好长一段时间没看到他了。李兵这家伙更菜鸟,也不知在哪儿过神仙日子呢?"杨志宏想了想,说。

"他们都没跟你联系吗?"江山继续问。

"没有,自从崔浩跟一个坐台小姐好了以后,我就很少打他电话了。那天我打崔浩的手机,发现他的手机号码变成空号了,后来就没有联系过了。李兵就更别提了,他更不知道消失在哪儿了,一直都没有跟我联系过。"杨志宏摇了摇头。

"你最后一次打崔浩和李兵的电话,是什么时候?"江山刨根到底地问道。

"最后一次打崔浩的电话,是去年的 8 月 15 日吧,那天是中秋节,所以我记得很清楚。而跟李兵最后一次联系应该是在两年前吧,具体是什么日子我忘了。"杨志宏说完,点燃了一根烟,狠狠地吸了两口。

"那说说邬艳艳和江丽蓉吧。"江山催促道。

"邬艳艳嫁给了吴维国,小两口过得还挺不错的。"杨志宏喝了一口酒,又继续说道,"吴维国这家伙很有能耐的,比我们几个混得都好。他开了一家夜总会,就是那个挺有名的红人坊夜总会。邬艳艳也顺理成章地成了老板娘。那个江丽蓉也还行,嫁了个老公是个医生,小日子过得也不错。"

"哦,你有邬艳艳和江丽蓉的联系电话吗?"江山思索了一下,问道。

"有,不过前几天我手机被偷了,号码还没都存上呢,要不今晚我回去找找。"杨志宏无奈地摊了摊手。

"嗯,好的。"江山仰起脖子把剩下的半瓶冰啤一口气灌到了肚子里,然后用手抹了抹嘴,向杨志宏说道,"还是说一下你自己吧?现在在哪里混?"

"我?唉,甭提了。马马虎虎吧,糊住口就行了。我在东城商业街108号那边开了一家杂货店,你嫂子每天都在那边守店,要不整天在家里闲着也不行呀。你有空就过去坐坐,也凑个热闹。"杨志宏缓缓地说道。

"好,看来你这小子还挺有眼光的,混得还不错嘛。"江山说完,和杨志宏对视一笑,两人各怀心思地笑了起来。

杨志宏伸手打开一瓶冰啤,放到江山跟前,说道:"来,我们继续喝。兄弟,你甭说,我还真有事想问你呢。"

"什么事?"江山一怔。

"这个嘛,哎哟,不行了,你等下,我先上趟厕所。哎哟……"杨志宏话还没有说完,便捂着肚子向厕所里走去。江山顺着他的背影望过去,正好看到一个"女鬼"跟在他的身后。

江山一惊,那只女鬼恰好此时猛地一回头,向江山阴森森地笑了起来。那两只血色的眼睛好像两把毒剑一样,向他残忍地刺过来,只一眼,便让他吓得魂飞魄散。

4

江山恍惚中,看见那个"女鬼"竟然跟着杨志宏进了男厕。他的心不由得一颤,不好,杨志宏有危险!江山什么都顾不上,一个箭步冲到了男厕。可除了看到三四个男人在站着小便外,却丝毫没看到"女鬼"的影子。

江山疑惑地转回身,返回4号桌,心中不禁一阵纳闷。难道是自己刚才看错了?还是一时眼花呀?他正郁闷时,扭头刚好看到杨志宏从厕所里出来,大踏步往他这边走过来。

"怎么了?兄弟。"杨志宏拍了一下江山的肩膀,问道。

"刚才你上厕所没发生什么事吧？"江山担忧地说道。

"没有啊，怎么了？"杨志宏疑惑地问道。

"我说了你可别怕，你刚才进厕所时，我见一个'女鬼'跟在你身后，你，你没发现？"江山一愣。

"鬼？"杨志宏一听就乐了，"这满屋子都是'鬼'，怕个啥？"

"那刚才……"

"兄弟，你是不是喝多了？哪有的事？连个影子我都没看到。"杨志宏笑呵呵地说道。

"呃，这就怪了。"江山奇怪地说道。

"放心好了，我不会有事的。我是'杨不怕'，谁敢来惹我？"杨志宏挺着胸膛说。

"要是那样就好了，也可能是我多心了。对了，你要问我什么事？"江山谨慎地问道。

"哦，兄弟，你实话告诉我，王震和刘二愣的死到底跟你有没有关系？"杨志宏高深莫测地望了江山一眼，说道。

"呃，你怎么突然问起这个？我是清白的，你看我像坏人吗？"江山反问道。

"当然，兄弟，我不是那个意思。可我总觉得事情太过于蹊跷，王震为什么会突然跳河而死？刘二愣为什么要上吊？这其中是不是有什么隐情？"杨志宏狐疑地挠了挠头。

"对，我也是这样想的。"江山点了点头。

"你还记得小时候我们在孤儿院的一件事吗？我记得那天是六一儿童节，你和邬艳艳因为蛋糕的事吵了起来，后来邬艳艳哭了，我们几个就过去帮她的忙，把你狠揍了一顿。那时，你被我们压在地上，动弹不得。于是，你就趴在地上蘸着血写了一行字。"杨志宏说到这里，突然停住不说了。

"哦，是'我长大了，要杀掉你们！'"江山平静地说道。

"对，那时候我们还小，谁都没把这句话往心里去，当时我还嘲笑你吃错了药，自不量力。现在想想我倒是有些怕了，尤其是王震和刘二愣的死，我总隐隐觉得似乎和你有关。兄弟，你不会把小时候打架的事到现在还放在心上吧？"杨志宏一脸忧虑地说道。

"我心里只有兄弟的情谊，不过，说起来也怪，我也觉得王震和刘二愣的死有些不可思议，但我还不敢完全肯定，因为现在还没有证据。"江山低声说道。

"你的意思是说王震和刘二愣是被谋杀的?"杨志宏惊讶得一下子跳了起来。

"也许是我猜错了。"江山喃喃自语道。

"可会有什么人要对他们下毒手呢?王震和刘二愣两人虽然有时候爱打架,但心地还不至于那么坏,谁会对他们恨之入骨呢?"杨志宏不相信地望了江山一眼,摇着头坐了下来,"哦,兄弟,你是不是在跟我开玩笑,故意来吓吓我?我可不相信会有这种事情,他们两人我还是了解的,虽不是什么有大志向之人,但小日子过得还是挺不错的。怎么会突然之间多出不共戴天的仇人来?不可能,不可能。"

"唉,我就知道说出来你不信,现在没有证据什么都不好说。不过,大家还是小心些好。"江山担忧地说道。

"放心吧,兄弟,不会有事的。我看不是你脑子进水了,就是我脑子有问题了。来,服务员,埋单。"杨志宏说着,人已经醉了。他从口袋里掏出几张一百元的人民币,甩到桌子上,然后摇摇晃晃地站了起来。

江山也没推辞,埋完单后两人走出酒吧,江山望了望黑沉沉的夜色,心底忽然涌出一丝莫名的不安。

5

黑夜里一种没来由的慌乱,紧紧地攫住了江山的心。江山定定地望着杨志宏远去的背影,似乎这一别,便是永远。

江山告别杨志宏后,乘出租车向香水湾方向驶去。临走前,他嘱托杨志宏最近一定要小心,千万别出什么意外。可杨志宏只是傻傻地笑笑,然后便潇洒地转身,扬长而去。

车子驶到半路,也不知为什么,江山心中的那种慌乱和不安更浓了。他突然想起小纸条上的那个黑色诅咒,似乎有个阴森森的声音,在他耳边响起:死神来了!杀人游戏开始了!"八人帮"会死,与你们接触的每一个人都会死,你们将会生不如死!他浑身不由得打了一个冷战,慌忙又叫司机向原路返了回去。

当出租车驶到鬼色天堂酒吧门口时,杨志宏已经不见人影了。江山

付完路费匆匆下了车,沿着马路向东城方向寻去。

"杨志宏,你在哪里?"江山大声呼喊道。

他一路走一路东张西望,可始终没看到杨志宏的身影。他灰暗的心情越来越沉,一种不祥的预感突然弥漫了他的全身。可转念一想,是不是自己有些神经过敏啊?最近发生太多预料不到的事情,让他也变得神经兮兮的。

想到此,杨志宏那张荡满灿烂微笑的脸,不禁悄悄地浮现在他眼前,耳边也不由得响起了他爽朗的笑声……江山越想越难受,杨志宏那开心的笑声好像刀子一样,深深地刺进他的心里,让他痛苦得无法呼吸。

"杨志宏,杨志宏!"江山继续呼喊道。可是周围静悄悄的,除了汽车一驶而过的声音外,便是他心碎的声音。

死亡!死亡!死亡!一股冰冷的死亡气息,霎时无情地包围了他。约会?他今天和杨志宏的见面应该高兴才对,可为什么心情这么不开心呢?反而有一种越来越浓的担忧,让他七上八下的心更加不安。

江山茫然地站在马路边,耳边不知什么时候,轻轻地飘来一阵寂寞幽怨的歌声,让他仿佛陷入另外一个黑色沉沦的世界。他感到眼前好像有一张大门,正缓缓地为他打开。那扇大门上写着两个让他心悸的黑体大字——地狱!

    这个世界,
    一半是天堂,
    一半是地狱,
    你身处其中,
    置若罔闻。
    你的爱变成了葬品,
    你的心已被恨吞噬。
    你伫立原地,
    再也回不去原来的位置。
    你想逃脱,
    一切皆是枉然。
    白天变成了黑夜,
    黑暗存在每一个角落。
    来吧,

来吧，

这里欢迎你。

啊，地狱，

飘满灵魂的地狱。

……

好久好久他才从歌声中挣扎出来，他压抑地向四周望去，一个正要穿过十字路口的男人的熟悉的身影，忽然映入了他的眼帘。

"杨志宏！"

江山心里一阵欣喜。他刚想快步跑过去，就见一辆黑色的本田车极快地驶向杨志宏。毫无准备的杨志宏再想躲已经来不及了，只听啊的一声惨叫，被撞飞的杨志宏滚了两圈，然后，重重地跌落到江山跟前。

"啊！"江山一下子被吓傻了，躺在地上的杨志宏浑身鲜血直流，面部表情恐怖，似乎受到了什么巨大的惊吓似的，整张脸已经变了形。

"杨志宏，你醒醒，你醒醒啊！"他撕心裂肺地喊道。他蹲下身，拼命地摇晃着杨志宏的身体，可杨志宏毫无知觉，他早已听不见了！

"不，你不要死，你不要死，杨志宏，你醒醒，你快醒醒呀。"可无论他怎么哭喊，杨志宏始终紧紧地闭着眼睛。他擦了擦他脸上的鲜血，猛地反应了过来。凶手？车？那辆本田车？凶手？

而那辆黑色的本田车早已趁着黑暗的夜色，消失得无影无踪。

6

陆逊皱着眉，低头望着摆在眼前的资料。死者，杨志宏，男，24岁，身高1.76米，N市人。于2006年7月23日晚上11点53分，在通川路和西坝路交叉的十字路口，被一辆从东向西行驶的黑色本田车当场撞死。车祸发生后，黑色本田车很快逃逸。

据目击证人讲，那辆黑色本田车似乎在车祸现场逗留了几秒，然后便疯狂地往西驶去。由于当时黑色本田车车速过快，他没有看清车牌号码。但他隐约看见车上好像只有司机，似是一男性。

目击证人？陆逊凝着眉望了一眼窗外。这本是一件普通的交通肇事

逃逸案,可目击证人在交通队作笔录时,竟然情绪激动地说是一起谋杀案。交警队小何感觉事态严重,便及时通知了刑侦处。他匆匆赶来了解了一下情况,发觉目击证人精神似乎有些不正常。他嘴里一直喊着"凶手,凶手",可至于凶手是谁?为什么要谋杀死者?凶手和死者是什么关系等等,目击证人却语言颠倒,思维混乱,什么也答不上来。

江山!

这个名字在陆逊的脑海中逗留了一分钟,然后他便把眼睛移到了他的脸上。此刻,江山铁青着脸,精神恍惚,眼神呆滞,情绪异常激动,他还没有从那场他亲眼目睹的悲惨车祸,也没有从杨志宏的妻子赵惠兰那哭天喊地的哭喊声中挣脱出来。

太惨了!实在太惨了!他一闭上眼,就是杨志宏那横倒在街头的血淋淋的尸体,睁开眼却又是凶手望着他冷笑的狠毒的双眼。他实在想不出和那个凶手到底有何怨仇,为何那个凶手一而再,再而三地死追着他不放?他真想把凶手千刀万剐,就算千刀万剐一千遍一万遍也不解他心头之恨!

陆逊踱到江山跟前,严肃地问道:"你说死者是被人谋害的?你有什么证据?"

江山摇了摇头。

"那你为什么认定死者是被谋杀的?"陆逊不紧不慢地问道。

"感觉。"江山答道。

"感觉?哼,这可不是开玩笑的。"陆逊讽嘲道。

"不,我说的是真的,只是现在没有证据罢了。"江山低着头说。

"你和死者是什么关系?"陆逊严肃地问道。

"哦,我们从小是一起在孤儿院长大的。有好几年时间没见了。昨晚才刚刚联系上,谁知就发生了车祸。"江山满脸后悔地说。如果他早知杨志宏会出意外,一定不会让他去赴这个死亡之约。

"昨晚你们都干了些什么?"陆逊继续问道。

"昨晚10点,我们在鬼色天堂酒吧喝酒。从酒吧出来后,已快12点了。我搭了辆出租车回家,杨志宏说要走路,我要送他回家他不让。我们分开后,我行到半路,忽然很担心他,便马上原路返回,可没找到他。我从出租车上下来,向东城方向寻去,谁知行到通川路和西坝路交口处,刚好看到杨志宏发生了车祸。"江山如实说道。

"那辆车你真的没看清吗?"陆逊厉声问道。

"是的,当时那辆本田车开得太快了,我只感到它微微停了一下,便向西快速驶去。可我敢肯定,这绝对是谋杀,不是一起普通的车祸。"江山缓缓地说道。

"杨志宏社会关系怎么样?"陆逊不动声色地问道。

"小时候他爱打架,可如今我们有几年没联系了,不太了解他的社会关系。但我敢保证,杨志宏绝不是坏人。我们是一起长大的,他的品行我了解。尽管他爱打架,可人还是很善良的,绝不会干些丧尽天良的事。"江山慢慢地说。

"你凭什么感觉他是被谋杀的?"陆逊接着问道。

"就在昨天晚上吃完饭后,大约8点左右吧,我接到了一个神秘男人的电话。那个神秘男人让我到鬼色天堂酒吧,我去了之后,才发现要和我见面的是杨志宏。但杨志宏说电话不是他打的,同时晚上他也接到一个神秘男人的电话,那个神秘男人也让他到鬼色天堂酒吧,他来了之后也才知道是我。后来我们便聊了起来,可说实话,我们两个都对那个神秘男人感到有些疑惑,不明白对方是在戏弄我们,还是在玩什么把戏。但当时我没有多想,没想到后来还真的出了事。"江山痛苦地说。

"你和杨志宏都不认识那个神秘男人?"陆逊面无表情地问道。

"是的,那个神秘男人说话阴阳怪气的,我和杨志宏都不认识。"江山轻声说道。

"对方是手机还是用电话打的?"陆逊丝毫不放过任何细节问题。

"公用电话,后来我打过去没人接。"

"那个陌生男人为什么要打你和杨志宏的电话?"陆逊奇怪地问道。

"不知道。"江山说到这里,垂头丧气地低下了头。凶手到底是一个什么样的人物,他根本就不知道。可对方却像一个无形的可怕的魔鬼一样,随时都会把他残酷地吞噬掉。

陆逊向交警队小何使了一下眼色,然后对江山说道:"你先回去吧,有什么线索再通知我们。"

"我说警察同志,我说的句句可都是实话呀,你们一定要立案侦查啊。凶手还会杀人的,凶手还会杀人的。这不是一起普通的车祸,这是谋杀,谋杀,谋杀!"江山激动地说道。

陆逊一听,眉头皱得更紧了。眼前的这个男人,目光呆滞,神情恍惚,疑心重重,真想象不出这种人竟然还是从警校出来的。但他还是很客气地走过去,拍了拍江山的肩膀,说道:"我们会尽快找到肇事者的。"

江山神情恍惚地从交通队出来，一路狂奔着回到香水湾。按响门铃，白若水惊讶地打开了门，一见是江山，立即欣喜望外，可看到他满身疲惫的样子，转而又是满脸担忧。

"江山，昨晚你去哪儿了？"

"他死了。"江山喃喃自语道。

"谁？"白若水一愣。

"杨志宏。"江山眼神迷离地说。

"杨志宏？你找到他了？"白若水急切地问道。

"嗯，可还是晚了。"江山说到这里，浑身无力地靠在了门上。

7

阳光心理咨询室里，苏媚正在信心十足地为江山做着心理治疗。江山此时躺在一张舒适的白色藤椅上，微闭着眼睛，双手交叉，整个身体呈一副自然放松的状态。

站在窗前的苏媚，此刻，转过身望着江山那张英俊却充满疲惫的脸，缓步向他走了过来。等她走到离他十来步远的时候，突然停住了。

"放松，放松，放松！"苏媚温柔的声音，轻轻地飘进了他的耳朵，"让你的身体、心灵和神经都彻底地放松下来，抛开尘世一切凡俗杂念，扔掉所有烦恼忧愁，远离人生困惑苦痛。什么都不要想，什么都不要想，你的脑海里是一片空白，所有的一切都被你弃之度外。不喜，不怒，不哀，不乐，让心境始终处于一种平和的状态，就像夏日平静的湖水一样，被阳光暖暖地照着，心头溢满明媚的春天的气息。"

一阵优美动听的音乐缓缓地响了起来，在恬淡舒缓的音乐声中，江山的心情一下子变得更加轻松舒畅。

"你是大地的儿子。抬起头，拨开云雾，你的眼前是一片蓝蓝的天，脚下是一片碧绿的青草地，身旁有清清的河水缓缓流过，五颜六色的小花鲜艳地开满了你的四周。你闻着花儿的清香和芬芳的泥土气息，心中一片陶醉。你像一个天真的小孩子一般，在草地上蹦呀，跳呀，唱呀，跑呀，你用无比的热情迎来了自己深深期盼的那一天。回归自然！你终于回到了大自然的怀抱！"

苏媚走到圆形茶几前,端起茶杯,喝了一口绿茶,望着似要渐渐睡去的江山,继续柔声说道:"你累了,想睡了。然后你停下来,躺在软软的绿草地上,阳光露着笑脸,温暖地看着你甜甜地睡去。微风轻抚着你的脸,你在大自然母亲的怀抱里,幸福地睡着了……"

苏媚的话音刚落,就见江山已在柔缓的音乐旋律中,沉沉地进入了梦乡。苏媚走过去,望着像一个婴儿般熟睡的江山,若有所思。

"告诉我,你最想得到的是什么?"苏媚平静地问道。

"爱。"江山轻声说道。

"你看到了什么?"苏媚走到江山面前,缓缓地问道。

"一个小女孩。"江山呓语道,"她在不停地奔跑,我也不停地奔跑。我想追上她,可怎么也追不上。然后她跑到一片森林里,人忽然不见了。"

"后来呢?"

"我也跑进了那片森林,可我竟然迷路了,怎么走也走不出那片森林。后来天渐渐黑了,我正一片迷茫时,突然看到那个小女孩向我慢慢走了过来。我满心欣喜地扑了上去,可她却狠狠地甩开了我。这时我才看清她浑身是血,脸上也是血,她的腹部还插着一把血淋淋的匕首。我一下子抱住了她,可她冷冷地望着我,那种眼神好冷漠好陌生。"江山颤声说道。

"小女孩对你说什么了?"苏媚在江山耳边,悄声问道。

"她说她恨我,我一听,立即惊讶得说不出话来。这时不远处微微的响声引起了我的注意,我望过去,见一棵树下竟然站着一个小男孩。那个小男孩同样也用无比恶毒的眼神望着我。"江山慢慢地说道。

"那个小男孩是谁?"

"不知道,他的脸上有好多泥,我看不清楚。"江山摇了摇头。

"你闻到了什么?"苏媚继续问道。

"死亡的气息,我感到一股死亡的气息在逼近我,压得我喘不过气来。我不想死,我不能丢下她不管。"江山情绪激动地说。

"那个小女孩是谁?"

"她,她是若水,若水,若水。"江山的声音越来越低。

"那你呢?"

"不知道,不知道,我不知道。我忘了。我是谁?你告诉我,我是谁?我是谁?我是谁?……"江山神经质地说道。

"你父母呢?"

"他们都不在了。"江山伤感地说。

"你害怕死亡吗?"苏媚接着问道。

"是的。"江山点了点头。

"为什么?"苏媚一怔。

"我怕会失去所爱的人,那样我就不能再保护她了。"江山终于把自己内心的秘密,倾诉了出来。

"你每天都被噩梦缠绕吗?"苏媚望着一脸疲倦的江山,皱着眉问道。

"嗯。"

"是什么原因造成的?"

"有人要杀我,有人要杀若水。"江山恐惧地说道。

"凶手是谁?"苏媚故作轻松地问道。

"不知道。"江山失望地说。

"有线索吗?"

"没有。"

"告诉我,你现在是什么感觉?"苏媚同情地问道。

"我感到一直有人在跟踪我,想害我和若水。"江山胆怯地说。

"你心里有阴影?"

"是的。"

"是谁造成的?"

"顾天诚。"江山一字一顿地说道。

"你恨他?"

"不,我们是兄弟,他的死我很内疚。可为了若水,我又不得不这样做。"江山无奈地说。

"你会一直爱着她吗?"

"会。"江山答道。

苏媚问到这里,忽然停住了。江山的情绪微微有些激动,随后又在轻松的音乐声中平静下来。

8

十分钟后,苏媚走出了办公室,来到了客厅。白若水一见,连忙走了过来。

"怎么样?"白若水急切地问道。

"他的情况不是很好,需要慢慢治疗。不要再让他受什么刺激了,他的压力太大了。"苏媚心情沉重地说。

"哦,都怪我,要不是我,他也不会遇到这么多的麻烦和烦心事。"白若水自责地说道。

"若水,他是爱你的,可是他的心中,却又被另一种恐惧包围着。"苏媚皱着眉说。

"恐惧?"白若水一怔。

"是的,是有关死亡。"苏媚点了点头。

"可他从来没对我提起过?"白若水忧心忡忡地说。

"他是怕让你担心吧,他惧怕死亡,害怕有一天不能保护你。在他的内心,他就像个孩子,需要人来保护,需要母亲的爱,需要人关心。"苏媚细致入微地分析道。

"他小时候缺少家庭的爱和温暖。"白若水同情地说。

"嗯,他有些妄想症,总认为别人会来害他。"苏媚忧虑地说。

"妄想症?"白若水一惊。

"对,有些得妄想症的人,实际生活中并没有敌人,可他们却给自己假想出一个敌人来。于是,他们不断地拼呀、杀呀、斗呀,弄得自己鲜血淋漓,筋疲力尽。可他们并不知道,没有敌人,他们只是和自己在战斗。别人去跟他解释,他们不相信,并坚持己见。他们一直相信有人在迫害、谋杀或是阴谋对待自己,他们便变得极度谨慎和小心,并且处处防范。一旦受到别人的侮辱或是欺骗,他们便认为自己受到了极大的损伤。他们几乎把相关的人都看成自己的敌人,纳入自己妄想的世界中。这就是被迫害型妄想症。"苏媚解释道。

"那现在怎么办?"白若水焦急地说。

"我会尽快为他制订一套恢复方案的,现在需要的是他的积极配合。"苏媚安慰道。

"我会劝说他的,愿苍天保佑,他能够早些好起来。"白若水说着,望了一眼正像婴儿般酣睡的江山,然后又把眼神移向窗外沉闷的天气,心中霎时涌出万般滋味。但更多的却是对江山的担心。

"苏媚,我走后,我妈有没有打电话给你?"白若水扭头问道。

"她当天就打了,我告诉她你不在我这里,她很担心你的安危,让你不要乱来,她盼着你尽早回去。"苏媚期待地说道。

"我还有什么脸回去呢？都这样了,我怎么回去见人呢?"白若水一脸愧疚地说。

"这不是你的错,若水。你有权选择自己的婚姻和幸福,再说顾天诚的死,主要还是他自己造成的。虽然很令人遗憾,但对他来说也可能是一种解脱。每个人都有选择放弃生命的权利,尽管有时候放弃很痛苦,可一旦真的发生了,我们就要坚强地面对。"苏媚缓缓地说道。

"是的,我也想过。可是我还是无法面对我的家人和我自己。有时候我想,要是这一切都从来没有发生过,那该多好啊!我还是和以前一样,过着平淡的生活。虽然有些枯燥和单调,但却很开心。可是现在,一切都晚了。我知道,我再也回不去了。有时候人生不经意的一个转身,便注定了从此与过去隔绝。即使再留恋,也都再也回不去了。"白若水幽幽地说。

"不能这样说,若水。事情毕竟都过去了,你应该想开些才是。"苏媚劝道。

"是呀,我也想看开些。可越是这样,心里越难受。"白若水痛苦地说。

"你还在想他吗?"苏媚犹豫了一下,说道。

"是的,我很愧疚。"白若水轻轻地点了点头。

"唉,缘分就是这样。明明在你眼前,却不小心弄丢了,再想找时,已经不见踪影了。可远在天边的,却往往挂在你的心上。得不到的,总是最好的。握在手心里的,却不懂珍惜。缘也有深有浅,有长有短,看来你和顾天诚是没有那么深的缘分了。还是好好珍惜你的眼前吧,爱情从来没有一帆风顺的,若不把握好,便又会错过了。"苏媚叹道。

"嗯,你说得对,苏媚。我应该好好珍惜现在才是。哦,对了,你不要告诉我妈,我和江山来过你这里,我真的不想让她担心。"白若水低声说道。

"好,我会为你保密的。"苏媚答道。

白若水感激地望了苏媚一眼,当她的眼神再次移到江山那满是疲惫的脸上时,她的脸色不禁变了。

『第九章』

神秘女郎

scarlet Carnation

1

红人坊夜总会。

江山靠在吧台,手里拿着一支冰啤慢慢地喝着。他冷眼望着灯红酒绿中那些谄媚的小姐,买醉的男女以及被美丽陷阱包装下的过分暴露的丰乳翘臀,无不处处挑逗着人们罪恶的欲望、饥饿的胃口和颓废的激情。越美丽的地方,越危险。这里暧昧的氛围,诱惑的欲望与堕落的空气,让他感到很不适应。

"可以请我喝杯酒吗?"一个娇滴滴的声音突然在江山的耳边响起。江山扭头一看,这才发现一个穿粉红色超短裙的卷发女孩,不知什么时候竟坐在了他的身边。

"哦,你是……"江山一愣,眼前这个打扮时髦且又性感的漂亮女孩,自己并不认识。可看她脸上那股热情劲儿,好像跟自己很熟似的。

"我叫胡莉莉。"卷发女孩冲江山笑笑,随后对吧台里的服务员招了招手:"给我来杯加冰的威士忌。"

江山盯着她望了半天,不清楚眼前这个魅力四射的女孩儿,究竟是什么来头?她为什么特意要接近他?

此刻,趁江山发愣的工夫,胡莉莉随意地挑了一下头发,两只娇媚的眼睛也在暗暗打量着江山。

"哦,我叫江山,我现在的样子很引人注目吗?"江山满脸疑惑,他的话还没有说完,就听扑哧一声,胡莉莉把刚喝到嘴里的威士忌,一下子喷到了他的身上。胡莉莉一见,连忙慌张地掏出纸巾替他擦干净。

"对不起,我不是故意的。"胡莉莉一脸歉意。

"没什么。"江山尴尬地喝了口酒。

"你的样子不引人注目才怪呢。"胡莉莉向他娇嗔地白了一眼。江山一听,疑惑地摸了摸头,他不知自己哪点吸引别人注意了?这可不是个好兆头,他可不想引起谁的注意。

"一个经常不过夜生活的男人,来到这种灯红酒绿的场合,既不买醉,也不买欢,更不是为了看女人的大腿,这种男人不让人感到好奇才怪呢!"胡莉莉咯咯地笑了起来。

江山低着头,一时不知说什么才好,可他心里不禁暗暗佩服对方的眼力和洞察人心的本事。凭直觉,他隐隐感到对方绝不是一个简单的女人,可对方到底是有什么样的背景和来头?他的内心同样也充满了强烈的好奇。

只听胡莉莉又说道:"如果我没有猜错的话,你是来找人的吧?"

"你怎么知道?"江山饶有趣味地望着眼前这个颇带神秘色彩的漂亮女郎。

"你的眼神四处游移,东张西望,老是在人群里转来转去,不是找人是在做什么?"胡莉莉猜测道。

"那你是?"江山欲言又止。

"如果我告诉你,我是三陪小姐,你会奇怪吗?"胡莉莉一本正经地问道。

江山一听,心里还真有些失望,不过这让他对她更感兴趣了。三陪?他眯着眼望着她那张娇美的脸蛋,隐隐感到从她身上透出来的那种风尘味道,却有些与众不同。

"好了,不勉强你回答了,请我跳支舞吧?"胡莉莉轻声说道。

"对不起,我不会。"江山摇了摇头。

"我可以教你呀,来啊。"胡莉莉说着,便一把把江山拉进了舞池。伴随着动听迷人的音乐,江山只好硬着头皮,跟着节奏跳了起来。

"你认识邬艳艳吗?"胡莉莉望着江山僵硬的表情,奇怪地问道。

江山一听,不觉一愣。胡莉莉的神情,让他感到很是意外。

2

胡莉莉的眼神,似乎要把江山看穿。江山心里忽然有些后悔,如果不是为了调查吴维国和邬艳艳的事情,他才不会来夜总会这种场所呢!可如今不仅什么也没有查到,还碰上胡莉莉这种厉害角色,这够他倒霉的。唉,女人就是麻烦。他心中一阵郁闷。

"邬艳艳是谁?"江山故意问道。

"她可是红人坊夜总会的老板娘。"胡莉莉抿嘴一笑,稍顿,她又凑到他跟前,娇喘着说道,"你不觉得自己很神秘吗?"

此刻,舞台上开始表演节目了,在五彩斑斓的灯光闪烁中,一个打扮妖魅,性感迷人的年轻女郎轻盈地走到舞台中央,进行精彩的表演。众人的目光一下子都被吸引了过去。

是谁寂寞泪水不住往下坠,
深夜满心孤独没人能体会。
想起你眼中曾含满柔情似水,
却再也体味不到你深深安慰。
……
我多想嚼透所有爱与不爱的滋味,
好让我不再把自己往旋涡里推。
我多想让心儿不再为谁凋零枯萎,
风雨中痴飞明天永远无怨无悔。
……

年轻女郎一曲《受伤的心不流泪》让全场震惊,掌声立即如暴风雨般哗哗地响了起来。江山也被那忧伤美妙的歌声,勾起无限悲伤的往事。胡莉莉一见,不禁吃醋地撇了撇嘴。

"哼,被迷住了?"胡莉莉不高兴地说道。

"哦,没有。你,你误会了。"江山慌忙摇了摇头。

"误会?哼,你的眼睛可骗不了我,你们男人就这个穷德行。你知道她是谁吗?她是红人坊夜总会的顶台柱,美皇后楚香香。怎么样?是她漂亮还是我漂亮?"胡莉莉冷冷地说道。

"哦,当然是你漂亮。"除了白若水之外,江山还是第一次在其他女人面前夸赞别人。这倒不是胡莉莉有多漂亮,但她身上那种自然散发出来的野性和柔媚糅合在一起的气质,是从其他女人身上很少见到的。

胡莉莉一听,又扑哧一声笑了。她还想接着往下说些什么,这时手机却突然响了。她掏出手机,谁知刚听了两句,脸色就变得非常难看。

"哦,我有事,要先走了。"胡莉莉轻声说道。

江山还没有反应过来,胡莉莉就已匆匆地飘然而去。他悻悻地走出舞池,又来到吧台前,要了一瓶啤酒,懒洋洋地喝着。

舞台上那个妖艳的女郎楚香香一边动情地唱歌,一边用多情暧昧的眼神扫向人群。当她的眼神停留到江山的脸上时,她的眼睛里忽然多了一丝挑逗的意味,可很快她又把目光移到了别处。

她的眼神可真撩人啊!可怎么却感觉有些怪怪的呢?江山望着台上楚香香那双美丽的双眼和窈窕的身姿,暗自想到。此时,他抬头望向舞台,刚好和楚香香娇媚的目光碰到一起,江山心里竟然有一种说不出来的异样感觉。

"喂,兄弟,怎么称呼你?"江山扭头对吧台里的男调酒师说道。

"蔡友伟。"蔡友伟答道。

"可以问你件事吗?"江山低声问道。

"什么事?"蔡友伟一怔。

"哦,听说你们老板吴总失踪了?"江山缓缓地问道。

"这个,我不太清楚。"蔡友伟一听,面有难色地说道。

"呃,你们邬总今晚来了吗?"江山又问道。

"没看见她在,听别人说她今晚有事不来了。"

江山见寻找不到什么有价值的线索,便转身离开了红人坊夜总会。

江山不曾想到,就在他刚走出夜总会的刹那,一个一直坐在角落里偷偷地观察他,并且帽子始终压得很低的男人,望着他离去的背影,满脸诡异地笑了笑。

3

江山站在马路边,正准备回香水湾,身后却有人拍了拍他的肩膀。他回头一看,不由得一愣,是胡莉莉。

"莉莉,怎么是你?"江山惊讶地说道。

"是呀,不想请我吃消夜吗?说不定一顿消夜可以换来你想知道的东西呢!"胡莉莉一脸神秘地说。

江山一皱眉,心想眼前这个女人可真难缠。但他一想到有可能从胡莉莉探听到吴维国和邬艳艳的消息,便点头答应了。

胡莉莉见达到自己的目的,便兴奋地带着江山来到了西堤岛音乐咖啡厅。江山借口上洗手间,让胡莉莉先上楼,胡莉莉向江山莞尔一笑,然后便转身不紧不慢地走上了楼。江山烦闷地走到路边,点燃了一支烟,忽然他瞧见路边躺着一个女人。那个女人身上一股酒气,嘴中一直在不断

地说着胡话。

江山走过去,扶起了女人。当江山看清她的脸时,整个人都惊呆了。怎么这个女人这么像邬艳艳呢?尽管他已经有好几年没见过她了,可她的模样他大致还想得起来。难道眼前这个喝醉酒的女人,真的是邬艳艳吗?可她怎么会在这里呢?

"王八蛋,臭男人,死公鸡,竟敢来欺骗我,我,我饶不了你!看你以后还敢不敢!我恨死你了!你下地狱去吧!……"

"快醒醒,你喝醉了,你叫什么名字?"江山望着眼前这个衣衫不整的醉酒女人,不禁有些犯愁。

"邬艳艳,我叫……邬艳艳。"邬艳艳断断续续地说。

"什么?你真的是邬艳艳?"江山一愣。

"嗯,是的。"邬艳艳含糊不清地说道。

江山一听,心里禁不住一阵暗喜。没想到,正愁无路找到邬艳艳时,竟然在这里这么巧的碰上她了?

"你在骂谁?发生什么事了?"江山好奇地问道。

"我恨他!吴维国!他骗我,他那个没良心的东西,竟然敢欺骗我,三番两次地欺骗我不说,还暗地派人威胁我。他还以为我是傻瓜呢,什么也不知道。他以为他是谁呢?还在我面前逞什么屁威风!我,我要和他没完。"邬艳艳恨恨地说。

"吴维国现在在哪里?他为什么要欺骗你呢?"江山心急如焚地问道。

"他死了,他在外面找女人,竟给我戴绿帽子。不是死公鸡是什么?呸,臭婊子,狐狸精,小三八,不要脸的东西,竟然敢勾引我老公,我诅咒你一辈子,来生不得好死。来生,来生……不得……好死……"邬艳艳咒骂道。

"吴维国不是失踪了吗?怎么会死了。"江山满脸疑惑。

"他死了,是的,他真的死了。失踪了就是死了,死了就是失踪了。失踪和死了有什么区别吗?反正,反正他人没了,到另一个世界去了。"邬艳艳梦呓般地说道。

江山听到这里,心中猛地一沉。

4

吴维国真的死了？江山望着醉醺醺的邬艳艳，感觉事有蹊跷。

"你怎么知道吴维国死了？"江山急于知道真相。

"他，他作孽太多，被妖怪捉去了。哈哈哈。"邬艳艳狂笑道。

"你们之间到底发生了什么事情？能不能告诉我？"江山低声问道。

"什么都没有发生，什么也都发生了。"邬艳艳喃喃自语道。

"你看你，真的喝醉酒了，都在胡说些什么呀？"江山皱了皱眉，说道。

"我，我没醉，我清醒着呢。我真的没醉，没醉……"邬艳艳摇了摇头。

"你知道崔浩、李兵和江丽蓉他们现在在哪里吗？"

"谁？你说谁？"

"崔浩，他现在在哪里？"

"不，不知道。"

"李兵呢？江丽蓉呢？"江山急声问道。

"不知道，不知道。"

"杨志宏有没有跟你打过电话？"

"杨志宏？不知道。"邬艳艳醉醺醺地说。

"难道他们都没跟你联系？你们不是'八人帮'吗？怎么都散伙了？"江山继续问道。

"我不知道你说的是什么？你是说江丽蓉吗？那个妖精？"

"对，是江丽蓉。她现在在哪儿？"

"呃，不得好死，不得好死。"

"你说谁不得好死？"

"都不得好死，不得好死。"邬艳艳诅咒道。

"哦，你真的醉了。你住哪里？我送你回去。"

"地狱，十八层地狱。"

"你家在哪条路上？"江山无奈地问道。

"地狱！"

"你是不是住红人坊夜总会那边呀？我现在就送你回去。"

"你们都下地狱吧!"邬艳艳十分怨恨地说道。

江山望着醉得一塌糊涂的邬艳艳,眉头不由得紧皱。邬艳艳越说声音越低,不一会儿,她竟然躺在江山的怀里睡着了。江山摇晃了几下,见没动静,心里不禁一阵踌躇,一时不知该拿邬艳艳怎么办才好。

他正茫然不知所措时,就听邬艳艳迷迷糊糊地说道:"回家,回家,我想回家。"

"你家在哪里?我送你回去。"江山连忙问道。

"明华路……8号……河琴湾……温泉别墅。"邬艳艳断断续续地说道。

"好,我现在就送你回家。"江山说完,立即招手叫了一辆出租车,然后小心翼翼地把邬艳艳扶了上去。二十分钟后,他们已到达河琴湾温泉别墅。

江山从邬艳艳口袋里找到钥匙,打开灯,把她扶到了沙发上坐下。邬艳艳此时迷迷糊糊地睁开双眼,望了江山一眼,见是一个陌生男子,一脸惊讶。

"你是谁?竟把我送了回来?"邬艳艳醉眼蒙眬地问道。

"我是江山。"江山答道。

"江山是谁?"邬艳艳抬起头问道。

"你忘了?是和你一起在孤儿院长大的。"江山一听,只好说道。

"孤儿院?什么孤儿院?我不知道。"邬艳艳摇了摇头。

"你喝醉了,当然不知道了。"江山低声说道。

"我没醉,是你把我送回家的吗?"邬艳艳疑惑地问道。

"是的。"江山点了点头。

"好,够义气。我请你,明晚请你喝酒。"邬艳艳拍了拍江山的肩膀说。

"我不会喝。"江山连忙说道。

"不会喝也要喝,红人坊夜总会2号包厢,晚上10点钟,你,你一定要来。"邬艳艳说着,又倒在沙发上睡着了。江山叹惜着摇了摇头。他趁此工夫打量了一下这座豪华的别墅,很快一楼客厅中那张贴在墙上的婚纱照片,吸引了他的注意。

照片里的正是邬艳艳和吴维国,两人满脸甜甜的笑意比天上的眷侣还让人羡慕十分。可惜……

江山刚想到这里,就感觉身后似乎有动静,他还没有来得及回头,就感到脑袋上突然被什么东西狠狠地砸了一下,疼痛很快迅速地蔓延了他的全身。

怎么回事？怎么回事？怎么回事？他感到自己的头好像要爆炸了一样,疼痛得厉害。他眼前一片黑暗,仿佛进了可怕的地狱一般,周围被一种深深的恐惧所包围。

他一声闷哼,接着整个身体便倒了下去……

5

邬艳艳从昏昏沉沉的睡梦中醒来,睁开双眼,眼睛却被屋内明亮耀眼的灯光刺得生疼。她不禁用手揉了揉惺忪的睡眼,眼前却仍旧是一片模糊。

"我,我这是在哪里？"邬艳艳一脸困惑地说道。

"哦,你放心,这是在你的家里。"蔡友伟柔声说道。

"我不是在'醉霸天'喝酒吗？怎么跑回家里来了？"邬艳艳一怔。

"你喝醉了,是我开车送你回来的。"蔡友伟答道。

"是你送我回来的？"邬艳艳的头一片疼痛,脑海里却隐隐地出现了一个陌生男子的影子。可她怎么也记不起那个男子是谁？她只依稀记得好像是他把她送回家的。那个男子的名字似乎叫……

"不是吗？"蔡友伟反问道。

"好像不是你。"邬艳艳摇了摇头。

"哈哈,我只是试试你,没想到,你倒还真的记得那个臭小子？"蔡友伟冷笑道。

"哪个臭小子？"邬艳艳一愣。

"哼,你心里当然是应该比我清楚呀。怎么现在倒装起糊涂来了？是不是见了年轻帅哥,就想把我给甩了？"蔡友伟讥讽地说。

"你在胡说些什么呀？什么帅哥？我根本就不知道是谁。"邬艳艳生气地说道。

"别装了,好不好？看上了就是看上了,别以为我不知道。"

"你？真是过分！"邬艳艳怒斥。

"生气了？我是故意逗着你玩的,你还当真了。"蔡友伟一见,连忙

说道。

"你,好无聊。"邬艳艳气得把脸扭到了一边。

"好了好了,不跟你开玩笑了。说真的,那个臭小子一点也没有我帅,你要是看上他,可真走眼了。"蔡友伟颇有自信地说。

"哼,我不跟你说这些无聊的话了。还是说点正经的吧,说,把我的事办得怎么样了?"邬艳艳冷冷地问道。

"都调查清楚了,只等你一句话了。"蔡友伟不动声色地说道。

"不急,慢慢来,我要让她慢慢地被折磨死。看得罪我的下场好不好?哼,骚货,竟敢来惹我!"邬艳艳一脸杀气。

"你放心好了,你安排的事,我一定会办得干净利索。"蔡友伟安慰道。

"嗯,别忘了要秘密进行,此事不能有一点马虎。否则,你我都会有生命危险。"邬艳艳故意提醒道。

"好,我的手段你还不明白吗?"蔡友伟说着,便把右手塞到邬艳艳的衣服里,握住那胸前的柔软,轻轻地揉搓起来。邬艳艳呻吟了两声,然后伸手把蔡友伟的手甩到了一边。

蔡友伟尴尬地笑了笑,邬艳艳铁青着脸,也不理会他,径自走到二楼的洗手间冲凉。很快洗手间里便传出一阵窸窸窣窣的声音,蔡友伟焦躁不安地在客厅里走来走去,他从茶几上的烟盒里掏出一支烟,点上后狠狠地吸了两口,然后又烦躁地摁灭到烟灰缸里。

终于洗手间的响声停了,邬艳艳换了一件粉红色的真丝睡裙,风情万种地走了下来。蔡友伟一见,立即兴奋地迎了上去。

"宝贝,你今晚好漂亮。"

"哼,就你嘴甜,真的假的?"

"当然是真的了,你永远是我心中最漂亮最美丽最性感的女神。我爱你,艳艳。"蔡友伟说着,便一把抱起邬艳艳走到二楼的卧室里,轻轻地把她扔到床上。很快两人便在不断的呻吟中,滚成了一团。

激情过后,邬艳艳脸色微红地偎在蔡友伟的胸前,想着今晚所发生的事。蔡友伟望了她一眼,然后不耐烦地拿起一支烟,又想抽起来。谁知,还没来得及点燃,便被邬艳艳一把夺了过去,扔到了地上。

"怎么了,小宝贝?"蔡友伟笑嘻嘻地问道。

"你说吴维国是真失踪还是假失踪了?"邬艳艳神色严肃地说。

"你问我,我问谁呀?他是你老公,你都不知道他到哪里去了,我怎知道?"蔡友伟撇了撇嘴说。

"我是不知道才问你的,你着什么急呀?他名义上虽是我老公,可实际上早已经不是了。他外面有女人,你又不是不知道。"邬艳艳白了蔡友伟一眼,嗔怪道。

"是呀,那岂不更好?他失踪了,我们来往更方便。最好是吴维国死了,那样财产什么的,还不都到你手里了。"蔡友伟一脸得意。

"噫,你说怪不怪,那个杨志宏怎么就死了?"邬艳艳疑惑地问道。

"提他干吗?怎么你还在想着你的老情人?"蔡友伟有些吃醋地说。

"我才不会想他呢,我只是觉得奇怪,怎么好好的,就被车撞死了呢?哦,阿伟,你说实话,这事是不是你干的?"邬艳艳紧紧地盯着蔡友伟,想从中看出些端倪。

"咳,我倒是想撞死他,可他给我撞吗?我看他这人活该,谁叫他不老实。再说了,就算我想撞死他,也要看你同不同意呀?你没有发话,我哪敢啊。"蔡友伟委屈地说。

"嗯,算了算了,不提这些了。你记着,今晚我们的谈话一定要保密,别乱说出去,影响不好。万一泄露出去,你吃不了兜着走。"邬艳艳脸色一沉,说。

"遵命就是。"蔡友伟嬉皮笑脸地说。

"对了,你把那个臭小子真的赶跑了?"邬艳艳低声问道。

"呵呵,我把他扔到马路边上了,那小子是个废物,不经打,我只打了他一下,他就倒下了。唉,要是往日,我非狠狠揍他一顿不可。"蔡友伟凶险地说道。

"你做得也过分了些,这也不是什么大事,何必非斩尽杀绝呢。"邬艳艳语气逐渐变得温柔起来。

"哼,我看他安的并非什么好心,还是防着点好。"蔡友伟提醒道。

邬艳艳白了蔡友伟一眼。蔡友伟突然有些口渴,便下楼去拿饮料。此刻,墙上的挂钟当当当地敲了三下。邬艳艳一看现在正好是凌晨三点整,心里竟莫名的泛起一丝不安和恐惧。

邬艳艳把目光缓缓地移到窗外,粉红色的窗帘没有拉严,一张惨白的沾满鲜血的鬼脸竟出现在透明的玻璃上。"啊!"她毫不设防地一声尖叫,随后整个人便吓得晕了过去。

6

白若水拿着江山抄给她的杨志宏的地址，急匆匆地在路上行走着。杨志宏的死，让江山和白若水都大感意外，尤其是江山。尽管他好久没和杨志宏联系过了，可杨志宏的死，让他心中仍旧十分难过。

白若水见此情景，主动要帮他调查一下杨志宏生前的情况，看从中能不能发现一些什么线索。江山拗不过她，只好同意了。白若水心中不由得一喜，暗想无论怎样，她都要帮江山分担眼前的压力，试着找出凶手的蛛丝马迹，让凶手尽快伏法。她真的是再也不想听到有人死了的消息了。

穿过马路，又转了好几个弯，终于她找到了东城的商业街108号。那是一间仅有十多平方米的小杂货店，一个神情悲伤的矮个子女人坐在柜台后面，眼神空洞地望着墙壁，也不知在想些什么。

白若水轻声走到柜台前面，那个女人竟然丝毫没有察觉有人进来，白若水轻轻地咳嗽了两声，那个女人才恍然醒悟过来。

"哦，你有什么事？"那个女人疑惑地问道。

"请问你是杨志宏的妻子赵惠兰吗？"白若水轻声问道。

"是呀，你是……"赵惠兰点了点头。

"我叫白若水，是从小和杨志宏一起长大的伙伴。我想找你谈谈。"

"啊，可以，请坐。"赵惠兰慌忙搬过来一把凳子，让白若水坐了下来，然后又倒了杯绿茶端了过来，放到白若水跟前。

"不用客气，嫂子。杨志宏大哥发生了车祸，我听说后，感到十分难过。可是人死不能复生，还希望你能节哀顺变，早日好起来。"白若水安慰道。

"唉，是呀，想不开也不行，人都死了，我再伤心也没用。但我心里真的很难受，谁让我命这么苦呀。呜呜呜……"赵惠兰说着，眼圈红了，眼泪不由得掉了下来。

"别哭了，嫂子，别把身体搞坏了。现在身子要紧，否则杨志宏大哥在天堂也不会安息的。"白若水劝道。

"嗯，谢谢你，姑娘，你来找我是什么事？"赵惠兰擦了擦眼泪，问道。

"是这样的,为了尽早找到肇事者,我想来了解一下杨志宏大哥生前的一些情况,不知杨志宏大哥在世时,有没有得罪过什么人呀?"白若水悄声问道。

"没有,我和他结婚这三年来,从没见他和谁争吵过,也没见他得罪过谁。他这人挺好的,对谁都不错。"赵惠兰摇了摇头。

"那他生活和生意上,有没有跟谁有过过节呀?"

"这个嘛,也没有。"

"嫂子,你再好好想想看,是不是有什么地方记不清了或是遗漏了?比如他和谁曾有过拌嘴呀,或是合不来呀什么的。"白若水见赵惠兰的神情有些为难,便提醒道。

"他这个人什么都好,就是有些花心。"赵惠兰犹豫了一下,说道。

"他是不是做过对不起你的事呀?"

"唉,我告诉你吧,姑娘。反正他人都死了,不说出来,在我心里放着也堵得慌。他跟那个女人有好几年了。我刚认识他的时候,根本就不清楚他还有个相好的,也不了解他的底细。可等结了婚之后,他那偷腥的狐狸尾巴便渐渐地露出来了。"赵惠兰难过地说。

"偷腥?嫂子这么贤惠温柔的女人,他怎么还出去乱搞呀?"白若水十分同情地说道。

"唉,你不知道,那个女人简直就是个狐狸精,又仗着有几个臭钱,便无法无天的。谁家的老公好,就专门勾引谁。"赵惠兰恨恨地说。

"那个女人是谁?"

"这个我倒不知道,我只碰上他们一次。那个骚货还竟然骂我。唉,我都忍了三年了,真是有气没地方出啊。"赵惠兰一脸怨气。

"三年了,你们没有孩子吗?为什么不生个孩子拴住他的心呀?"白若水低声问道。

"不是我不想生,是他不让我生。每次怀孕后,他都让我到医院里打掉。现在我身体也不大好,隔三差五地生病。唉,我苦命的孩子。"赵惠兰叹道。

"那个女人长什么样子?"白若水好奇地问道。

"瓜子脸,双眼皮,一头棕色的卷发,打扮得妖里妖气的。"赵惠兰想了想,说。

"你知道那个女人的名字吗?"

"不知道,只是听说是个什么夜总会的老板娘。仗着有几个臭钱,整

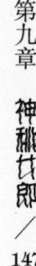

天和别的男人勾三搭四的。"赵惠兰一想起来,便满心怨恨。

"杨志宏大哥除了这个女人外,还有没有其他女人?"

"其他的倒是没看到,要不是和他结婚有三年了,舍不得这份感情,我早就和他离了。唉,我们真是孽缘呀。"赵惠兰说到这里,不由得满脸悲伤。

"嫂子,还请放宽心。哦,对了,你再仔细想想,他生前还有没有其他异常的地方,或是行为与平时不一样的地方?"白若水安慰道。

"他前一段时间就是常常与那个女人约会,家里也不管不顾的,更不把我放在眼里。这一段时间他似乎与那个女人约会少了。哦,有一次我听他说,好像那个女人是从小跟他一起长大的,具体的我也没听清楚,也不知道到底是不是。"赵惠兰愁眉苦脸地说。

"哦,嫂子,你知道他从小是在孤儿院长大的吗?"白若水继续问道。

"他向我提起过一两次,后来就再也没有说过了。反而我一提起来,他就有些不高兴,好像他很忌讳那段经历。"赵惠兰回忆道。

"那他有没有提起过王震、刘二愣、崔浩、吴维国、李兵,还有邬艳艳和江丽蓉这些人?"白若水急声问道。

"有,那个叫吴维国的以前他经常挂在嘴边,他还跟他开过车呢。那个吴维国好像是个大老板,做了很大的生意。"赵惠兰直言道。

"他还有没有向你提起别的什么?"

"这倒没有了,哦,对了,我想起来了,他最近向我提起过那个叫吴维国的大老板竟然失踪了,后来我也听别人提到过。这件事闹得城里人心惶惶的,你说一个好端端的大活人,怎么会突然失踪了呢?"赵惠兰有些奇怪地说道。

"那他还说了些什么?"白若水接着问道。

"他还说那个叫崔浩的也不见了,生不见人死不见鬼的,听他说那个叫崔浩的好像去外地发大财了。"赵惠兰忧虑地说。

"除此之外,他还有没有说些其他的什么了?"

"其他的,倒也没说什么了。"

"他平时跟这些人很熟吗?经常联系吗?"白若水最后问道。

"我只知道他跟那个吴维国很熟,至于其他人嘛,他经常不回家,我也不太清楚了。"赵惠兰一脸漠然。

白若水安慰了赵惠兰几句,起身告别赵惠兰后,一个人便沿着马路心情沉重地走着。她实在想不出杨志宏生前竟然是一个那么花心的男人,而赵惠兰提到的那个女人究竟是谁呢?那个女人从小是跟杨志宏一起长大的?难道是邬艳艳和江丽蓉两人中的一个?

可杨志宏的车祸到底是怎么一回事呀?究竟是一起普普通通的车祸,还是一起谋杀案呢?据江山讲,杨志宏的死绝不是一件平常的车祸,如果要是那样,会是谁暗害的杨志宏呢?会不会和那个和他相好的女人有关系?

想起死去的顾天诚,她不禁悲从中来。难道这一切劫难都是老天注定的吗?还是谁布下的局?

阴谋,该死的阴谋!难道这一切的一切,真的是一场见不得人的阴谋吗?还是一场让人无法始料的意外?如果真的是阴谋,仅仅显示出来的这冰山一角,那也太可怕了。以后还会发生什么事?难道她和江山都真的在劫难逃?

她越想越感到整个事情很复杂,便不由得放慢了脚步。也不知走了多久,她走到光华路的街心公园时,她的两只眼皮竟然奇怪地跳了跳,一阵心慌意乱涌上她的心头。奇怪!今天是怎么了?心竟也跟着莫名地跳动了起来。

她向四周望了望,然后眼神不经意地落到了街心公园边上的草丛上,她这一望不禁吓了一大跳,草丛上竟躺着一个衣衫不整的男人!仔细一看,那个男人她竟忽然感觉有些熟悉。江山!她一个箭步跑了上去,扶起那个男人一看,果然是江山!

只见江山紧闭着双眼,一副不省人事的样子。她一看,慌忙摇了摇他,可他却一点儿动静也没有。怎么办?怎么办?怎么办?她一时急得要命,她刚想拨通120的电话,就听哎哟一声,一直昏迷的江山竟然悠悠醒转了过来。

"江山,你终于醒了?"白若水激动地哭了起来。

"若水,你是若水?"当江山看清自己正躺在白若水的怀里时,也不禁一愣,"我怎么会在这里?"

"我也不知道,我正想问你呢?刚才我去找了赵惠兰,一个人走路回家时,竟在这个街心公园的草丛里发现了你。你这是怎么了?怎么会一个人躺在这里?"白若水担心地问道。

"我也不知道。"江山疑惑地说。

对于自己怎么竟在草丛上躺了一夜,江山也感到有些莫名其妙。他摸了摸脑袋,感到整个头疼得要命,可对昨晚的事,他竟一点儿也想不起

来了。

　　坏了！是不是自己患上失忆症了？江山一皱眉，拼命地回忆着昨夜所发生的事情。突然他一拍大腿，满脸兴奋。

　　"哦，我想起来了！"

　　他的话声没落，心情却突然变得好了起来，可随后又很快跌入了万丈深渊。

『第十章』

蹉跎失踪

scarlet Carnation

1

江山来到红人坊夜总会已经有一个小时了,此刻,他坐在二号包厢里,边抽烟边不停地走来走去。

江山不知道邬艳艳会不会来,可是不管怎样,他都要继续等。也许只有等下去,才会有希望。

江山低头看了一下表,已经快 11 点钟了,这比邬艳艳跟他约好的时间晚了将近一个小时,也许她真的不会来了。昨晚她喝得那么醉,或许已经记不起来了?想到此,他心里不禁一阵失落。

就在这时,只听包厢的门吱呀一声,被打开了。一个打扮性感时髦的女人从外面走了进来。江山定睛一看,心中不禁一喜,来的不是别人,正是邬艳艳。

今晚邬艳艳穿着一条紫色的吊带裙,棕色的长发烫了个大波浪,脸上化了精致的淡妆,整个人显得简单自然又不失高贵典雅,性感时尚又不失可爱大方。真是和昨天有天壤之别呀!江山不禁暗自叹道。

两人四目相对,双方都有些吃惊。愣了片刻,江山大方地伸出右手,说道:"邬总,你好。"

"你……"邬艳艳迟疑了一下,然后伸出左手,和江山轻轻地握了一下。

"我是……"

"江山!"邬艳艳兴奋地跳了起来。

"是我,你总算认出来了。"江山笑道。

"是呀,不过我可没想到是你。"

"我还以为你会忘了呢,昨天……"江山还没说完,便被邬艳艳打断了。

"哦,昨天我喝多了,可要好好谢谢你。只是闹了些误会,还请多多包涵。你送我回家那时,刚好我那个司机来拿东西,正巧碰上了,他还以为你是坏人要非礼我呢,所以才对你动粗。不过,他已被我狠狠地教训了一顿,这不今晚我亲自来向你赔不是了,你可不能往心里去呀。"邬艳艳解释道。

"没关系,我这人你也不是不了解。从小咱们就闹腾在一起,现在大了当然也难免。这点芝麻大的小事,我根本不会往心里去的。"

"好呀,你这小子还和从前一样,一点也没变。"邬艳艳说着,叫服务员上了一打冰啤,两人边喝边聊了起来。

"我是叫你邬总,还是叫你艳艳好呢?"江山打趣道。

"还是艳艳吧。"

"嗯,艳艳就艳艳,反正平时叫惯了,现在改口倒不习惯了。说真的,这几年不见,你倒越发漂亮了。听说你和吴维国结婚了,怎么样?小日子过得还不错吧?"江山低声问道。

"唉,他失踪了。"邬艳艳叹了一口气说。

"这是什么时候的事?"江山冷静地问道。

"7月16日他生日那天,他竟然莫名其妙地失踪了。"邬艳艳说完,脸上忽然浮起一丝奇怪的神色。

"报警了吧?"

"是的。"邬艳艳点了点头。

"警察怎么说?"江山不动声色地问道。

"警察说现在正在调查,暂时还没什么线索。"邬艳艳一脸无奈。

"那天都谁去参加生日宴会了?"

"好多人呢,做生意的,当官的,夜总会的,还有一些朋友,来了一大帮人,有几十号吧,我都数不过来了。"邬艳艳尴尬地笑笑。

"这些人当中有没有特别显眼的?"江山提醒道。

"特别显眼的也有几个,比如那个夜总会里的歌舞女皇楚香香,还有江丽蓉,以及夜总会的招牌美女胡莉莉,她们个个打扮得花枝招展的。唉,我都不知道他把什么人都请来了,真是搞得乱七八糟。"邬艳艳想了想说。

"可以说说当天的情形吗?"江山轻声问道。

"好吧,那天是他的生日,我一大早就起床准备。中午我们在自家吃的饭,晚上的生日宴会,是8点整开始的。我见一些客人也都陆陆续续地到了,便开宴让大家喜庆下。我陪着维国切了蛋糕,大家边吃边热闹成一团。献礼物的献礼物,唱歌的唱歌,跳舞的跳舞,每个人都玩得疯狂极了。我也在一旁高兴得合不拢嘴,可谁知,我一扭头,竟发现维国不见了。刚开始我还以为他去上厕所了,可过了好长时间,也不见他回来。我心里隐隐觉得有些不安,心想是不是跟朋友聊天去了。我在屋里找了半天也没

看见人影，便慌里慌张地跑出去找，可里里外外都找遍了，还是看不见他。这下我更慌了，后来才知道，他，他真的失踪了。"邬艳艳说到这里，忍不住痛声哭泣起来。江山望着她那张充满悲伤的脸，心里也是一片沉重。

看来吴维国失踪这件事是不会有假了。可他到底是为什么会失踪呢？为财？为情？为名？为利？还是为了什么？江山苦苦思索着，他始终猜不透整盘棋最关键的那一步。

动机！

凶手的动机是什么？

2

江山对吴维国的失踪，也感到十分奇怪和疑惑："你说他怎么就凭空失踪了呢？你有没有想过他是为什么失踪的？"

"这倒没有，不过，我觉得他没有理由去做些令人匪夷所思的事情。他现在的生活还不够好吗？要房有房，要车有车，要钱有钱，要女人有女人。他缺什么呢？他什么都不缺。我对他又好，他没有什么屁理由独自撇下我不管。"邬艳艳摇了摇头。

"他是不是厌倦了现在的生活？"江山若有所思地问道。

"不会的，他失踪前两天，还说等有空闲时间，要和我一起去游澳洲呢。他还说要跟我生个孩子，他也快三十的人了，早就想要一个孩子了。"邬艳艳犹豫了一下，然后说道。

"那你们平时关系好吗？"

"还可以，他挺疼我的。我想要什么，他都会想办法来满足我。我有这样一个好老公就足够了，其他的什么都不想要。"邬艳艳低泣道。

"你在宴会上发现他失踪时，那其他人有没有发现他不见了呢？"江山平静地问道。

"当时我在宴会上说维国不见了，大家一下子乱套了。大家都帮着我找来找去，可最后也没找到。无奈，我只好报了警，可到现在还是没有半点消息。"邬艳艳满脸悲伤。

"维国当时失踪的时候，有谁没在现场呢？"江山接着问道。

"这个嘛，我倒是没注意。当时人太多了，我只顾和别人一起说笑了，没怎么留心谁没在现场。哦,对了,我想起来了,我发现维国不见时,江丽蓉也没在屋里,她似乎过了好长时间才走了进来。大概有二十来分钟吧,所以我一直对她比较怀疑。"邬艳艳回忆道。

"其他人呢?还有谁没在现场?"

"呃,我想想看。哦,那时楚香香好像也没在屋里,因为她比较引人注目,她唱了几首歌后,便出去了一下。我扭头寻维国时,刚好看见她上洗手间回来,她还跑到我跟前祝贺我呢。不过她去的时间好像短,也就三四分钟吧。"邬艳艳缓缓地说道。

"你怎么知道是三四分钟?"江山皱着眉问道。

"当时我见维国不见了,便有些心烦意乱,于是就一直盯着墙上的挂钟,所以记得比较清楚。"邬艳艳答道。

"还有吗?"

"哦,想起来了,还有那个胡莉莉,吃了块蛋糕,忽然捂着肚子说肚子疼。然后我便看见她往洗手间跑去了,不过那时候维国好像还在。等我发现维国不见时,胡莉莉还没有从洗手间回来。大约有十来分钟吧,我才看到她慢腾腾地从洗手间出来。"邬艳艳回想道。

"呃,你这样一说,好像除了她们三个之外,其他人都在场,并且她们三个人出去都有各自的理由。"江山饶有趣味地说道。

"对,我也是这样想的。"邬艳艳点了点头,"不过,我还是觉得江丽蓉最值得怀疑。"

"为什么?"江山一愣。

"首先她出去的时间比较久,另外她对为什么要出去那么长时间,也没有一个合理的解释。后来我找到她,为此事专门问了她,可她竟然说她在宴会上突然感到有些失落,想出去走走。你觉得这种理由可靠吗?别人会相信吗?"邬艳艳分析道。

"你说得有些道理,但也不完全对。现在我们仅仅依靠的是推理,没有实际证据。一般凶手是不会这么傻乎乎地就这么把自己列为众人的怀疑对象的。再说江丽蓉和你是好姐妹,又是和你与维国一起长大的好伙伴,她怎么会做出这种事情呢?"江山质疑道。

"反正我就怀疑她,哼。"邬艳艳说到这里,一脸气愤。她伸手情不自禁地从手提包里掏出一盒精致讲究的女式香烟,从里面抽出一支点燃,然后狠狠地抽了起来。

江山望了她一眼,看得出她心里很痛苦,可他还是有很多疑惑没有弄

清楚。吴维国的失踪究竟是怎么一回事？经邬艳艳这样一说，整件事情反而变得越来越神秘复杂了。一个大活人竟然在自己的生日宴会上无缘无故地失踪了。这背后到底隐藏着多少秘密和隐情呀？

难道这真的是一起普通的失踪案吗？吴维国的失踪到底预示着什么呢？他到底是自己一个人出走了，还是被谁藏起来了？如果是前者，那说明他已厌倦了现在的生活，但若是故意逃避现实的话，也没必要一个招呼也不打就走人了呀！可如果是后者，对方为什么要这么做？难道他们之间有什么纠缠不清的瓜葛吗？或是有什么极大的恩怨情仇？

而楚香香、江丽蓉和胡莉莉这三个女人呢，吴维国的失踪到底跟她们有没有关系？听邬艳艳的口气，似乎对江丽蓉有极大的不满，难道吴维国的失踪真的和江丽蓉有关系吗？那邬艳艳呢，她说的这些话都是真的吗？

江山的眉头拧成一团，越来越多的疑问集聚在他的脑海里，让他一时压抑得喘不过气来。

孰是孰非，接下来事情又会怎样发展？一切都是未知。

3

江山似乎感觉出了什么，便继续不动声色地问道："那后来呢？"

"之后他就生不见人，死不见尸。唉，我也没办法呀，这一生我最爱的人就是他，现在他没了，我也不想活了。呜呜呜……"邬艳艳说到此，又失声痛哭起来。

"别哭，艳艳，说不定明天或是什么时候，他会突然出现在你面前的。"江山安慰道。

"可我现在担心的是，怕是有人把他给藏起来了。我最怕的就是那个骚货，她什么事都能干得出来。"邬艳艳忧心忡忡地说。

"骚货？你指的是谁？"江山好奇地问道。

"你还不知道呢，他外面有女人也不是一天半天了，可我就是被蒙在鼓里。要不是那天我亲眼看见他们约会，我到死还不敢相信呢！"邬艳艳一有愤怒。

"慢慢说，到底是怎么一回事？"江山低声说道。

"哼，那个女人你也认识。"

"我也认识？你说的是……"

"江丽蓉！"邬艳艳一字一顿地说。

"你们不是好姐妹吗？她怎么会……"

"唉，别提了，这些丢脸的事，我本来是不想对别人提的。不管怎么说，我和维国多少也是有些身份的人，这些事万一传出去，无论对维国还是对我名誉都不太好。可我拿你当兄弟，对你说说无妨。其实刚开始我也不知道维国外面有女人，只是有时候听朋友跟我开玩笑，说让我可要好好打扮了，要不维国会被其他漂亮女孩子吸引走的。我只是随便听听，根本没当回事。可后来维国回家的次数越来越少了，说是什么应酬之类的。起初我还相信，可到最后他便三天两头地失踪，有时候一个月也不见人影，我便有些怀疑。有一次我偷偷地跟踪他，竟发现他在和一个女人约会，而那个女人不是别人，正是江丽蓉。"邬艳艳十分怨恨地说道。

"江丽蓉不是结婚了吗？"

"是的，她嫁了一个医生，表面上她一本正经的，谁知暗地里竟是这种货色。哼，算我瞎了眼，交了这么一个密友！当初我对她比亲姐妹还要亲，谁知她狗咬吕洞宾，不识好人心，反咬我一口，算我倒了八辈子霉，瞎了眼。"邬艳艳后悔地说。

"你刚才说维国失踪时，江丽蓉也不在屋里？"江山一脸奇怪。

"是的，我真没想到，他竟然叫那个狐狸精来参加生日宴会。要不是他现在失踪了，我非得跟他吵上一架不可。"邬艳艳生气地说道。

"江丽蓉怎么会和维国走到一起了呢？是不是你误会他们了呢？"

"误会？不，他们之间的关系绝不是那么简单。当时维国还假模假样地跟我解释，说是谈什么事情，我一时心软就原谅了他，可后来我派人盯着，把他们从宾馆里揪了出来。我的脸都被他们丢尽了，一想起这事，我真想死了算了，省得活得难受。唉……"邬艳艳叹道。

"哦，这倒也是，换了谁，谁心里也难受。不过事情既然都已经发生了，你还是想开些好，别伤了身体。那你没有把这情况反映给警察了吗？"江山又问道。

"反映了，警察也去她的住处搜了，可奇怪的是，连个人影也没看见。我听别人说，她老公为这事要跟她离婚呢。就她那种水性杨花的女人，谁肯要她？这就是报应！报应！"邬艳艳特意加重了"报应"那两个字，弄得江山的心情越来越沉重。

报应！

这两个字一时好像千万把明晃晃的利剑一样,从四面八方向他狠刺过来,让他无处躲避,只好任利剑穿透了他的胸膛,任鲜血染满了他的衣襟,任痛苦无情地把他狠狠地撕碎!他忽然想起了顾天诚的死,而今所遭遇的一切折磨和劫难,难道这就是他的报应?报应?报应?……

"江山,你怎么了?"邬艳艳见江山神情异样,便不禁好奇地问道。

"没,没什么。"江山摆了摆手,可那颗心却忽然变得更加疼痛。

4

邬艳艳擦了一下眼泪,抬起头望了江山一眼,然后缓缓地问道:"你相信报应吗?"

"也许吧,好人自有好报,坏人也自有坏人的下场。对了,维国的失踪是挺蹊跷的,他是不是曾经得罪过什么人呀?说不定是别人故意报复的。"江山提醒道。

"哼,我相信他会有报应的。你这样一说,我倒想起来了。你知道我们开夜总会的,难免跟黑道上的朋友打交道,可打交道是打交道,我们从来不会去惹这些人的。多一事不如少一事,只要他们不找我们的碴儿,破费些钱也是值得的。有个叫'黑老虎'的,开始想来找我们的碴儿,可后来还不是跟维国成了好哥们儿。所以说,还是维国有能耐。除此之外,还有谁会做出这种绝情的事来呢?同行?也不至于下此毒手。再说即使没了维国来经营这家夜总会,也有我在呀。我这几年跟维国在一起,什么人没见过。管理一个小小的夜总会,我还是绰绰有余的。那还会有谁呢?我看啊,就那个骚狐狸,最值得怀疑。"邬艳艳一口气说了一大堆。

"他平时跟人有过节吗?"江山继续问道。

"过节倒没有,他平时又豪爽对朋友又大方,他那些狐朋狗友们,哪个不是来巴结他的?"邬艳艳说完,嘴角不由得扬起一丝冷笑。

"那杨志宏跟你们联系过吗?"

"杨志宏呀,他以前跟我和维国联系过,现在已经有好长一段时间没联系了。怎么了?出什么事了吗?"邬艳艳满脸疑惑。

"他被车撞死了。"江山低声说道。

"呃,是真的吗?我真不敢相信,他那个人平时也挺不错的,怎么会突然就被车撞死了呢？唉，都怪好人不长命。可怜的人哪！呜呜呜。"邬艳艳痛哭道。

"是呀，我也不敢相信，可这毕竟是真的。"江山说到这里，忽然想起白若水跟他提到过杨志宏跟他老婆赵惠兰的感情不太好，赵惠兰说杨志宏外面曾有过女人，所以才导致了他们夫妻之间的不和。可不知这个女人到底是一个什么样的厉害角色？杨志宏的车祸与这个女人有关系吗？

于是，他接着问邬艳艳道："杨志宏和他老婆的感情好吗？"

"他们夫妻的事，我怎么知道？"邬艳艳冷嘲道。

"呃，听说杨志宏外面好像有一个情人，不知是不是真的？"江山不动声色地问道。

邬艳艳一听，脸色一变，可很快又变得镇静自如："唉，要说男人吧，哪个能专一到底的。只要是男人，哪个能不花心的。可要掌握尺度，再花心也不能动感情。这男人要是真动了感情呀，就是十头牛也拉不回来。我对男人都失望了，何况我身边就有一个。维国和那个骚货不就是一个最好的例子吗？"

"哦，对了，崔浩和李兵呢？他们都跟你联系过吗？"江山想了想，问道。

"你说崔浩呀，他帮我们家维国开了一段时间车，一年前忽然说要去外地做生意，便辞职走了，到现在也没跟我们联系。那个李兵更别提了，已有两年没他的消息了。他这个人呀，搞得很神秘，大家谁都不知道他的事。"邬艳艳慢慢地说道。

"哦，江丽蓉的家住在哪里？"

"好像是什么万恒路，万恒小区702房吧？我也记不很清了，大概就是这个地址。怎么，你想去找她呀？"邬艳艳有些奇怪。

"是的，我也想尽快能查到维国的下落，抽时间我去拜访一下江丽蓉，看能不能发现什么线索。"江山答道。

"那倒是，不过你可要小心点，那个女人可不简单，她很有心机的。"邬艳艳提醒道。

"嗯，好，我先告辞，你自己多保重。哦，对了，这是我的手机号码，有什么事可以找我。"江山说着，掏出一张小纸片，在上面给邬艳艳留下了手机号码。邬艳艳也礼貌性地掏出一张名片，递给了江山。

江山从红人坊夜总会出来，天已经大黑了。他看了一下表，12点了，时间过得好快呀。

他在马路上疾步飞快地走着,脑子也在飞速地运转着。江丽蓉,江丽蓉,江丽蓉!现在她怎么竟变成了这样一个女人?想起在孤儿院时,她那清纯可爱的模样,再和邬艳艳描述的样子一比,他真的是不敢相信啊!

　　时间太残酷了!它会把一个好人变成一个坏人,也会把一个坏人变成一个好人。也许这世界上唯一不变的,就是变化。

　　下一刻,等待他的,又会是什么呢?

5

　　江山神情恍惚地行走在黑夜里,不知不觉竟然来到万恒小区,远远地就看见小区的楼下围了一堆人,旁边还有一辆警车忽闪着警灯,在黑沉沉的夜色里特别引人注目。

　　江山一见,心不由得往下一沉,一种不祥的预感和死亡的气息瞬间袭满了他的全身,让他的神经好像将要离弓的弦一样,处于一种极度紧张的状态。

　　江山连忙跑了过去,他扒开众人一看,见地上躺着一具血淋淋的女尸,几名警察正在忙碌着。

　　"这位大嫂,发生什么事了?"江山见他身边站着一位中年妇女,便好奇地问道。

　　"哎呀,小伙子,你还不知道呢,刚才有人跳楼了。"

　　"跳楼?"

　　"是呀,好可怜啊。"

　　"就是那个死去的女人?"

　　"对,好惨哪!"

　　"她叫什么名字?"

　　"听说这女人是这幢楼里702房的,好像是叫江丽蓉吧。"

　　"她,她为什么要跳楼?"

　　"这个咱就不知道了,反正听说她和她老公好像在闹离婚,可能是想不开吧。唉,好端端的一个人,怎么就死了呢?真可怜啊……"

　　江山早已怔到那里了,以至于身边那位中年大嫂后来又说了些什么话,他一点儿也没有听清楚。他的身子摇摇欲坠,就在他将要摔倒的刹那,一只手突然扶住了他。

江山抬头一看,竟然发现胡莉莉突然神秘地出现在他眼前,他霎时愣住了。

"莉莉,你怎么在这里?"江山吃惊地问道。

"没想到,你也有失魂落魄的时候。"胡莉莉高深莫测地说道。

江山心里一阵尴尬,的确,刚才他太失态了。但这打击对他来说也未免太大了吧!他费尽周折,刚刚打听到江丽蓉的消息,谁知他连她的人影儿还没见到,人便死了。这也太巧了吧!甚至连他自己都不敢相信。

可这一切毕竟是他亲眼看到的,他不相信也没办法。难道他亲眼看到的东西也会有假吗?有时候一个人受欺骗最深的,就是自己的眼睛。

跳楼?

江丽蓉为什么要跳楼而死?

江山一想起刚才看到的那个女人凄惨的尸体,心中便有一种莫名的惊悸。可惊悸过后,他的心底却反而涌出来一种更强烈的不安,为什么没有早一步或者晚一步,而偏偏被他这么巧地赶上了?

胡莉莉似乎看穿了他的心思,便一把拉住他的手,低声说道:"你跟我来。"

"去哪里?"江山疑惑地问道。

"你去了就知道了。"胡莉莉一脸神秘。

江山跟着胡莉莉来到温馨城市花园202房,他望着周围豪华的装修和陌生的环境,不禁有些好奇。

"这是哪里?"

"这是我的家。"

"哦。"江山一听,不知胡莉莉的葫芦里藏的什么药。

胡莉莉很快泡好了茶,给江山端了过来。江山接过茶杯,轻轻掀开茶盖,望着杯子里新鲜的绿油油的茶叶,不停地打着旋儿,然后缓缓地沉倒杯底。他忽然想起了什么,便猛地抓住了胡莉莉的手。

"哎呀,你干什么?疼死我了,快放开。"胡莉莉皱着眉说道。

江山脸色一变,胡莉莉早已甩开了他的手,向他怒目而视。

"哦,对不起,我不是故意的,我是想有话对你说。"江山慌忙解释道。

"那就不能温柔点吗?看你那样子!哼。"胡莉莉故意装作不高兴地说道。

"莉莉,你跟红人坊夜总会的老板吴维国熟吗?"江山随口问道。

"不熟,怎么了?"胡莉莉抬起头,奇怪地望着江山。

"他失踪了,你知道吗?"

"这么大的事,谁不知道呢。你问这事做什么?他失踪跟你有关系吗?"胡莉莉漫不经心地说道。

"没有,我只是随便问问。听说他是在他生日宴会那天失踪的。"江山低声说道。

"是呀,那天我也去了。那个生日宴会真是搞得乱糟糟的,真烦人。还不如不去呢,喝了一肚子酒,害我睡了一天觉。怎么了?你问这个干吗?"胡莉莉好奇地问道。

江山本来是想试探一下胡莉莉,看看她的反应如何,没想到,她倒是很爽快地承认了,这反而倒出乎他的意料。

"呃,没什么,只是觉得有些奇怪。"

"这有什么好奇怪的?说不定是他自己走了呢?"胡莉莉撇了撇嘴说。

"说得倒轻松。要是他自己走了,倒不会变成了一个悬案了!"江山苦笑道。

"悬案?"胡莉莉一怔。

"是呀,你不觉得这件事很蹊跷吗?"

"你说得也未免太严重了吧,以我看倒像是他自己出走的。"

"莉莉,你仔细回想一下当时的情形,吴维国生日宴会那天有没有什么可疑的人,或是什么行为举止怪异的人?"江山轻声问道。

"这倒没注意,不过,有一个人看起来倒是怪怪的。"胡莉莉一脸神秘地说。

"谁?"江山急忙问道。

"就是红人坊夜总会里的那个调酒师蔡友伟。"胡莉莉慢慢地说道。

"他?"江山一愣。

"是的。"胡莉莉点了点头。

"他有什么与平时不一样的地方?"

"他平时是个很活跃的人,可吴维国生日那天,他竟然在宴会上说了不到三句话,并且眼神一直盯着楚香香。当时我也觉得很奇怪,可也没往心里想。现在想起来,反而觉得他这个人好像有些不太对劲。"胡莉莉想了想,说。

"楚香香?就是上次你说的那个歌舞女皇?"江山有些意外。

"对,就是她。"

"是不是因为那个楚香香太漂亮,被迷住了?"

"或许吧,听说那个蔡友伟一直在追求楚香香,可人家一直不拿正眼瞧他。哦,那天反正觉得他整个人都似乎有些不对,还有他看邬艳艳的眼神也是怪怪的。"胡莉莉回忆道。

"邬艳艳?他怎么又和邬艳艳扯上了?"

"这个我也不太清楚,就是感觉,感觉。"胡莉莉特意加重了"感觉"这两个字的语气,反而让江山觉得,她似乎察觉到什么。

"感觉是一件很奇怪的东西,但有时候许多事情,并不像我们所想象的那样简单,我们更不能靠感觉来行事。"江山提醒道。

"是呀,你说得不错,但有时候我们恰恰不能忽略的,就是一个女人的感觉,尤其是在危急或是十分危险的时候。"胡莉莉故意开始跟江山争执起来,江山一见,连忙绕开话题:"吴维国这个人平时怎么样?"

"大老板嘛,平时财大气粗的。对员工严厉,对朋友大方,对老婆温柔,对情人体贴。他是一个什么样的人?我也说不上来。"胡莉莉迟疑了一下,说。

"情人?你见到过吴维国跟别的女人在一起?"

"那当然了,有好几次呢。漂亮的女人,哪个男人不想要?可他偏偏找了个结了婚的女人做情人。"胡莉莉有些不解地说。

"你指的是江丽蓉?"

"对。不是她,还能是谁?"胡莉莉说到这里,白了江山一眼。

江山尽管早已知道吴维国和江丽蓉是情人的关系,可现在经胡莉莉这样一说,他心里还是打了一个大大的问号。难道吴维国的失踪真的跟江丽蓉有关系吗?那江丽蓉的跳楼是怎么一回事呢?到底是自杀还是另有原因?

他越想脑子里的那个问号便变得越大,随之而来的越来越多的疑问,更加膨胀地集聚在他的心中,让他浑身感到不舒服。

江山望着一脸高深莫测的胡莉莉,问道:"莉莉,你知道吴维国得罪过

什么人没有？"

"他得罪什么人，我哪里知道呀。他的事，也不会跟我讲。"胡莉莉面无表情地说。

"哦，那你见过他平时跟什么人有过节吗？"江山故作轻松地问道。

"这个我就更不知道了，反正他这个人挺复杂的，社会关系更复杂。"胡莉莉说到这里，感到有些累了，睡意也渐渐涌上来了。她打了一个哈欠，刚想去冲杯咖啡给自己提提神，却忽然瞧见自己雪白的裙子上，有一片拳头大小的污迹，她不禁用手搓了搓，满脸心疼。

胡莉莉尴尬地望了江山一眼，然后转身走进了卧室。江山心神不宁地坐在沙发上，江丽蓉的死，更让他的心一下子跌到了谷底。他感到背后好像有一张巨大的网一样，要一点点把他和他周围的人牢牢地网住，直到累得筋疲力尽，再也无一丝反抗的力气，最后被张着血盆大口的黑夜，无情地吞噬。

时间一点一滴地过去了，胡莉莉进去卧室好长时间也不见出来，江山无奈，只好望着手腕上的表，继续耐心等待。他还有话问胡莉莉呢，是关于邬艳艳那个汽车司机的。他要问一下那个汽车司机的手机号码，最好是现在就能找到他。

他抬头望了望窗外那漆黑的夜色，然后又低头看了一下表。此刻正好是两点一刻！两点一刻，已经这么晚了？时间真是过得好快啊！他刚想站起身走走，就听见胡莉莉的卧室里忽然传出一阵可怕的尖叫声。

"啊！鬼！鬼！"

江山一听，连忙顾不上多想，赶快打开胡莉莉卧室的门，快步跑了进去。胡莉莉坐在地上，两眼发直，满脸恐惧，好像遇见了什么极恐怖的怪物一样，身子不停地抽搐着。

江山一见，赶忙把她扶了起来。胡莉莉好似受惊的小猫似的，顺势扑进了他的怀里，然后委屈地哇哇大哭起来。

"鬼，鬼！我看到鬼了。"胡莉莉满脸恐惧地说。

"别哭，别哭，慢慢讲，刚才发生什么事情了？"江山询问道。

"鬼，刚才我真的看见鬼了。"胡莉莉心有余悸地说。

"鬼？你不是在说笑吧？哪有鬼呀？我怎么没看到？"江山不相信地说道。

"我没骗你，真的没骗你。我刚才的确看见了，就在那个玻璃上。"胡莉莉一指没拉窗帘的窗户说道。

"你换衣服怎么不拉上窗帘?"江山一皱眉说。

"不是,我刚才换好衣服觉得屋里太闷,就拉开了窗帘,谁知,刚一拉开就看见玻璃上有一个惨白惨白的鬼脸,那个人,不,是那个鬼血红血红的嘴唇,还吐着长长的舌头,好像随时要把我一口吃掉一样,真是把我吓死了。"胡莉莉胆怯地说。

"是不是你平时看鬼片太多了?"

"不是,绝对不是,我胆子本来就小,所以那些片子我很少看。"胡莉莉摇了摇头。

"会不会是你看错了?"

"不,我是相信自己的眼睛的,我真真实实看到了,就是鬼,那个东西就是鬼。"胡莉莉颤声说道。

"世上哪有鬼呀?鬼都是人装出来的。你一时眼花错看成鬼,也有这个可能呀。莉莉,坚强些,就算看到鬼,也不能太软弱了啊。"江山安慰道。

"也许吧,唉,我现在真被搞糊涂了,反正我心里怕极了,谁让你不早一点进来,傻乎乎地坐在外面干什么?也不知道来保护我!哼,以后我再也不想理你了。"胡莉莉撅着嘴说。

"好了好了,别这样了,好不好?我还有件事想问你呢,你知道邬艳艳有个汽车司机吗?他叫什么名字啊?"江山话题一转。

"你说的是哪一个司机呀?邬艳艳有好几个汽车司机呢,不过现在好像只剩下一个司机了。好像姓唐吧,叫……唐国良。"胡莉莉想了想,说。

"唐国良长什么样儿?你有他的联系电话吗?"

"这个人瘦高个子,大块头,人长得很结实。联系电话嘛,我翻一下电话本就知道了。"胡莉莉说着,便站起来从抽屉里拿出电话本翻了起来,很快她的脸便笑得像一朵盛开的花儿。

"找到了。"胡莉莉兴奋地说道,江山刚想接过电话本,不料,胡莉莉却故意把胳膊抽了回去,"你有事可不能瞒着我啊,知道了什么情况,一定要告诉我。"

江山只好点了点头,胡莉莉这才把电话本扔到了他的手里,他接过电话本,望着本子上唐国强那串长长的手机号码,本该高兴的他,此时心中反而有一种说不出来的滋味。

他一扭头,刚好又望见那扇没拉窗帘的窗户。窗外,除了大片大片的黑暗之外,就是无尽的夜色。好像他脆弱的神经一样,被系在一处不知道的悬崖上,被风一吹,便会碎落……

7

江山站在万恒小区702房门口踌躇良久,才抬起手重重地敲了一下门。半晌,屋里一点动静也没有。江山失望地刚想离开,就听里面忽然传来一阵拖鞋吧嗒吧嗒的响声。随后只听吱呀一声,门开了。

"谁呀?"一个面容憔悴,眼窝深陷的男人从门里探头出来,望着站在门口的江山,不禁一脸惊讶,"你是?"

"哦,我叫江山,是和江丽蓉一起长大的朋友,请问你是江丽蓉的老公吧?"江山轻声问道。

"对,我是她的老公郑刚。"郑刚点了点头。

"有些事想麻烦你一下。"

"呃,什么事?进来说吧。"郑刚把江山让进了屋里。

江山走进客厅,趁郑刚去倒茶的工夫,他悄悄打量了一下周围的环境。这是一套两房一厅的房子,客厅虽然不大,但装修和摆设十分讲究,房间布置得也很温馨。客厅里江丽蓉那幅大大的个人写真照片,醒目地放在桌子上,让人都不由得惊叹女主人那张漂亮光滑的脸蛋和雍容华丽的气质。

佳照仍在,伊人已逝。江山一想起江丽蓉那跳楼而亡的悲惨尸体,心中便充满了一阵深深的惋惜。

"请喝茶。"郑刚给江山端过来一杯热茶。

"好,谢谢。"江山客气地点了点头,然后望了一眼神情颓丧的郑刚,直接开门见山地说道,"江丽蓉的不幸去世,作为她的朋友我很难过。为了弄清她的真正死因,我想了解她生前的一些情况。"

"我的心情很糟,也不知该向你说些什么才好。"郑刚垂头丧气地说。

"没关系,你的心情我能理解。丽蓉生前和你之间的感情好吗?"江山低声说道。

"你和丽蓉是从小一起长大的朋友,我也没必要瞒你。我和丽蓉结婚到现在有三年了,刚开始那段日子,我们俩之间的感情还不错,可到了后来,她渐渐变了,变得很陌生,也很让我失望。"郑刚失神地说。

"可以说说原因吗?"江山同情地问道。

"起初我还以为她是在发小孩子脾气,可后来我才知道,根本就不是这样。"郑刚摇了摇头。

"那是为什么?"

"唉,作为男人,我真是活得窝囊透了。这些话,我本不想说出来的,可憋在心里实在难受。你知道吗?她,她竟然在外面给我戴绿帽子。"郑刚说到这里,不由得满脸怒气。

"那个男人你知道吗?"

"嗯,听说是一个夜总会的大老板,挺有钱的。可你知道,我和丽蓉结婚这几年,虽然过得不是太富裕,但凑合着还过得去。她也不至于为了那几个钱,就出卖掉自己吧。唉,我真是倒霉透了。"郑刚难过地低下了头。

"这件事那个男人的家里人知道吗?"江山继续问道。

"知道,那个男人的老婆还带着人来闹过两次,搞得街坊邻居都知道了。唉,我的脸都快被她丢尽了。她又是哭又是闹,还说要跟我离婚,去跟那个男的结婚。我当然是不同意了,不管怎么说,我心里还是爱她的,我希望她能够回头,再重新给我也给她自己一个机会。可我还是被拒绝了。"郑刚十分失望地说。

"为什么?"江山好奇地问道。

"她说她只爱那个男人,心里再也容不下别人了。当时我听到这句话时,真是五雷轰顶。我心中又是难过又是气愤,可心情逐渐平静之后,也慢慢想明白了感情这东西,是勉强不得的。越是勉强,双方越会感到痛苦,所以,当我明白她的心思之后,我决定放手了。"郑刚无奈地说道。

"后来呢?"

"她起初听说我同意离婚,很高兴,可是后来我发现她并不十分开心。有一次我问她怎么了,她说那个男人欺骗了她,他爱的根本不是她,而是别人。他只是拿她来打发寂寞和填充孤独的。他除了她之外,外面还有其他女人。我听后无语了,也不知该怎样来安慰她,最后我终于下定决心告诉她说,让我们重新开始吧!可结果却又是被她拒绝。"郑刚满脸悲伤。

"这一次她为什么要拒绝你?她应该感谢你才对,在被情人背叛的时候,你却没有放弃她。"江山不解地问道。

"她说我为她做的这一切,她都记在心里了。她说她对不起我,没有脸再来见我,她让我找一个好一点的女孩结婚,还说她的心虽然很痛,但却没有白活。"郑刚缓缓地说道。

"没有白活?这是什么意思?"江山玩味着这句从郑刚嘴里说出来的

话,想象着江丽蓉说这句话时,会是什么表情。江丽蓉到底爱过郑刚没有?难道她爱的真的是那个吴维国?可她所说的没有白活,指的是什么意思?是为哪个人没有白活?吴维国?郑刚?还是她自己?

可现在江丽蓉已经死了,她到底为谁没有白活已不再重要了,重要的是她的死,到底是自杀还是他杀?

如果一个女人,在这个世界上,真的有一个让她没有白活的人存在,难道她还会轻易地放弃生命,选择死亡吗?

如果他是女人,他不会。

如果他是女人,他还会继续好好地活下去!

一个女人心里有爱,没有不活下去的理由。

可对于江丽蓉呢?

……

8

郑刚沉默良久,叹了一口气,接着说道:"也许她有她的道理吧,唉,可惜的是,我还没有弄明白这句话是什么含义,她却已经走了。唉,人生为什么要有这么多的遗憾呢?"

"她生前有没有向你提到过孤儿院的事情?还有王震、刘二愣、崔浩、李兵等这些人的名字?"江山轻声问道。

"没有,她很少提小时候孤儿院的事。"郑刚摇了摇头。

"她有个好朋友叫邬艳艳你知道吗?"

"邬艳艳?"郑刚一听到这个名字,先是一惊,而后变得满脸尴尬,"以前经常听丽蓉说起,后来有好长一段时间没听她提到过了。直到前几天我才知道,原来邬艳艳就是那个男人的老婆。"

"她来找过你吗?"

"嗯,是的。先前我提到过,她曾经带着人来我们家闹过,当时我正好在家,见过那个女人,很泼辣,很能骂人。"郑刚回忆道。

"你知道吴维国吗?"江山不动声色地问道。

"吴维国?他是谁?"郑刚一怔。

"他就是邬艳艳的老公。"江山答道。

"哦,那他就是和丽蓉相好的那个男人?我真想把他给剁了。"郑刚怒气冲冲地说道。

"可他现在失踪了。"江山冷静地观察着郑刚的表情。

"什么?"郑刚有些意外。

"你没听丽蓉提到过吗?"

"没有,我知道和丽蓉相好的那个男人的名字叫吴用。"郑刚如实说道。

"吴用?"江山一愣。

"是的,这是丽蓉亲口告诉我的。"郑刚点了点头。

江山听到这里,忽然想起小时候在孤儿院时,江丽蓉和邬艳艳经常开玩笑地把吴维国叫做吴用,也就是无用,毫无用处的意思。

"吴用就是吴维国。"江山解释道。

"原来是这样。"郑刚恍然大悟。

"他的失踪很令人感到奇怪,在他生日那天,他竟然在自己的生日宴会上,无缘无故地消失了。"江山缓缓地说道。

"这种人,死一个少一个。"郑刚痛恨地说道。

"话可不能那么说,一个人不管做了什么错事,也都应该给以原谅的机会。何况他再做得不对,也还不至于搭上自己的性命吧。"江山一脸严肃。

"他生日是什么时候?"郑刚抬起头问道。

"7月16日。"

"这跟我和丽蓉有什么关系?"郑刚疑惑地问道。

"吴维国失踪那天,丽蓉也在现场。那天的气氛听说很热闹的,可恰恰就在那个时候,吴维国失踪了。当然调查清楚吴维国的失踪,也正好洗脱了丽蓉的嫌疑。"江山解释道。

"哦,我记得那天我跟朋友打牌,丽蓉说参加一个朋友的生日聚会,便花枝招展地打扮了一番,就出去了。好像很晚才回来吧,那时我打牌回来躺在床上已经睡着了,她具体什么时候回来的,我倒不清楚。但我敢保证,丽蓉绝不会做什么违反法律的事情。"郑刚镇静自如地说。

"她回来后向你说了些什么没有?"江山追问道。

"没有,她回来后一句话也没有说,也没有再跟我提她朋友生日宴会的事。我还以为她心情不好呢,所以也没多问。不过,我倒是想起一件事来,现在想想倒觉得挺奇怪的。"郑刚挠了挠头说。

"哦,什么事?"

"那天下午,我6点钟下班回到家,见邬艳艳带着几个人在我家门口大吵大嚷,说是在找什么人。我连忙走过去问他们在干什么,邬艳艳说丽蓉把她老公给藏起来了,她特意来找她老公的。当时我已知道了她老公吴用是个花花公子,不是个好货,于是就不客气地把他们打发走了。那时丽蓉正好没在家,她回来后,我怕她不开心,便没给她提这件事。后来我还以为邬艳艳是来故意找碴儿,报复丽蓉的,便提醒她出门小心些。过了几天,也没发生什么事,我也渐渐把这件事给忘了。"郑刚回忆道。

"那她跳楼前有没有什么异常的举动?"江山接着问道。

"没有。"郑刚摇了摇头,随后接着说道,"她这个人,有时候爱把什么事都藏在心里,也不对谁说,就连不顺心的事,她也都放在自己心里,独自忍着。出事那晚,也就是昨天晚上,大概12点那时候吧,她起身上了一趟洗手间,然后说很热睡不着,便到阳台上乘凉去了。我翻了一个身后,也渐渐睡着了。根本就没有想到,她怎么会半夜三更跑到楼顶上去跳楼!到现在,我还是想不明白。她可不是那种轻易放弃生命的人啊。"

"你们这幢楼有多高?"

"总共二十五层。"郑刚答道。

"当时她跳楼时,有人发现吗?"

"是小区里的保安发现的。我当时在房间里睡得很熟,忽然听到外面有人喊'有人跳楼了,有人跳楼了'。我翻了一个身,发现我身边是空的,丽蓉不见了,便吓了一跳。正好楼下吵吵嚷嚷的,也不知发生了什么事,我便赶快穿了件睡衣跑了下去,谁料,看到的却是丽蓉的尸体……"郑刚说到这里,早已泣不成声。江山眼圈也是一红,看得出眼前这个男人对死去的江丽蓉,还是有感情的。江山心里一酸,不禁暗暗叹道。

起身告辞了郑刚,江山来到了楼顶。站在高高的楼顶上,他俯瞰四周。想象江丽蓉张开双臂,好像一只没有翅膀的小鸟一样,从楼顶上凄然一跃,他心中又是一阵难受。

血,又是血!大片大片的鲜血,好像张着大嘴的恐怖的魔鬼一样,在江山的眼前不断地旋转着,旋转着,似乎随时他都会被残忍地吞掉一样,他霎时又陷在一片望不到尽头的黑暗里。

他睁开眼,望着头顶上的蓝天,长长地舒了一口气。

他忽然想起了一个人,唐国良!

9

梦醒时分咖啡厅里,白若水坐在唐国良的对面,她悄悄地注视着眼前这个皮肤黝黑的瘦高个子男人,心里在暗暗盘算着该怎样尽早结束他们之间的谈话。

唐国良一直斜着眼望着白若水,眼神里有一种说不出的暧昧情愫,在双眼间缓缓地流动。突然间被一个大美女请出来喝咖啡,他竟然有些受宠若惊,幻想非非。

"哦,唐先生,今天约你出来,是想麻烦你一件事!"白若水开门见山地说道。

"请讲,白小姐。"

"听说吴总失踪了?你是他的司机,你知道他是怎么失踪的吗?"白若水直奔主题。

"吴总的失踪,我很难过,可我也不知道他是怎么失踪的。"唐国良答道。

"他失踪那天,你在现场吗?"白若水接着问道。

"嗯,那天我喝了两杯酒就走了,后来发生了什么事,我也不太清楚。"唐国良摇了摇头,说。

"你走的时候是几点?"

"大概是8点20分吧。生日宴会是晚上8点开始的,我刚喝了杯酒,就接到老婆的电话,说女儿有些发烧,要去医院里看看。我一听,赶忙就从吴总的生日宴会上溜出来了。幸好我女儿的病情不是很重,到医院里输了液,又开了些药吃,没几天就好了。"唐国良回忆道。

"宴会上,你有没有注意到吴总的情绪是不是有些反常?"白若水不动声色地问道。

"这我倒没注意,不过他看起来很高兴,也看不出他有什么反常的地方。"唐国良喝了口咖啡说。

"听说吴总外面有女人?"

"哦,现在哪个做老板的没有个二奶呢?!吴总的女人多了,你指的是哪个?"唐国良缓缓地说道。

"江丽蓉!"白若水一字一顿地说。

"呃,那个女人呀。"唐国良似乎想起了什么。

"怎么？你认识?"白若水追着问道。

"哦,不熟,只见到过一次,那个女人长得很漂亮,身材也很丰满,是男人喜欢的那种类型吧。不过,我忘记是什么时候了,好像是接吴总去酒店吃饭时,遇见了他们。"

"她跟吴总的关系好吗?"

"应该是不错吧。"

"昨晚她跳楼死了。"白若水犹豫了一下,然后说道。

"啊,真的?"唐国良满脸吃惊。

"是的,吴总的失踪和江丽蓉的跳楼,好像看起来都不那么简单。"白若水沉思道。

"或许是吧,不过这也难说,现在这社会什么事都有,其实有些事情还是蛮简单的,只不过都被别人搞复杂化了。"唐国良点了点头说。

"那个邬艳艳有什么反应?"白若水盯着唐国良问道。

"你说邬总呀,她当然很悲伤喽。换了谁,谁心里都难受。"唐国良低声说道。

"邬艳艳知道吴总外面有女人吗?"

"这个我就不是很清楚的了。就算知道又能怎样？有钱的男人还不都是这样？邬总是个聪明人,她知道自己该如何维护自己的立场。"唐国良说到这里,趁白若水发愣的工夫,他偷偷伸出右手,不老实地向白若水白嫩的左手摸去。白若水发现后一怔,然后狠狠地瞪了唐国良一眼。唐国良识趣地缩回手,满脸尴尬地坐在那里。

"吴总有没有跟你提过他以前在孤儿院的事?"白若水想了想,说。

"没有呀。"唐国良答道。

"邬艳艳呢?"

"也没听她说过。"

"王震、刘二愣、崔浩、杨志宏和李兵这些人的名字,你听吴总说过吗?"白若水急切地说。

"没有,但崔浩这个名字有些熟,好像以前给吴总当过司机吧?"唐国良挠了挠头说。

"对,你认识崔浩吗?"

"不,我没见过这个人。"唐国良摇着头说。

"7月24日那天晚上,你去邬总家里了吗?"

"呃,我想想呀,看我这脑子,都忘了。7月24日,7月24日,哦,没有,那晚邬总说要去喝酒,不让我等了,我很早就回家休息了。"唐国良回忆道。

"那天你是几点钟和邬总分手的?"

"下午6点左右吧,我把邬总送到酒店后就回家了。"唐国良暧昧地看了白若水一眼,轻声说道。

"哦,之后她有打过你电话吗?"

"没有。"唐国良答道。

他的眼神一直在白若水身上转来转去,白若水实在没有谈下去的兴致了。眼前的男人一副色眯眯的样子,好像随时要把她吞到自己肚子里一样,让她不由得泛起一阵阵恶心。

白若水忍无可忍,皱着眉头,匆匆地说了声再见,便转身扬长而去。

"喂,喂。"身后传来唐国良的呼喊声。

白若水刚走出咖啡厅,就接到了江山的电话。江山心急如焚地问道:"若水,怎么样?唐国良说些什么了没有?"

"我按你的意思问过了,7月24日那晚,唐国良根本没有去过吴维国的家里。"白若水轻声说道。

"哦,真的吗?"江山有些惊讶地问道。

"对,他是这样说的。"白若水点了点头。

"你现在在哪里?"

"我在梦醒时分咖啡厅门口,刚从里面走出来。你呢?"白若水顺口问道。

"我在你对面。"江山答道。

白若水一愣,就见眼前人影一晃,江山好像天神一样降临到她眼前。她不禁一喜,嗔怪地往他身上捅了两拳。

"你怎么在这里?"白若水吃惊地问道。

"我走到这里想起给你打电话,没想到你就在附近。怎么样,事情办得还顺利吧?唐国良有没有提供一些有价值的信息?"江山解释说。

"嗯,你让我问的,我都问了。有一点是肯定的,7月24日晚,他根本就没去过吴维国家。"白若水缓缓地说道。

"哦。"江山有些意外。如果7月24日那天晚上到吴维国家里的男人不是唐国良,那会是谁呢?那个男人跟邬艳艳之间是什么关系?邬艳艳

为什么要撒谎？

太多的疑问压得他喘不过气来，他望了望白若水，突然心生一计。白若水见他似乎有话要说，便轻轻靠近了他。

"说吧，还有什么事吩咐啊？"白若水轻声问了一句。

"有倒是有，只不过……"江山吞吞吐吐地说。

"什么事？说吧。"白若水催促道。

"有一个地方想让你去。"江山犹豫了一下，然后说道。

"什么地方？"白若水一怔。

"红人坊夜总会。"江山答道。

白若水一听，狠狠地白了他一眼。

『第十一章』

越陷越深

scarlet Carnation

1

　　江山最不擅长的,就是对付美女。

　　尤其是像胡莉莉这种鬼精般难缠的美女,让他更是头痛。不过,幸好他身边有一个最具杀伤力的挡箭牌,当然也是他命中最温柔的保护神了。想到这些,他心里轻松了许多。

　　此刻,他和白若水刚刚跳完一支舞,两人来到吧台前要了两杯香槟喝了起来。白若水是第一次来红人坊夜总会,她对周围陌生的环境和新鲜的一切,很是好奇。

　　"小山子,这里环境还不错。"白若水喝了一口香槟,望着四周豪华的装修说道。

　　"是呀,想不到吴维国那小子还挺有经营头脑的,来这里消费的人还真不少。真可惜,他……"江山一脸叹息,他话没说完,就见眼前人影一晃,胡莉莉不知什么时候来到了吧台前,坐到了他的旁边。

　　"老蔡,给我来一打冰啤。"胡莉莉双手玩弄着水晶小包包,眼睛却不瞟江山一眼,好像根本就不认识他这个人似的,她一脸冷淡。

　　"咦,他怎么说失踪就失踪了?"白若水满心疑惑。

　　"嘘,小声点。"江山向白若水使了一下眼色,白若水立即会意地笑了笑。她望了一眼舞台上正在倾情深唱的歌手一眼,然后向江山打了个手势,便转身来到了后台。

　　化妆间里,楚香香望着镜子里性感妖娆的自己,满意地点上一支香烟,然后默默地抽了起来。这时,外面响起了一阵轻微的有节奏的敲门声,她一怔,随后淡淡地说道:"请进。"

　　白若水大大方方地从门外走了进来,当她看到眼前这个漂亮迷人的女人时,还是被她脸上的那缕娇艳的美给迷住了。

　　"请问你是楚香香小姐吧?"白若水轻声问道。

　　"对,你是?"楚香香迟疑地望着白若水。

　　"我叫白若水,是你的粉丝,你的歌唱得真好听。"白若水恭维道。

　　"谢谢,我在忙,你有什么事吗?"楚香香有些不耐烦地说道。

　　"哦,是这样的,吴总失踪这件事搞得沸沸扬扬,我们都很希望他平安无事,但有些谜团一直未能解开,想请教一下楚小姐。"白若水不紧不慢地说道。

"呃,是吗? 我可什么都不知道呀。"楚香香一愣,双眼闪过一丝诧异,但转瞬即逝,她风轻云淡地笑了笑,然后不动声色地望着白若水。

"只是几个简单的问题而已。"白若水强调道。

"哦,你问吧。"楚香香平静地说。

"吴总生日宴会那天听说你也去了,看来你和吴总的关系不错呀? 你和吴总交往密切吗?"白若水不动声色地问道。

"不,吴总是个大忙人,偶尔想起谁来便会关照谁一下。他过生日,我们这些为他打工的,不去捧场才说不过去呢!"楚香香自嘲地笑了笑。

"你了解他生活和工作上的一些事情吗?"

"我怎么可能了解呢? 这你应该去问他的老婆邬艳艳才对。"楚香香若有所思地说。

"他生日宴会上,你有没有注意到他与平时有什么反常的地方?"白若水接着问道。

"这倒没有,那天大家都顾着乐了,什么都没去注意。"楚香香沉思了一下,说。

"吴总失踪前有人发现你不在宴会上?"

"是的,那时我刚唱完歌,喝了杯酒,忽然感到肚子疼,便去上厕所了。在厕所里蹲了有三四分钟吧,回来后竟然听说吴总不见了,后来才知道他人失踪了。当时人们都慌作一团,最后还报了警,事情闹得挺大的。"楚香香回忆道。

"可以问一下你是怎么来到红人坊夜总会的吗?"白若水想了想,说。

"我的歌唱得不错,是别人介绍我来演出的。"楚香香一脸轻松地说道。

"你和邬艳艳熟吗?"

"不熟,她是老板娘,总给人一种高高在上的感觉,哪能和我们相比呢? 就算我们想和人家打交道,人家也不一定理会我们。"楚香香冷笑道。

"以前吴总有一个司机,名叫崔浩,后来听说去别的地方了,不知你认识此人不?"白若水冷静地问道。

"不认识。"楚香香摇了摇头,脸上逐渐露出不耐烦的神色。

"那好吧,今晚打扰你了。"白若水说完,转身刚想走,不料楚香香竟然望着她,笑吟吟地站了起来。

"我去送你。"楚香香暧昧地望着白若水说道。

"不用了。"白若水连忙说道。

可楚香香不容她拒绝,径自走到白若水跟前,伸手拉起了她的手。接着楚香香定睛望着白若水那柔嫩的纤纤玉手,情不自禁地在她的手上吻了一下。

白若水的脸立即红了,楚香香那火辣辣的目光,让她浑身不舒服。似乎哪里有些不太对劲儿,可她又说不出来。她赶快挣脱了她的手,走出了化妆间。

楚香香望着她倩丽的背影,脸上不禁悄悄地浮起了一丝诡异的微笑。

2

江山一脸沉默。

他喝着香槟,冷眼望着正在和蔡友伟调情的胡莉莉,心中突然涌出一种复杂的情绪。

胡莉莉一边喝着冰啤,一边暧昧地和蔡友伟眉来眼去。江山不知道胡莉莉是故意做给他看的,还是怎么回事,反正总感觉今晚她这个人似乎有些不对。

蔡友伟手里不断地搅动着透明玻璃棒,高腰玻璃杯里盛满了刚调好的酒。那种酒血红血红的颜色,好像黏稠的血液一样,让人有一种眩晕的感觉。

忽然啪的一声脆响引起了他的注意,他抬头一看,原来是蔡友伟手中调好的酒掉在地上了,霎时血红的酒流满了一地。

蔡友伟脸色阴沉,他一弯腰,捡起地上的碎玻璃渣,嘟囔着扔到了垃圾桶里。突然他哎哟一声,痛苦地望着正汩汩流血的食指直皱眉。

江山刚想过去帮忙,就听胡莉莉大惊失色地叫道:"哇,流血了?疼不疼?要不要我陪你去医院包扎一下?"

"好吧。"蔡友伟满心感激地点了点头。他从吧台里走了出来,胡莉莉一见,连忙走上前去,扶住他小心地走出夜总会。

江山望着他们两人的身影,心里暗暗替蔡友伟祈祷起来,期望他平安无事。这时,白若水走了过来,她望了一眼正在沉思的江山,俏皮地笑了笑。

"小山子,事情我办完了。"白若水在江山耳边,轻声说道。

"怎么样?"江山一听,赶紧问道。

白若水摇了摇头,然后闷闷地说道:"她比我想象的厉害多了。"一想起刚才楚香香吻她手的情景,她便禁不住一阵恶心。

"看来我们又是白忙活了。"江山一脸失望。

"放心,总会找到一些线索的。"白若水安慰道。

"但愿吧。"江山低声说道。

白若水见四周很吵,便先一步离开红人坊夜总会。江山把白若水送上了出租车,他看着她安全离去,这才放心地重新回到了夜总会。

江山看了一下四周,心想怎么一整晚不见邬艳艳呢?今晚她会不会来夜总会?她现在在干什么?他掏出了手机,想给邬艳艳打一个电话,可犹豫了一下,又放了回去。

大约二十分钟后,蔡友伟包扎好伤口回到了夜总会。江山见他独自一人回来,便不由得一阵奇怪。

"老蔡,伤口好些了吗?"江山轻声问道。

"好些了。"蔡友伟点了点头。

"莉莉呢?怎么不见她回来?"江山奇怪地问道。

"呃,她说身体有些不舒服,回去睡觉了。"蔡友伟尴尬地说道。

"哦,我还以为她和哪个帅哥失踪了呢?"江山开玩笑道。

"嘿嘿。"蔡友伟不自然地笑了笑,然后开始继续调酒。

江山心里突然一阵不安,他说不清这种不安来自哪里,但却隐隐地感到似乎有什么事情将要发生。他不知道自己为什么竟会有这样一种感觉,他越是这样想,心底的那种不祥的预感和不安反而越强烈。

江山掏出手机,拨通了邬艳艳的手机号码。谁知,对方的手机响了半天,却没有人接。怎么回事?她在干什么?怎么不接他的电话?他心情变得郁闷起来。

江山烦躁地挠了挠头,忽然跳了起来,快步向夜总会门口冲去。蔡友伟一见,不禁好奇地问道:"喂,喂,你要去哪里?"他来不及回答,便迅速冲出门外,然后跳上一辆出租车向邬艳艳家驶去。

"艳艳,艳艳,但愿你不要出什么事才好。"江山一路祈祷道。

十分钟后,车子停到了明华路8号河琴湾温泉别墅。江山付完车费,匆匆地来到别墅门口。奇怪!别墅的灯亮着,门竟然半开着没锁。

江山在门口大声喊了两声"艳艳",可里面竟然没有人应声。他一个箭步蹿了进去,客厅里空空的,一个人也没有。他又急步来到二楼,邬艳艳的卧室的门半掩着,他推门走了进去一看,不由惊呆了。

邬艳艳穿着透明的红色真丝睡衣,闭着双眼躺在床上,嘴里口吐白沫,整个人昏迷不醒。地上躺着一个白色的药瓶子,江山捡起来一看,见药瓶上写着三个字——安眠药。

不好!她吞药了。

江山心里不由得一阵紧张。

"艳艳,艳艳。"江山急切地叫道。可邬艳艳一点儿反应也没有。

江山赶紧走到她的床前,一探她的呼吸,还好她还有一丝微弱的呼吸。他赶紧拨打120,等他终于听到急救车的响声时,他那根紧绷的神经才稍微放松了下来。

可当他再次看到邬艳艳那张惨白的毫无血色的脸时,他那颗刚刚充满希望的渴望奇迹发生的心,又霎时被不安地搅动了起来。

邬艳艳会不会死?她会不会死呢?他担心地想道。难道小纸条上的那个黑色预言是真的?与他接触过的人,一个个都会无情地死掉?而那个神秘凶手一直在背后跟着他?……

3

邬艳艳经过抢救终于还是醒过来了。她痛苦地闭着双眼,躺在医院的病床上一句话也不说。

白若水一脸同情地望着邬艳艳,一旁的江山却是忧心忡忡,双眼充满了忧虑。邬艳艳为什么要自杀?是逃避现实还是迫于无奈?或是因为其他一些不可告人的原因?

吴维国?难道是为了吴维国的失踪?这样说来邬艳艳的自杀,就没有表面看起来那么简单了?江山越想越感到整个事情一团迷雾,他不由得紧皱双眉。

"为什么要救我?为什么要救我?"邬艳艳终于忍不住哭道。

"冷静,艳艳,生命如此珍贵,你千万不能轻易放弃呀。"江山劝道。

"不,你不知道,你不知道。"邬艳艳拼命地摇着头。

"艳艳,是不是你有些为难的事情呀?"江山轻声问道。

"不,你们不明白,你们不明白。"邬艳艳用双手捂着脸,拼命地摇着头说。忽然,她脸色扭曲地指着窗外,神经质地叫道,"鬼,鬼。"

江山和白若水向窗外一看,外面空荡荡的,一个人也没有。这时,护士小张走了进来,对两人说道:"现在病人情绪不稳,麻烦两位暂时先到外面去坐一下。"

"好吧,我们先出去,若水。"江山心情沉重地望了邬艳艳一眼,然后和白若水一起走了出去。两人来到走廊上,白若水无聊地掏出手机玩弄着。此刻,刚好她的手机响了起来。她一看,是苏媚发来的短信。

白若水仔细读了短信之后,脸上不禁微微地泛起一丝忧郁。

"小山子,苏媚让我现在到她工作室去,是有关你的精神恢复和心理治疗方案的。你和我一起去还是留在医院?"白若水低声问道。

"我还是留在医院这边吧,要是我们两个都走了,医院这边我有些不放心。怕会发生什么意外事情。"江山心情沉重地说。

白若水只好点了点头,两人分别后,江山走到角落里,从口袋里抽出一支烟,闷闷地抽了起来。谁知,他刚抽了一口,就听背后突然响起一个冷冷的声音:"医院是不允许抽烟的。"

江山一愣,回头一看,站在他身后的竟然是胡莉莉。

"莉莉,你怎么来了?"江山对胡莉莉的突然到来,感到有些意外。

"怎么,你能来我就不能来吗? 好像我这人不太受欢迎似的。"胡莉莉不高兴地说道。

"哦,不,我不是那个意思。莉莉,我知道你在挖苦我,也知道你对我很不满。可说句实话,我对你真的没有恶意呀。"江山解释说。

"我可没有挖苦你啊。我是昨晚看你和那个美女在一起很般配,特意来祝福你一声的。她是你女朋友吧?"胡莉莉故作轻松地问道。

"对。"江山点了点头,"对了,莉莉,昨晚你上哪儿去了?"

"呵呵,你这小子挺有眼光的。我在红人坊夜总会呀,你不是看到了吗?"胡莉莉酸溜溜地说道。

"哦,我是说昨晚你和蔡友伟上医院后,又去哪里了?"江山低声问道。

"怎么,想调查我?"胡莉莉白了江山一眼。

"不,我见你没和蔡友伟一起回来,有些奇怪。"江山挠了挠头,说道,"我看了一下表,你们去医院来回只有二十来分钟,办事效率挺高的嘛。"

"是呀,这多亏蔡友伟脑子瓜活,去他朋友那里很快就包扎好了。"胡莉莉镇定自如地说道。

"哦,你们没去医院?"江山一怔。

"去了,可到了那里之后,蔡友伟上了一下厕所就走了。当时我找不见他,心里有些害怕,怕他会出意外,可过了一会儿,他打来电话说医院药贵,去他朋友那里包扎一下就行了。那我只好独自回去了。"胡莉莉缓缓地说道。

"原来是这样呀,我还以为你们上医院了呢。"江山喃喃自语道。

"要是我不说出来,还不知道你会把我们想象成什么样子呢。"胡莉莉一撇嘴,满脸不高兴,"听说邬艳艳自杀了?现在抢救过来了吧?"

"是的。"江山答道。

"我就知道她死不了,哼。"胡莉莉撇了撇嘴说。

"为什么?"江山奇怪地问道。

"不告诉你。"胡莉莉刚说到这里,就听病房里忽然传出来一阵女人歇斯底里的吼叫。江山一皱眉头,胡莉莉趁机把头伸到了他的耳边。

"你想知道原因吗?"胡莉莉凑到江山耳边,一脸神秘地说道,"今晚12点我们在河琴湾温泉别墅不见不散。"

江山一听,心中暗暗升起一阵莫名的兴奋。难道胡莉莉真的发现了什么?她究竟在这场戏中扮演着什么角色?胡莉莉与吴维国的失踪以及邬艳艳的自杀有关吗?看来邬艳艳的自杀,绝不像他想象的那么简单。

今晚他将遇到些什么事情呢?他不知道,未来不可预料。恐怕今夜又将是一个不眠之夜呀,他暗叹。

4

晚上11点55分,江山紧屏呼吸,眼睛一眨不眨地盯着掩藏在黑暗夜色里的那幢豪华别墅。

他低头看了一下表,还差五分钟就是到和胡莉莉约定的时间了,可现在别墅里一片漆黑,静悄悄的,一点动静也没有。

突然一阵细微的脚步声惊扰了他的忧思,他刚想回头,就听耳边有人冰冷地说道:"别动。"他一怔,只听那人语音一变,悄声笑道,"吓坏你了吧？是我。"

"莉莉。"江山低声叫道。

"嘘——"胡莉莉用手指向嘴边一挡，然后向他使了一个眼色。江山会意地点了点头，这时，就见一个黑色的人影忽然出现在别墅前，那人先是东张西望，见四周无人，便蹑手蹑脚地向别墅走去。

"嗯，我就知道他会来。"胡莉莉轻声说道。

"你知道他是谁？"江山疑惑地问道。

"不。"胡莉莉摇了摇头。

"那你怎么知道他会来？"江山奇怪地问道。

"小傻瓜，你的脑袋真笨。"胡莉莉嗔怪道。

"是呀，我是有些笨，还是请明言吧。"江山的脸一下子变得通红。

胡莉莉一听，忍不住扑哧一声笑了出来。她拍了拍他的脑门，轻声说道："你呀，这么聪明的人，怎么说起糊涂话来？当然是自己想的嘛，不过，人要是长了猪脑袋，当然是想不出来的哟。"

"哦，你……"江山气得不知说什么才好。

"小笨猪，你还是多学学我吧。"胡莉莉嬉笑道。

两人刚说到这里，只见那人走到别墅前，用钥匙打开门，然后悄悄地溜了进去。别墅里亮了一下，随后便陷入一种可怕的黑暗和沉寂。

江山和胡莉莉绕到别墅后面，向窗户里望去，里面黑糊糊的一片，什么也看不到。两人只好干着急，在外面静观其动。

大约过了十分钟，那人从别墅里蹑手蹑脚地走了出来。胡莉莉向江山眨了眨眼，江山打了一个明白的手势，然后偷偷来到那人身后，猛地用手捂住对方的嘴，又踢了他一脚。谁料，那人一声也没吭，竟吓得晕过去了。

江山翻过来那人一看，心里不由得一愣。原来这个人他认识，竟然是红人坊夜总会里的调酒师蔡友伟，真是太出乎他的意料了。

江山来不及多想，赶紧把蔡友伟拖到不远的不易被人发觉的花丛中。胡莉莉跟着江山进到别墅里，屋里一片漆黑，幸好江山带着一个小手电筒。江山打开手电筒，和胡莉莉小心翼翼地在楼上楼下查看了起来。

可奇怪得很，他们楼上楼下里里外外都查过了，并没有发现什么可疑的地方，也没有发现什么被盗和被翻动的痕迹。黑暗中江山感到好像有一双冰冷的眼睛，正深不可测地望着他们，让他不由自主地打了一个寒战。

他们正疑惑时,就听外面有人惊慌地大声喊道:"不好啦,有人落水了。"两人一惊,连忙走出别墅,江山悄悄关上了门,然后顺着声音向出事的地方跑去。

距河琴湾温泉别墅不远,有一个圆形的水池。出事的地方就是在那里,江山和胡莉莉跑过来时,水池边已围了好几个人。有一个保安正脱掉身上的衣服,往水池里跳去。保安很快游到了那个被淹在水池里的人旁边,然后推着那个人向池边游去。众人帮着把被淹的人打捞上来,可惜那人已经没气了。

江山和胡莉莉两人一看,被淹死的那个男人,不是别人,正是蔡友伟。两人都不禁吃了一惊。蔡友伟怎么会掉进水池里呢?他不是晕过去了吗?

江山越想感到这件事越奇怪,这时,远处传来了警笛声。胡莉莉轻轻拉了拉他的衣角,小声说道:"快跟我走,要不我们会有麻烦的。"

江山还没有反应过来,便被胡莉莉拉着跑出去好远。等再也望不见河琴湾温泉别墅时,两人才气喘吁吁地放松了下来。

"喂,你说蔡友伟怎么会掉进水池里?"江山一脸好奇地问道。

"你问我,我怎么会知道。"胡莉莉皱了皱眉。

"好奇怪,他明明被我吓晕了呀。"江山疑惑地说道。

"他是不是假装的啊?"胡莉莉怀疑地说道。

"不可能,当时他的确很害怕,我一捂住他嘴,他就吓晕过去了,后来我还补了他一脚。没想到,他这么不经吓,也不经打。"江山摇了摇头。

"他这人呀,我就知道没什么好下场。"胡莉莉面无表情地说道。

"为什么这样说?你说他跟吴维国的失踪有关吗?"江山低声问道。

"不知道。"胡莉莉摇了摇头。

"可他怎么会有吴维国家的钥匙呀?他跟邬艳艳很熟吗?"江山奇怪地问道。

"应该是吧,要不他怎么会有他们家的钥匙呢。"胡莉莉点了点头。

"那邬艳艳的自杀,会和他有关系吗?"江山轻声问道。

"不知道,反正我觉得他们都不是什么好人。"胡莉莉若有所思。

江山听到这里,似乎明白了些什么。

5

江山望着一脸高深莫测的胡莉莉,不由得疑心突起。

"莉莉,你是不是有很多事情瞒着我呀?"江山一脸严肃地问胡莉莉道。

"没有啊。"胡莉莉笑嘻嘻地摇了摇头。

"可我总觉得你好像知道很多东西,藏在心里不说,你让人有些捉摸不透。"江山皱着眉说。

"是吗?哈哈。"胡莉莉笑了笑,然后一脸正色地说道,"其实我是为了寻找一个人。"

"谁?"江山急忙问道。

"我以前的男友,他叫崔浩。一年前他突然离开了我,从此便没了音信,可是我仍然爱他,所以我一定要找到他。"胡莉莉犹豫了一下,然后说道。

"崔浩?"江山一听,整个人不由得一愣。

"是的。"胡莉莉答道。

"这就是你要留在红人坊夜总会的原因?"江山询问道。

"对,我在红人坊待了一段时间后,发现事情变得越来越复杂。"胡莉莉忽闪忽闪的眼神,突然闪过一丝狡黠的光芒。

"可以讲讲吗?"江山急切地问道。

"这……"胡莉莉望了望四周黑沉沉的夜色,思索了一下,接着说道,"你要真想知道的话,明天请我吃西餐,我再告诉你。"

"好,没问题。"

"呃,我现在累了,送我回去吧。"胡莉莉打了一个哈欠,说道。

江山点了点头,两人乘车很快来到温馨城市花园小区门口,胡莉莉懒洋洋地下了车,她望了一眼江山,说道:"你上去坐一下吧?"

"不用了,你早些回去休息吧,明天我再跟你联系。"江山婉拒道。

"记着哟,明天中午不见不散。"胡莉莉别有用心地望了江山一眼。

"好。"江山望着胡莉莉那极其渴望的眼神,犹豫了一下,还是拒绝了。胡莉莉失望地向他招了招手,然后走进了小区。

江山望着胡莉莉远去的背影，不知怎的，心里竟隐隐有些担忧。他站在那里，亲眼看着胡莉莉平安无事地走了进去，才逐渐放下心来。

不一会儿，江山就看到202房的灯亮了起来。胡莉莉拉开窗帘，向他摆摆手，又做了一个可爱的鬼脸，便去冲凉了。

江山一直站在路边，直到胡莉莉房间里的灯灭了，他才放心地转身准备离去。明天胡莉莉将告诉他些什么呢？她到底知道些什么呢？

江山又望了一眼胡莉莉黑洞洞的房间，心里突然莫名地紧张不安起来，一丝不祥的预感悄悄地划过他的心空，他的眼神忽然闪现出神秘凶手那张邪恶狞笑的脸，霎时他心中的那种不安更浓了，一股危险的死亡的气息浓浓地包围了他，猛然间他似乎意识到什么，整个人像疯了一样向小区里跑去。

电梯！该死的电梯！竟然停在20层！他拼命地按着电梯，可电梯却慢悠悠地一层层地降着。他气得顾不上跺脚，只好十万火急地去爬楼梯。

胡莉莉房间的门开着，屋里一片黑暗，有一种危险的气息让他透不过气来。他在门口大声叫道："莉莉，莉莉。"

屋里没人答应。

他的心猛地往下一沉，那种不祥的预感和危险的气息，让他心中更加不安。他迟疑了下，然后走到屋里，摸到开关，打开灯。

刺眼的灯光在他眼前一亮，他霎时冷静了下来。客厅里一个人也没有，卧室的门敞开着，他轻步走过去一看，里面也是空无一人。

"莉莉，莉莉。"他又叫道。

这时浴室里的哗啦啦的水声吸引了他的注意，他走到浴室前，双脚不由得停住了。浴室的门紧闭着，一股红红的鲜血从里面缓缓地流了出来。

他一惊，赶快用力撞开门一看，整个人不禁呆住了。胡莉莉嘴里夹着一朵红色康乃馨，裹着浴巾躺在浴盆里，她紧闭着双眼，脸上有一丝痛苦的诧异的微笑。他仔细一看，她的左手腕上一道伤口，伤口处不断地往外冒着鲜血。旁边水管里的水使劲地向外流着，好像无情的锤子似的，一下一下地捶到他的心上。

"莉莉。"他叫了一声，胡莉莉丝毫没有反应，他三步并作两步，走过去一摸她的鼻子，心不禁霎时凉了下来。她人已经没气了。

他后悔得直捶自己的脑袋，为什么当时她邀请自己上来时，自己多心不肯跟她上来呢？她怎么会自杀呢？明天还约好一起吃西餐呢。

他不相信地摇着头，可是又不能不面对眼前残酷的现实。他的头一阵眩晕,双脚有些站立不住。他扶住了墙壁,失望的眼神正好落到一个长方形的小刀片上,刀片上还残留着一丝血迹。

难道胡莉莉就是用这个割破了自己的动脉?他颤抖地捡了起来,那颗愧疚的心早已掉进极度痛苦的旋涡。

一滴泪不注意地滑过他的脸颊,他刚想用手擦掉,就感到门外有一种异常的声响。他猛地一转过头,就见门口人影一闪,便不见了。

"谁?"

他赶忙跑到门口,门外却空荡荡的,一个人都看不见。难道我眼花了?他暗自想道。

江山静静神,强迫自己平静下来。当他的眼神再次停留到胡莉莉那张惨白的毫无血色的脸上时,他的心忍不住被揪得紧紧的。他狠狠地一拍自己的脑门,迅速地拨打了120。他明知自己所做的无济于事,可还是幻想她能够活过来。

"小笨猪,你还是多学学我吧,哈。"

"你要真想知道的话,明天请我吃西餐,我再告诉你。"

"记着哟,明天中午不见不散。"

……

他越想越难过,刚才若是和胡莉莉一起上来,也许她就不会死了。如果不是自己一时的大意,也导致不了这样不可原谅的错误呀?自己真该死!真该死!

可一切都发生了。该发生的,早已发生了;不该发生的,也已发生了。难道这就是冥冥中注定的命运?用淋漓的鲜血染红的命运?

或者是一场灾难和死劫?

……

6

蔡友伟和胡莉莉的死,无疑在江山的头上重重地敲了一锤。也许再也没有什么比亲眼看着身边的人一个个死掉,更让人感到痛苦的事了。

在残酷的打击面前,他相信自己依然是条好汉。

冷静,冷静,再冷静!他对自己说道。

此刻，他失魂落魄地走在大街上，感觉自己好像一不小心陷进无底的黑洞一样，在里面久久地无奈地挣扎着，挣扎着，却怎么也挣扎不上来，反而身不由己地越陷越深，越陷越深，直到死亡吞噬了他的整个灵魂。

邬艳艳？

她再也不能出一点差错了，否则那又将是对他的致命打击。还有许多事情没有弄明白，他必须尽快搞清楚。想到这里，他急忙打车来到了市医院。

医院的走廊上站着两三个病人，江山一口气爬到三楼，刚好看到一个头戴口罩，身穿白衣的女护士走进电梯，电梯门迅速地合上，很快便降到了一楼。

江山顾不上多想，便赶快来到305号病房门口。305号病房的门紧闭着，里面静悄悄的，一片肃静。这时，护士小张走了过来，一见是江山，便笑吟吟地说道："是你呀，江先生，真不巧，邬小姐在睡觉。"

"哦，那我等她醒后再来看她。"

江山烦躁不安地向电梯走去，心里却突然意识到好像有哪些地方不太对。他转回身走到病房门口，猛地推开病房的门，看见邬艳艳正安静地躺在病床上睡着，这才渐渐放下心来。

他疑惑地刚想离去，忽然感觉有些不对劲。他急步走到病床前，轻声叫道："艳艳，艳艳。"可邬艳艳却一点反应也没有。

他急忙翻过她的身子一看，脸色立时变了。不好，邬艳艳出事了！他连忙喊来护士小张，小张一见，霎时也慌作一团。

赶快抢救！

小张叫来医生和几个护士立即对邬艳艳进行抢救，江山在病房外焦急地等待着，猛然间他想起刚上到三楼时，看见的那个走进电梯的女护士，似乎就是从邬艳艳的病房里走出来的，难道是她？

他不容分说赶忙跑到一楼，可那个女护士的身影却早已不知踪影了。

陆逊接到报案，便火速赶到现场。工夫不负有心人，在病房楼一楼的女厕里，他终于找到了有关凶手犯罪的证据，医用口罩、护士帽和护士服，至于凶手杀害邬艳艳的动机是什么，却是一个谜。

陆逊在被弃的护士服上，发现了一根大约二厘米长的女性头发。他小心翼翼地捡起来，装到塑料袋里，派人立即送到警局的检验科去化验。江山也注意到了那根头发，他不由暗想，那根头发会是谁的呢？是凶手的还是女护士的？或是另有其人？

也许是邬艳艳命大吧,她再次被抢救了过来。医生在她的体内发现了比正常量多十倍的镇静剂。被凶手丢掉的医用口罩、护士帽和护士服,经护士们辨认,是一位值夜班的女护士的。那位女护士在休息间把自己的衣物放到休息室,上班时来取却不见了。当时她还以为可能是哪位同事拿错了,没想到却被凶手偷了去。

江山询问了他爬到三楼时,那两三个站在走廊上的病人,他们都没有注意那个乘电梯的女护士。江山又问了其他护士,其他护士也都说没太注意。那个假扮成护士的女人到底是谁?她和邬艳艳有着什么样的巨大仇恨,以至于不惜一切代价要杀死她?

清醒过来的邬艳艳,依旧是一句话也不说。陆逊只好干着急,却毫无办法。检查报告出来后,大家都不由得大吃一惊。那根头发既不是凶手的,也不是那位女护士的,而是自杀的胡莉莉留下来的。

难道胡莉莉自杀前来过医院?可她为什么要自杀呢?她来医院有什么重要的事情?会不会和邬艳艳有关?

案情越来越扑朔迷离,为了保证邬艳艳的安全,陆逊要调两名警察来保护她,可竟然被邬艳艳拒绝了。邬艳艳点名让江山来保护她的人身安全,这显然又出乎众人的意外。陆逊无奈,只好点头同意。

陆逊走后,病房里清静了许多。始终一言不发的邬艳艳望了江山一眼,终于开口说道:"江山,谢谢你。"

"不用,你好些了吗?"江山缓缓地说道。

"嗯。你能帮我去买瓶牛奶吗?我想喝牛奶。"邬艳艳用哀求的目光,望着江山。

"好,我现在就去,你等下。"江山答应了一声,便赶快跑去买牛奶。十分钟后,江山提着一袋牛奶走进病房,却发现邬艳艳不见了,护士小张竟倒在地上。

"小张,快醒醒,快醒醒。"江山摇了摇小张的肩膀,只听哎哟一声,小张缓缓地醒了过来。江山一见,立即问道,"小张,邬艳艳呢?"

"邬艳艳?不知道,她不是在病房里吗?"小张一脸恍然,当她看清楚自己倒在地上时,禁不住满脸吃惊,"我,我怎么在这里?"

"邬艳艳不见了,你来病房时她还在吗?"江山着急地问道。

"哦,我记不清了,刚才我送水到病房,没想到刚放下水壶,就感到头忽然被什么狠狠地打了一下,然后我就不省人事。怎么了?是不是出什么事了?"小张疑惑地说道。

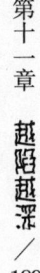

"你仔细想想看,当时是不是还有其他人在病房。"江山耐心地问道。

"没有呀,就我一个人。"小张说到这里,脸色忽然大变,"啊,我的护士服!"

"怎么了?"江山一愣。

"被人给扒走了。"小张满脸惊讶地说道。

"啊?"

江山一看,也是目瞪口呆。

『第十二章』

生死较量

Scarlet Carnation

1

又是一个黑夜降临了!

江山好像猫一样,偷偷地埋伏在黑暗的夜色里,静观着河琴湾别墅的动静。时间一点点地过去了,江山耐着性子,不住地看着表。直到午夜12点时,一个黑影终于出现在他的视线里。

那个黑影如鬼魅一样向别墅慢慢靠近,然后狡猾地向四周望望,见一切如自己想象一样平静,便冷笑了两声,随后打开门走了进去。

江山发现那人手上竟也有吴维国家的钥匙,鬼鬼祟祟地,想必也不是什么好人。江山想着便不声不响地跟了过去。

别墅里依旧一片漆黑,甚至比先前还要寂静。江山悄悄摸到一楼客厅,轻轻地打开门,然后蹑手蹑脚地走了进去。江山这才发现里面不仅什么动静也没有,并且那个连神秘人物也不知所踪。

奇怪!那个人哪儿去了?怎么连半个人影都看不见?江山又极小心地到二楼和三楼仔细查看了一下,还是看不见半个人影。

难道那人失踪了不成?不!里面肯定有蹊跷!江山又走回一楼客厅,正捉摸不透时,忽然听到脚底下有声音。

咚!咚!!咚!!!

江山把耳朵贴到地板上,那声音却突然间不响了。江山满脸疑惑,不知这座楼下到底有什么东西?难道下面是地下室?

他刚想到这里,就听左边角落里一人多高的栀子花树后面,传来咯吱咯吱的响声。他连忙躲在沙发后面,屏住呼吸,暗中观察。

令江山感到吃惊的是,一阵地板移动的摩擦声后,竟然从地底下冒出一个人来。由于屋里太黑,他看不清是男是女,但是凭直觉,他感到那个人就是他一直跟踪的那个神秘人物。

这栋房子果真有地下室,难道吴维国会藏在下面?可是不管怎么样,江山感觉吴维国的失踪肯定与眼前这个神秘人物有关。

江山这样想着,就见那个神秘人物从地下钻出来后,直接向门口走去,然后径直走向门外。江山怕那个神秘人物又返回来,便一直静观其变。果然,没多久,那个神秘人物又蹑手蹑脚地从门外走了进来,然后直奔地下室。

江山犹豫了一下，便偷偷地来到了地下室门口，他借着昏暗的光线，发现地下室里除了摆放着一堆杂物之外，并无其他东西，更不要说是人了。

那个神秘人物哪儿去了？江山正发愣时，就见左边那面挂着唐朝美人图的墙壁竟自动地开了，那个神秘人物从另一间暗室里走了出来。当江山看清那个神秘人物时，不禁吓了一跳，眼前打扮性感暴露的女人，竟然是红人坊夜总会的歌舞女皇楚香香！

楚香香从杂物箱里找到一条粗粗的绳子，然后又走进了暗室。江山在强烈的好奇心的驱使下，悄悄地下了楼梯，躲在一个一人多高的杂物箱后，暗暗地窥视暗室里的一动一静。

果不出所料，失踪的吴维国竟真的被关在了暗室里。此刻，楚香香拿着绳子走到吴维国身后，神情矛盾地望着眼前这个像囚犯一样的男人。

吴维国坐在床上，脸对着墙壁，手上和脚上都戴着镣铐，嘴上还被堵上一团白布。他似乎听出是楚香香来了，他没有回头，也没有吭声，只是从鼻子里闷哼了一声。

楚香香见此情景，冷笑一声，然后举起手中的绳子，向吴维国的身上狠狠地抽打了两下，霎时吴维国便被打得鼻青脸肿。

"怎么了？对我很不满吗？"楚香香阴阳怪气地说道。

江山一愣，吓得大气都不敢出。他偷眼一看，只见楚香香一脸得意，她摇摆着屁股走到吴维国面前，把他嘴里的白布扯出来，

吴维国咳嗽了两声，然后十分怨恨地瞪了楚香香一眼，楚香香不但没有生气，反而大声笑了起来。

"看样子，你很生气哟？"楚香香媚笑道。

"哼。"吴维国把脸扭到了一边。

"不要这样嘛，宝贝，你这样子我会很伤心的。"楚香香撒娇道。

"自作多情。"吴维国极其蔑视地说道。

"宝贝，你这话我听了心里很难过，我们不是一直很相爱吗？我不明白你怎么一下子突然变成这样？难道我真有什么地方做错了吗？"楚香香委屈地说道。

"快放我出去，你这个贱婊子，你这个畜生，你这个王八蛋，你这个混账东西！认识你，我真是瞎了眼，我还把你当亲弟兄来看，没想到，你竟然对我做出这种事。邬艳艳呢？你把她怎么样了？她在哪里？"吴维国怒

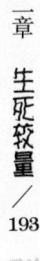

吼道。

"哈哈,邬艳艳?你不是不爱她吗?你不是说你很讨厌她吗?你不是亲口告诉我你爱的人是我吗?你怎么说变就变心了?你怎么能这样残酷地待我?呜呜呜。"楚香香说到这里,竟然低声啜泣起来,而吴维国却依旧是一脸冷漠。

"别装蒜了,臭小子,你这样会让我更恶心。"吴维国十分厌恶地说。

"我还不都是为了你吗?"楚香香嗔怪了一句。

"哼,假心假意。"吴维国闭上眼睛,再也不想看楚香香一眼了。

江山听到这里,总算听出了些眉目。原来楚香香和吴维国是情人的关系,可楚香香为什么要绑架吴维国呢?难道仅仅是因为吴维国的移情别恋?

而吴维国为何竟然叫楚香香臭小子呢?她不明明是一个女人吗?突然两个字眼跳到了江山的脑海里:人妖!

不,不!

江山望了望楚香香那美丽的身姿,很快否定了自己的想法。怎么会呢?

他在黑暗中看到吴维国那充满绝望和愤怒的眼神,心中不由一阵同情。也许谁也想不到,吴维国竟然被人藏在自家楼下的地下室里,祸起的原因只是一份变味的感情,这究竟是一种幸运还是一种悲哀呢?

女人是一种危险的动物,尤其是为爱疯狂的女人。

唉,感情这东西真可怕!

他心里一阵叹息。

2

江山的猜想很快被应验了,结果却仍然令他吓了一跳。

只见楚香香抹了抹眼泪,说道:"难道你还是喜欢以前的我吗?那时我是男儿身,后来你讨厌我了,我才变成女儿身。没想到,你现在依然是那么讨厌我。我有哪点不好呢?我有哪点比不上邬艳艳和江丽蓉呢?还有那个胡莉莉,妈的,一个比一个骚,一个比一个更像狐狸精。我是没办法,才变性让自己变成这样的啊,我,我还不都是为了爱你吗?"

"爱我？你要是真爱我的话，就不会对我做出这种事。哼，算我瞎了眼，以前对你那么好，真是好心喂了狼。"吴维国恨恨地说。

"呃，你越说我越难受，我，我不理你了。"楚香香生气地说道。

"赶快滚，免得我见了你恶心。"吴维国向楚香香吐了一口唾沫，怒骂道。

"你……"楚香香气得不知该说什么才好了，江山在一旁看着，忍不住想笑，心想这一男一女可真够好笑的，尤其是楚香香还竟是半个女人，也不知她做男人的时候长得什么模样？想不到这个吴维国以前竟然还搞同性恋，也够新潮的了。

江山从背后细打量了一下楚香香的身材，忽然有一种似曾相识的感觉。难道自己以前见过她？他心里霎时堆满了疑惑，可当他想到蔡友伟和胡莉莉的死，他又不禁握紧了拳头。

砰！

他的拳头不小心竟碰到了杂物箱，他吓得一伸舌头，连忙一动也不敢动。楚香香听到声音，那冰冷的目光立即朝这边射来，情急之下江山学了两声猫叫，楚香香狐疑地望了望，然后又别过脸去。

好险！好险！

江山长吁了口气，要不是自己刚才聪明，肯定会被她发现不可。这时，楚香香又怀疑地向这边望了望，只听她嘴里嘟囔道："哪里来的猫呀？奇怪！"

"快放我出去，快放我出去，骚婊子。"吴维国怒骂道。

"哼，你还是乖乖地给我待在这里吧。"楚香香说着，便又重新把吴维国的嘴堵上，随后便坐在床上低着头抽起烟来。江山一见，连忙悄悄躲到另一个杂物箱后。他刚藏好，就听楚香香吧嗒吧嗒的高跟鞋声，由远及近地传了过来。

那高跟鞋声在他原先藏身的角落里停了下来，然后又渐渐向他这边移了过来。他微微扭了一下头，忽然感到脖子上一凉，他用手一摸，竟然是一把匕首！他一抬头，看到楚香香正向他讽刺地笑着："别躲着了，我早就发现你了。"

江山一听，只好从杂物箱后闪了出来，楚香香用匕首把他逼到暗室里的椅子上坐了下来，然后对着他冷笑道："没想到吧，江山同志，你也会有今天？"

"你知道我叫江山？"江山惊讶地说道。

"不错,只是很可惜呀,今晚我本来不想杀人,可是谁让你碰到我的刀尖上呢。你长得这么帅,我还真有些舍不得呢。哈哈。"楚香香冷笑道,他用匕首托着江山的下巴,双眼充满了暧昧的情愫,"乖乖,要是你愿意做我的情人,我就放你一马。"

"呸,休想。"江山心里一阵恶心。

"乖,你要是不乐意的话,那我就只好送你上西天了,谁让你知道了我这么多的秘密。怨只怨你倒霉,那可就怪不得我了。"楚香香冷笑道。

"哼,碰上你这种人,我宁愿一死,只是有一件事,我有些不明白。吴维国生日那天,他是怎么失踪的?"江山沉着脸问道。

"哈哈,很简单。那天大家都顾着高兴看节目了,谁都没注意寿星吴维国的反常。趁此机会我把他偷偷骗到了地下室里,不到两分钟就搞定了。由于大家的精神都集中精彩的节目表演上,等发现时已经太迟了。就这样,一场完美的失踪案诞生了。"楚香香一想到自己的杰作,便满心兴奋。

"动机?我想知道动机是什么?"江山大声问道。

"好吧,反正你也死到临头了,我就告诉你吧。动机很简单,我爱他,我爱他,我爱他!这就是原因。哈哈,奇怪吧?谁让他不爱我了呢?如果不是他移情别恋,我又怎么会想出如此计策?"楚香香说完,阴毒地笑了笑。

"那江丽蓉呢?江丽蓉是怎么死的?"江山继续问道。

"哼,江丽蓉夺我所爱,我早就想让她死了。可当我真想去杀死她时,才发现有人比我更想让她死。"楚香香冷冷地说道。

"谁?"江山一愣。

"她是……邬艳艳!"楚香香故意吊起江山的胃口。

江山一听,脸色不由得一变。

3

楚香香望着满脸惊讶的江山,心中更是得意。

"怎么会是她?"江山吃惊地问道。

"对,江丽蓉暗中把吴维国抢走了,邬艳艳心里当然恼火。她不想让她死才怪呢。她对她简直是恨之入骨,哼,就让这两个死女人去闹吧!两败俱伤才好。哈哈。"楚香香说到这里,满脸得意地疯狂地笑了起来。

"原来是邬艳艳杀死了江丽蓉。怪不得我一直隐隐觉得江丽蓉的跳楼有些怪异。"江山停顿了一下,又急切地问道,"那杨志宏呢?杨志宏是被谁撞死的?"

"好吧,大傻瓜,今天我就全部告诉你,反正你也是快要死的人了。本来杨志宏是可以不死的,可偏偏他这个人太贪心,不识好歹,想鸠占鹊巢,最终还是被他所爱的人害死了。"楚香香面无表情地说道。

"你指的是邬艳艳?"江山急声问道。

"不错,不是她是谁。吴维国在外面勾搭了江丽蓉,被邬艳艳发现了,为了报复吴维国,她勾引了吴维国的好弟兄杨志宏。杨志宏尝到了甜头,想踢掉吴维国,长久和邬艳艳厮守,便想暗害吴维国,不巧被我发现了。我还没有采取行动,邬艳艳受不了杨志宏的纠缠,便先一步下手了。杨志宏就这样不明不白地死了,也许他到死也不会想到,下毒手的竟是邬艳艳。"楚香香缓缓地说道。

"蔡友伟是不是也是被你杀死的?那天我记得我把他踢晕后,拖到离别墅不远处的花丛下面了,可没多久就有人发现他在水池里被水淹死了。难道是被你扔下去的?"江山疑惑地问道。

"嗯,你很聪明。"楚香香点了点头。

"你为什么连他也要置于死地?"江山颤声问道。

"哦,这你就不懂了。蔡友伟表面上是调酒师,实际上是邬艳艳养的小白脸,他替邬艳艳解决了杨志宏,邬艳艳竟认为蔡友伟是真的爱她!可笑!蔡友伟只不过是在替我利用她罢了,因为他心里真正喜爱的人是我。我让他往东,他绝不敢往西;我叫他去北,他绝不会向南。对我他从来是言听计从,恰巧那天我正想找控制邬艳艳的把柄,谁料到她竟然主动送上门来了,我就将计就计,让蔡友伟解决了杨志宏,那么邬艳艳离死期也为之不远了,哈哈,我又少了一个情敌!"楚香香点燃了一根烟,得意地说道。

"那胡莉莉呢?胡莉莉是被谁害死的?"江山继续问道。

"我本不想杀胡莉莉的,毕竟我喜欢过她,她也真心喜欢过我。为了寻找我的下落,她故意勾引吴维国,想从中找到有关我的消息。可她太聪明了,尽管我变了性,但她通过蛛丝马迹竟然猜透了我的身份,并且还偷偷跑去告诉吴维国。那时我刚刚以歌舞女皇楚香香的身份赢得吴维国的好感,没想到竟被她这小妮子的一句话破坏了。我能不恨她吗?她知道

的太多了，我也是没办法呀。"楚香香冷冷地说道。

"可她以前毕竟是你的恋人啊！"江山叹道。

"唉，对于她的死我也无可奈何。我和吴维国本来早就相恋很久，可他迫于世俗压力才和邬艳艳结了婚。我本想慢慢挽回他的心，谁料结婚后的他，竟然又和江丽蓉上了床，我心里愤怒极了，一气之下我便找了个女友来刺激吴维国。"楚香香一脸无奈。

"这个女友就是胡莉莉？"

"对，我本来是想和她玩玩的，谁知她对我却真的动了心。而吴维国见我找了个女友，更不愿答理我了。而这时我竟然发现他是个双性恋，于是，我只好去变性。我假装以到外地工作为理由，想断掉和胡莉莉的关系，不料她竟对我念念不忘，还四处寻找我的下落。我先是感动，后来越来越感到厌烦。当我以楚香香的身份来到她面前时，我以为我大可以放心了，没想到我还是错了。"楚香香吸了一口烟，说。

"胡莉莉认出了你，所以你杀了她？太残忍了，你！"江山十分气愤地说。

"哼，残酷的不是我，是这个社会！是这个社会让我变成了这样，让我变得疯狂！如果当初我能和吴维国结合在一起，不受别人的嘲笑和歧视，我现在还能这样做吗？我是被逼的呀，为了得到我所爱的人，我不得不这样。"楚香香一脸无辜。

"你，心理变态！"江山骂道。

"哈哈，随便你怎么说吧，反正你今晚是死定了。"楚香香得意地说到这里，稍顿，又冷冷地笑道，"现在你总算知道我是谁了吧？"

"难道你是……崔浩？"江山极力从脑海中搜索着一个又一个名字，可很快又被他一一否定了。她是谁？以前的她是谁？江山猛地想起以前胡莉莉曾告诉他，她是崔浩的女朋友，难道眼前这个变态的人，竟然是和他一起在孤儿院长大的崔浩？

"不错！"楚香香阴阴地说道。

江山听到这句话，差点儿晕了过去。眼前这个变态的漂亮"女人"，竟然是和他从小一起长大的小伙子崔浩！

4

楚香香见江山大惊失色的样子,忍不住一阵冷笑。

"哈哈,没想到吧?记得小时候有一次打架时,你说要杀死我们几个。想不到一句玩笑话,如今却变成了真。不过,死的不是我,而是你自己!"楚香香阴笑道。

"你……"江山气得一时不知该说什么才好。

"现在你全都知道了吧?也该是我成全你的时候了。"楚香香说完,一步步向江山逼近。

"等等,我还有个问题要问你,问了这个问题之后,你想杀就杀想剐就剐吧!"江山不慌不忙地说道。

"有屁快放。"楚香香不耐烦地说道。

"李兵,你知道李兵的下落吗?"江山急忙问道。

楚香香一听,脸色不禁一变,然后不屑地说道:"对不起,最后这个问题我不能满足你,李兵在哪里,我是不会告诉你的。"

"为什么?"江山一愣。

"三年前他失手打死了人,现在警察正抓他呢!"楚香香冷笑道。

江山心中一愣,暗想怪不得"八人帮"中的几个人一听李兵的名字,神色都会变得怪怪的,原来李兵真出了事。

"我很想知道,你怎样才会告诉我?"江山最后问了一句。

"除非我死吧。"楚香香说完,便想用匕首刺进江山的咽喉。江山头一歪,躲过迎面刺来的匕首,顺手用手握住了楚香香的手腕,使她的手动弹不得。

楚香香见此情景,连忙用脚向他的胯下狠狠踢去,江山向旁边一闪,楚香香的脚正好踢到椅子上,疼得她立即龇牙咧嘴地喊叫起来。

"妈的,今天我被你这个猴崽子给耍了。我,我饶不了你!"楚香香又拿着匕首向江山飞快刺来,江山边躲边向门外跑去,楚香香在后面紧追不舍。

江山逃出地下室,摸着黑向别墅门口跑去,就在这时只听身后传来哎哟一声,接着是人倒地的声音。他顾不上多想,抓住机会迅速跑了出去。

江山一口气跑出好远,终于等跑不动了,他才猛地回头一看,见身后空空如也,楚香香并没有追来。他这才放心地松了一口气。

好不容易他才逃了出来,回想起刚才凶险的情景,直到现在他还心有余悸。可也不知为什么,如今虽然他脱险了,心里却总隐隐有些不安。

不行!

江山必须要把吴维国救出来!否则他会有生命危险!想到这里,他擦了擦满头大汗,又转身返了回去。

当江山再次来到河琴湾花园别墅时,里面依旧静悄悄的,一点儿动静也没有,似乎什么都没有发生过。

窗外上插着一朵鲜红的康乃馨,引起了江山的注意。江山犹豫了一下,轻轻打开门走了进去。可当他来到地下室一看,整个人惊呆了。地下室里的血腥场面让他一下子变傻了!

吴维国满身鲜血地倒在床上,他脖子上有一道明显的伤痕,看样子是被楚香香杀的。而楚香香腹部中了一刀,看起来好像已经不行了。

江山赶快走过去把手伸到吴维国的鼻孔前,可惜吴维国已经死了!他又探了探楚香香的鼻息,令人兴奋的是她竟然还有些气。

"香香,你醒醒,你醒醒!"

江山摇了摇楚香香的身体,只听哦的一声,楚香香艰难地睁开了眼睛。她难以置信地望了江山一眼,嘴里好像想说什么话,可最后却什么也没有说出来。

"香香,发生什么了?谁把吴维国杀死的?李兵在哪里?快告诉我,李兵在哪里?"江山急切地问道。

"Q——Y——S。"楚香香断断续续地说。

"什么?你说的是什么意思?"江山摇晃着楚香香的身体,焦急地问道。

楚香香绝望而又痛苦地望了江山一眼,然后渐渐合上了眼帘。楚香香死了,江山心如刀割,他后悔自己刚才不该跑得那么快,吴维国是怎么死的?楚香香又怎么死的?楚香香最后所说的那句话是什么意思?QYS是凶手的名字还是什么名字?或是什么密码?

难道是楚香香先杀死了吴维国,然后又自杀?好像不大可能,但也不能一下子就排除这个假设。假如果真是楚香香杀死了吴维国,动机是什么呢?她是那么爱他,为了他不惜以绑架作要挟,并且还想跟他白头到老,她怎么会舍得让他死呢?

江山很快又在心里作了一个假设,就算楚香香真舍得让吴维国死,可她又为什么不立即逃跑,而要选择自杀呢?她没有理由自杀呀,难道是看破红尘?或是知道死罪难逃,所以才采取自取灭亡?这些理由尽管都说得过去,可仔细一分析,又好像都不太对。

江山越想越感到整件事情很复杂,他看了一下表,就在自己逃出地下室后不到十分钟,血案就发生了,也未免太快太不可思议了吧?

他望了一眼两具血淋淋的尸体,心中一阵难受。他感到自己再也无力想下去了,他掏出手机,然后拨响了110。

5

转眼间已经到星期三了,星期三?江山往自己的头上狠狠地捶了一下,他竟差点儿忘了和方静舒的约会,该死!该死!

昨天在公安局里折腾了一天的江山,今天足足睡了一个上午,中午醒来吃了饭后,依旧是浑身累得要命。也许是心累吧!近日来一连串的死亡和谋杀,已经让他变得极度敏感和脆弱,他感到自己好像黑暗中一个无助的孩子一样,双脚踏在充满荆棘的未知的路上,已经很难再回头了。

陆逊心中十分怀疑江山杀害了吴维国和楚香香,尽管是江山报的案,但并不能排除江山作案的可能。有一点对江山最不利的地方,就是那把作为杀人证据的匕首上有他的指纹。更让陆逊深感怀疑的是,为什么每次凶杀现场,都有江山的身影呢?还有那不可思议的沾满鲜血的康乃馨!陆逊不得不把江山列为头号康乃馨杀手嫌疑犯,但却因为没有充分的证据,只好暂时不对江山进行拘留。

陆逊严格地对江山进行了询问和笔录,江山向陆逊解释说,他来到案发现场,发现吴维国和楚香香双双死亡之后,忍不住拿起带血的匕首细细揣摩了起来,想从中寻找凶手的作案动机和线索。因为他始终觉得,这并不是一起简单的凶杀案。可至于真正凶手是谁,他又说不清楚。

陆逊对江山的话,始终持怀疑态度。郜艳艳离奇消失,现在吴维国和楚香香又死了,事情变得更复杂了。事实证明,江山的猜测并非虚假。经过陆逊对案发现场的仔细勘察,最后得出结论吴维国和楚香香两人是被谋杀的。

凶手先把吴维国刺死,随后又杀死了楚香香,并把案发现场布置成表面看起来是楚香香杀死了吴维国,然后又自杀的假象。

可凶手是谁?对方到底和吴维国以及楚香香之间有着什么样的深仇大恨?以至于非要置他们于死地呢?消失的邬艳艳跑到哪里去了?她到底和吴维国以及楚香香的死有没有关系?这些关键问题,却始终没有准确答案。

看来现在最重要的,是一方面查找真凶,另一方面寻找邬艳艳的下落了。陆逊暗自盘算。此时,江山也和他想到一块去了,只是让他郁闷的是,现在他虽然是自由的,但警察随时都可以找到他。

白若水一直很担心江山的安危,可看他那个着急的样子,又实在毫无办法。抓住真凶不是一天两天的事情,现在只能祈求苍天早点让这个死亡游戏结束吧!

星期三!

白若水望了一眼挂在墙上的日历,心中不由得一动。今天是江山和方静舒约好的日子,方静舒会不会去呢?一想到这里,她就隐隐有些不安。她望着江山,忽然间有了主意。

下午四点,江山来到西堤岛音乐咖啡厅,照样在临窗的八号桌坐下。可谁知,等了半天他却连方静舒的人影也没看见,心中不禁甚是着急。

方静舒!方静舒!唉,他叹了一口气。

很快便到吃晚饭的时间,江山在那里坐着,越坐反而越不安。咖啡厅里吃饭的人渐渐多了起来,江山心想方静舒会不会遇上什么事不来了?难道真的出了什么事?

星期三,真是黑色的星期三!

江山失望地站起身,付了账向门外走去。他走出咖啡厅,一脸茫然,他拍了拍脑门,穿过马路刚想转弯,忽然间却被对面跑过来的一个人抓住手臂。

"江山。"一个女人在江山的耳边叫道,"你怎么不等我?"

江山把那个女人推开一看,竟然是自己等久不来的方静舒。

6

江山对方静舒的突然出现,又是意外,又是吃惊:"方小姐,你怎么在这里?"

"我有事来晚了,还以为你不会等我了呢?没想到,竟在这里碰上你。"方静舒嗔怪地说道,可语气中却充满了一种说不出来的兴奋。

"不知你找我有什么事?"江山一脸疑惑。

"没什么事,我只是想对你说句心里话。你知道吗?江山,我很喜欢你。"方静舒说着,情不自禁地偎到了江山肩上。

"对不起,我已经有了……"江山一见,慌忙躲开。

"我知道,但喜欢一个人应该是我的权利吧。"方静舒轻声说道。

"这……"江山心中一阵尴尬,他万万没有想到,方静舒竟会对他说出这番话。

"我喜欢你,江山,真的。"方静舒说着便在江山的脸上吻了一下,江山的脸一下子红了,身子不由得向后退去。方静舒趁机上前一步,双手抱住江山。

"你们两个好无耻!"白若水忽然不知从哪里冒了出来,她一脸愤怒地望着江山和方静舒两人,气得浑身颤抖得说不出一句话来,只是任眼泪不住地往下流。

她没有想到,江山和方静舒的约会竟然是男女之间的约会。如果不是自己担心江山的安全,暗中跟来保护,发现了他们的私情,还不知他们会约会成什么样子呢。

方静舒嘿嘿冷笑了一声,好像没听见白若水说话似的,不仅没有松手,反而把江山搂得更紧。白若水怨恨地望了江山一眼,然后狠狠地一跺脚,转身飞快地跑开了。

"若水,若水。"江山急忙喊道,他刚想去追,方静舒却死死地搂着他不放。无奈之中,他只好甩开她的双手,推了她一把。

谁料,方静舒却借此故意跌倒在地上,假装痛苦地说道:"哎哟,好疼,江山,你好坏!"

江山一皱眉,心想遇上这种女人可真是倒霉。他好不容易才挣脱了

方静舒的纠缠,追上白若水,向她拼命地解释道:"若水,你误会了!"

白若水气得满脸通红,她不想听江山的解释,便向迎面而来的一辆出租车招了招手,江山一见,连忙上前拦住,急声问道:"你要去哪里,若水?"

"我要去苏媚那里,你别拦我。"白若水一把推开了江山,然后乘出租车飞驰而去。

江山垂头丧气地回到香水湾,让他感到奇怪的是,方静舒看起来是那种温柔大方却又略带矜持的女人,今天为什么突然变得跟平时不太一样了呢?她怎么一下子变得跟夜总会的小姐一样风骚露骨起来了呢?这可不是真实的她呀?难道她是故意做给他和白若水看的?可原因是什么呢?

女人真是一种奇怪的动物。

沉浸在茫茫黑暗之中的江山,一想起白若水,便有些忐忑不安,恰好苏媚这时打来了电话,告诉他白若水现在正在她那里,让他不用担忧。他这才放下心来。江山想这样也好,暂时让白若水先在苏媚那里住几天,他就不必整天提心吊胆地担心她的安全了。他要好好清理一下思路,然后集中精力找到真凶。

真凶究竟是谁呢?江山的心瞬间又变得沉甸甸的,他知道找到真凶很困难,可是不管怎样,他都要努力去做,为何老师以及死去的那些人报仇。

因为太累了,他躺在床上一会儿便睡着了,窗外的夜色更黑更沉了。他似乎睡得太沉了,竟丝毫不曾察觉,此刻,一个黑影正站在窗外,透过窗户望着床上的他一脸得意地微笑着。

那人一脸诡异,表情十分恐怖,好像一个张着大口的吸血鬼似的,欲破门而入,捕捉自己的猎物。

"报应!"江山翻了一个身,在梦中说道。

"报应?你会不得好死的,这就是你的报应。"那人低声说道。样子却变得更加可怕。

7

白若水从来没有如此的痛苦过，或许爱得越深，伤得便越重吧，可偏偏伤她最深的那个人，却是她最爱的人。

"若水，别生气了，说不定这是一个误会。"苏媚劝道。

"误会？哪有这么巧的误会？我明明看见他们在一起搂搂抱抱的。"白若水撅着小嘴，心里依然在生江山的气。

"是不是那个女人故意这样做让你看见的？"苏媚提醒道。

"可他们看起来很亲热的，我真没有想到他们会在一起。"白若水一想起方静舒和江山搂抱的情景，喉咙里便像扎了一根刺似的，无尽的疼痛从她的心里一直蔓延到全身，然后深入每一根骨髓里，和红色的血液紧紧地凝在一起，不再分开。

"有时候一些表面现象会造成人的错觉，我觉得你应该和他好好谈一谈，两个人在一起最重要的是沟通。"苏媚安慰道。

白若水满脸忧郁地说道："唉，不谈这个人，越谈越烦。我们还是聊些别的吧。对了，你的工作室最近怎么样？生意好吗？"

"哦，你一提我倒想起一件事来。前几天有一个病人来做心理治疗，这个人不仅着装奇异，并且连行动举止都让人感到很奇怪。"苏媚喝了一口咖啡，慢慢地回忆起前几天所发生的事，"那天上午天很热，我正在咨询室看一些病人的资料，忽然间从外面走进来一个男人。那个人大热的天还穿着长袖，并且还戴着一顶黑色的帽子。他的帽子往下压得很低，我看不清他长什么模样，只看到一个下巴，下巴上黑糊糊的一片，也不知是故意涂上去的还是忘了洗脸，反正那个人全身上下都令人感到很怪。他一进来就说自己有严重的心理障碍，让我给他做催眠治疗。可最令人奇怪的不是这些，而是我给他做过催眠之后，最后醒来的不是他，而是我。"

"为什么会是这样？"白若水也感到事有蹊跷。

"我也不知道，我怀疑我被他反催眠了。"苏媚皱着眉说。

"你不是说他是一个有严重心理障碍的人吗？他为什么要这样做？他的目的是什么？难道就是为证明他比你能力强，故意反催眠给你看？"白若水一脸好奇。

"这就是为什么我说是让我感到最奇怪的地方,凭直觉感到他似乎不是一个简单的人物,可始终弄不清他的真正动机是什么。"苏媚疑惑地说。

"你被他反催眠之后,都对他说了些什么?"白若水低声问道。

"我也记不清了。"苏媚说到这里,沉沉地叹了一口气,然后眼神迷离地望着窗外,似乎事情刚刚发生在昨天。

白若水打趣道:"是不是他想非礼你?"

"不,我身上的衣服始终完好如初,他好像不是冲着我来的。"苏媚摇了摇头。

"那是不是想趁你睡后偷你的东西?"白若水不假思索地问道。

"也没有,醒后我仔细查看过,房间里并没有被翻动的痕迹,也没有任何东西被盗。"苏媚愁眉苦脸地说。

"那真是奇怪!"白若水幽幽地说道。

"是呀,这也正是我不解的地方。"苏媚在一旁附和道。

"那你没有尝试过其他催眠的方法?"白若水继续问道。

"试过了,但都失败了,他看起来是那种很厉害的人物,并且又很神秘。这种人很难被人一眼看透,也很难用有效的催眠方式对他进行催眠。"苏媚缓缓地说道。

"他总共来过几次?"

"两次。"苏媚答道。

"他还会来第三次吗?"白若水若有所思。

"不知道。"苏媚望了一眼窗外,随后又接着说道,"也许会吧,我感觉他还会再来。"

"那你下次要小心,我感觉他好像要从你这里得到什么信息?"白若水警惕地说道。

"我也是这样想的,可就是不知道,他到底想从我这里得到什么信息,我并没有什么天大的秘密,也没有什么有价值的信息,真不知这人是怎么想的。"苏媚苦笑着说道。

"哦,我倒想起一个办法,下次他再来时,你偷偷在房间隐秘处放一个录音机,把你们的对话全都录下来,不就知道他是什么目的了吗?不过,你要多加小心才是,千万不要被他发现了。"白若水建议道。

"嗯,好主意,下次我试试。你说怪吗?这几天遇到的病人一个比一个奇怪,还有一个女病人也很可怜。她得了妄想症,老是感觉每天有人在跟踪她,她不住地说有人想害她,可问她是什么人要害她,她又说不清楚,所以整个人变得神经兮兮的。"苏媚想了想,说。

"呃,这种人是好可怜。"白若水充满同情地说道。

"还有呢,她总是想着和以前的男友结婚,可她告诉我,她前男友已经死了。但是她一直认为他没有死,就在她身边。"苏媚慢慢地说道。

"她可能是相思过度了吧!"白若水轻声地说。

"或许吧,我给她做过心理治疗后,病情轻了些,可是还需要一段时间的治疗。但她这两天没来,也不知怎么样了。"苏媚担忧地说道。

"你没有她的联系电话吗?我看你一个人要是忙不过来,我给你做帮手好了。"白若水低声说道。

"可惜她没有给我留,我也想有你这样一个好帮手,可就是怕到时你反悔,只顾去忙你的小山子了。"苏媚凑到白若水耳边,悄声说道。

"你呀,真坏,没事就拿我来逗趣了。"白若水说着就要举起手向苏媚打去,苏媚连忙向旁边一闪躲开了。白若水笑笑,不再和苏媚玩闹,而是向阳台走去。

来到阳台上,她望着四周喧嚣的一切,眼前忽然浮现出江山的身影,心里忍不住一酸,眼泪在眼眶里打转。

"怎么了?"苏媚走过来,把手轻轻搭在她的肩上,问道。

"我想知道婚礼那天我和江山逃走以后,到底发生了什么?苏媚,你能告诉我吗?"白若水含泪说道。

苏媚点了点头,往事好像放电影似的,被悄悄地打开了……

8

在病房外踱来踱去的顾天诚,等了半天,可里面却一点儿动静也没有,心中不觉甚感奇怪。他烦躁地在走廊上走来走去,终于他忍不住走到病房前,敲了敲门。奇怪的是,病房里没人应声。他又啪啪啪地使劲敲门来,可还是什么声音都没有。

"若水,若水,快开门呀,我是天诚,你好些了吗?"他大声焦急地喊道。其他人一见,连忙围了过来。

"怎么了?天诚,我女儿她怎么了?出什么事了?"白雅梅急声说道。

顾天诚望了白雅梅一眼,慌忙安慰道:"伯母,没什么事。我是看看若

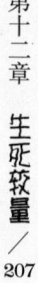

水饿了没有,要不要给她送些饭吃。咦,奇怪,里面怎么没人应声呢?"

"哦,是不是若水睡着了?"苏媚在一边问道。

"不会呀,我出来的时候,她说想静一静,看她的脸色并没有想睡觉的意思。"

"那,那她是不是又晕过去了?天诚,你快打开门看看。唉,我的孩子呀,总是让妈担心。"白雅梅一急,竟忍不住哭出声来。

"妈,你别哭了,你一天都哭了几次了?我姐不会有事的,她比你想象的坚强。"一旁的白素雨握着白雅梅的手,轻声说道。

"是呀,伯母,若水不会有事的,你别伤心了。今天是大喜的日子,你应该高兴些才对。"苏媚也应和道。

此时,顾天诚见病房里还是什么动静也没有,只好用身子把门硬生生地撞开,连撞了几下之后,门终于开了。

可众人一看屋内,都不禁惊呆了。病房里空空的,白若水早已不知踪影。

"孩子,我的孩子呢?若水,若水她去哪里了?"白雅梅浑身颤抖地说。

顾天诚一见,心中也不由得一慌。可随后他很快便镇静了下来。他仔细察看了一下病房里的情景,并没有打斗和挣扎的痕迹,他瞟了一眼敞开的窗户,禁不住走了过去。

窗台上有白若水的鞋印,借着微弱的灯光,他隐隐约约地看到窗外的平地上,似乎也有一堆杂乱的脚印。他转过身,又扫视了一下屋里的各个角落,他的眼神很快便落到了桌子上那枚闪亮的钻戒上。

顾天诚霎时明白了一切,他最担心的事情还是发生了!白若水竟然在婚礼之夜,从病房里逃走了。他猛然间想起她醒来的第一句话,她好像叫的是"小山子"。

"小山子?小山子?"顾天诚嘴里嘟哝道。

他的心不禁往下一沉,小山子是江山的小名。她,她还是没有忘记他!他的心里好似有千万把宝剑在刺着他的心一样,一阵阵的疼痛感迅速在他的全身蔓延开来。

难道她是和江山一起走的?一个疑问又不由得在他心底暗暗生起。直到此时,他才发现江山也不见了。

顾天诚的注意力全都放到白若水身上了,江山什么时候不见的,他竟都没有察觉。他一想到江山,心中便后悔连连。他怎么能犯这么低级的错误面对的强大的情敌,他怎么会轻视呢?

可现在无论他怎么后悔,都已经来不及了,他只能接受眼前残忍的现实!婚礼当天,他的新娘和他的好兄弟一起跑了。他感觉自己是天底下最失败的男人,连自己的老婆都看不住,还被别人拐跑了!这样的丑闻要是传出去,还不让别人笑话死了。"为什么会这样?为什么会这样?为什么会这样?"他胸中的怒火熊熊燃烧着,他忍不住怒吼道。

顾天诚这样一吼,在场的人都被吓了一跳,大家都担心地望着顾天诚,不知发生了什么事情。

"天诚,若水呢?这到底发生了什么事情?"白雅梅一脸担忧地问道。

"她走了。"顾天诚喃喃自语道。

"谁走了?"白雅梅一愣。

"若水。"顾天诚轻声说道。

"她怎么会走了呢?今天不是她结婚的日子吗?"白雅梅满脸吃惊。

"若水和他一起走了。"顾天诚神情恍惚地说道。

"他?他是谁?"白雅梅颤声问道。

"江山。"顾天诚脱口而出,大家一听,都不禁怔住了。

9

水依阁里,顾天诚站在窗前,嘴里不断地咕哝着"白若水"这个名字。一想起这个名字,就好像有千万条蛇在啃噬着他的心一样难受。顾天诚长这么大,感到自己做得最失败的一件事,就是结婚这件事情。堂堂新世纪集团的总经理,要什么样的女人得不到?可现在他偏偏被一个女人抛弃了,而这个女人却又偏偏是他最爱的女人。

他丢面子是小事,关键是他失去了自己最心爱的女人。他的眼前不断地浮现着她温柔的眼睛,小巧的鼻子,樱红的嘴唇,甜甜的笑靥……他越想越气,越想越恼火,他摊开掌心,望了一眼那枚一直被他攥在手里的钻戒,然后狠狠地抛出了窗外。

顾天诚转过身,望着喜气洋洋的婚房,还有墙壁上贴着的大红喜字,一种从来没有过的失落和侮辱悄悄袭遍了他的全身,他忍不住上前冲动地撕掉大红喜字,霎时红红的碎屑好像憔悴的花瓣一样,落满了地上。

只听一声脆响,桌子上的花瓶也被他砸碎在地上了。他就像一头发怒的狮子,失去了理性的控制。众人都在一旁傻站着,谁也不敢过去劝他。只有保姆邓翠兰大着胆子,走了过去。

"天诚呀,别生气了,刚才有位姓方的小姐打电话找你。"邓翠兰小心翼翼地说道。

"姓方?"顾天诚一愣。

"是的,她没告诉我名字,只告诉我姓方。"邓翠兰点头说道。

"告诉她,我不在。"顾天诚一脸怒气。

"好的,可是……"邓翠兰迟疑着说道。

"行了,你下去吧。"顾天诚摆了摆手。

"好的。"邓翠兰答应了一声,悻悻地走了下去。谁知,刚走到门口,就见一个穿紫色吊带裙的漂亮女孩子跑了进来。

"天诚,天诚,天诚。"那个女孩轻声喊道。

顾天诚回头一看,不由得一愣:"怎么是你?静舒。"

"是呀,我担心你,所以就来了。"方静舒担心地说道。

"对不起,今天我心情不好。"顾天诚满脸歉意。

"是我不应该来找你,可是,可是我真的很担心你。我怕你会出事,所以来看看。你,你不会生我的气吧?"方静舒犹豫了一下,然后说道。

"不会的,静舒。过去的都过去了,现在我们不仍然是好朋友吗?"顾天诚的语气缓和了下来。

"我也是这样想的,你有你的理想和追求,当然也有自己的选择。不过,我还是很怀念从前的一切的。我知道今天我不该说这些,可是这才是我真正想对你所说的话。不管怎样,我都希望你快乐和幸福,希望你一切都好。"方静舒柔声说道。

"静舒……"顾天诚想说什么,话到嘴边,却又咽了回去。

"天诚……"方静舒一听,连忙说道。

"唉,我现在脑子里好乱,我需要静一静。"顾天诚说完,转身便走进了卧室。

"天诚,天诚。"方静舒一边叫着一边跟了进去。白素雨一见,便蹑手蹑脚地走过去,偷偷地靠在门前偷听两人的谈话。

大约二十分钟过后,方静舒终于走了出来。白雅梅和苏媚等一大群人,立即围了上去。

"方小姐,天诚,天诚他有事吗?"白雅梅忧心忡忡地说道。

"他还好,你们别去打扰他了,让他一个人静静吧。"方静舒劝道。

"哼,有什么了不起的。"田甜嘴一撇,在一旁不满地说道。

"唉,大喜的日子,这两个孩子在搞什么鬼呀?"白雅梅叹道。

"伯母,你就是若水的母亲吧?"方静舒扭头问道。

"是啊,你认识若水?我怎么从来没见过你?"白雅梅有些惊讶。

"我和若水见过几次面。哦,对不起,我有事要走了,大家再见。"方静舒挥了挥手,然后飘然而去。

"慢走呀,方小姐。"田甜冲着方静舒的身影,喊道。

这时,卧室紧闭的房门突然开了,顾天诚从里面无精打采地走了出来。众人面面相觑,都不知该如何上前去安慰他。

顾天诚一直低着头,神情迷茫地慢慢地走出了敞开的大门。

"天诚。"田甜喊了一声,可顾天诚一点儿反应也没有,田甜气得便不再说话了。

"大家谁跟上去看看呢?"管家刘五叔问道。

"我看还是让他一个人出去走走吧,免得脑子进水,人家都不爱他,他还要死心塌地地吊死在一棵树上,他自己好好想一下也好。"

众人一看,说话的又是田甜,大家一听,也不好多说什么,便四散而去。

"妈,我去看看姐夫吧。"白素雨凑到白雅梅耳旁说道。

"小孩子,别多管事。"白雅梅说着,又朝顾天诚离去的方向望了一眼,然后重重地叹了一口气,继续耐心地等白若水的消息。

这一晚谁也没睡好,很久以后大家仍然清晰记得,每个人都眼睁睁地看着顾天诚走了出去。可谁也没有想到,从此他再也没有回来。

顾天诚的尸体,是在婚礼第二天下午3点50分左右被人发现的。白雅梅一听到这消息,刚开始还不相信,可当她确认是真的以后,感觉天都好像要塌下来了似的。

她最先那种为女儿嫁了个大富翁的极度自豪的心情,一下子从天上跌到了地上。没有什么比这更残酷的了,也没有什么比这更恐怖的了,女

儿和别的男人私奔了,现在一夜之间,女婿又死了!

发现顾天诚的尸体的,是一个捡垃圾的五十多岁的老大爷,老大爷姓刘,每天的工作任务就是在琅玉山附近捡垃圾,以维持艰难的生活。这天,他又像往常一样在琅玉山附近转悠,当他刚走到山下时,忽然发现前面的一片草丛中,好像有什么东西。他心里一喜,赶紧走上前去,不看不要紧,这一看差一点儿把他吓出心脏病来,草丛里竟有一个死人!

他吓得顿时双腿一软,尿都流到裤子里了。过了好半天,他才感觉自己裤裆里热乎乎的一片,他用手一摸,一股冲天的尿臊味立即扑鼻而来。他这才醒悟过来眼前发生了什么事,他顾不上多想,便连滚带爬地去报了警。

警官陆逊接到报警后,马上赶往死亡现场。说来也巧,当时他正在离琅玉山不远的华庭小区,调查一宗失窃的案件。失窃的几位住户中,丢失的不是财物,却是女主人的胸罩和内裤。本来这几户女主人是不想报警的,可几乎三次晾在阳台上的内衣,有两次都被偷,无奈之下,她们才一起报了警。

看来这是一个心理变态者了,否则对方不会专偷女性的内衣。陆逊暗自想道,像这类小偷,一般偷起来都会上瘾的。偷了一次,便会有第二次第三次,严重者还会威胁到女性的生命安全。他刚想到这里,就接到通知说琅玉山山下有人发现了一具死尸。他一听,便以最快的速度赶了过去。

那具男尸的脸早已被摔得血肉模糊,看样子是从琅玉山的悬崖上跳下来的。幸好陆逊一搜,便从男尸身上搜查出几张名片来。顾天诚,新世纪集团的总经理。顾天诚?他怎么听起来这个名字有些耳熟啊!忽然他想起来,好像这个人的名字在电视上出现过,似乎是在什么企业家交流会上,还获了什么奖。他按着名片上的电话,打通了顾天诚家人的电话,没多久,一阵哭天喊地声音便传了过来。

"天诚啊,好苦命的孩子,你年纪轻轻的,怎么就走得这么早呀?呜呜呜。"白雅梅一见顾天诚的身体,便号啕大哭起来。在一旁扶着白雅梅的白素雨,也忍不住嘤嘤哭泣起来。身后的刘五叔和邓翠兰,一见如此情景,也都跟着同情地落起泪来。

陆逊似乎对此习以为常了,可还是不禁皱了皱眉头。他抬头望了望直入云霄的琅玉山,趁此工夫把顾天诚跳崖的地方,仔细察看了一番。

经法医和现场鉴定,顾天诚是跳崖自杀的。而且他的胃里有大量的酒精,看来他自杀前,喝了不少酒。至于他为什么要自杀,也许真正的原因,只有他自己来解释了。可有一点让陆逊感到疑惑不解,死者的身下竟然有一朵压扁的康乃馨,由于康乃馨被鲜血染红了,上面的指纹早已被破坏掉了,所以无法断定,这朵康乃馨是死者本人之物,还是旅客留下的。

陆逊望着那朵血色的康乃馨,不禁暗暗猜测道,死者身下的康乃馨,很有可能是来琅玉山旅游的客人无意中留下的,恰巧死者摔下悬崖时落到了康乃馨上面。他这样一想,心中的疑团不由得悄悄地消散了。

"你是顾天诚的什么人?"陆逊问白雅梅道。

"岳母,可我都把他当自己的亲生孩子来看。"白雅梅擦了一把眼泪,说道。

"顾天诚的父母呢?"陆逊皱着眉,问道。

"都已不在了。"白雅梅答道。

"他自杀前有什么反常的现象吗?"陆逊严厉地问道。

"他看起来情绪很低沉,昨天晚上十点半以后,他一个人出去了,一直没回来。"白雅梅如实说道。

"你知道他为什么要自杀吗?"

"可能跟结婚有关吧。"白雅梅犹豫了一下,然后说道,"昨天是他和我女儿结婚的日子,谁知,又突然冒出一个他的弟兄来,偏偏又在追我女儿。我女儿也不知怎么鬼迷了心窍,就跟他跑了。也许是因为他太伤心的缘故,一时想不开,才……才……"

"你女儿回来了吗?"

"还没有。"白雅梅摇了摇头。

"和你女儿私奔的那个男的叫什么名字?"

"叫江山,是和她从小一起长大的。"白雅梅如实说道。

"哦,你们知道他们去了哪里了吗?"陆逊一听,不由得眉头紧锁。

"不知道,我们也很担心。"白雅梅一脸忧虑地说。

"好吧,有了消息,请通知我们一下。我叫陆逊,这是我的电话。"陆逊说着,便在一张纸上写下自己的手机号码递给了白雅梅。白雅梅接了过来,满心感激。

"你放心好了,陆警官,那尸体……"白雅梅迟疑地问道。

"尸体你们自己安置好吧,该办后事的就办后事。"陆逊一脸严肃。

"嗯,谢谢。"白雅梅擦了擦眼泪,然后吩咐刘五叔和邓翠兰把尸体抬到车上,运了回去。白雅梅一脸无奈,仅仅一天的工夫,喜事立即变成了

丧事,要怪也只能怪命运太捉弄人。
……
苏媚诉说完好久了,白若水仍然沉浸在往事的悲痛中。终于,她抬起头,强压住内心的悲伤,问道:"天诚的尸体是在第二天琅玉山下发现的?"
苏媚点了点头。
"你说他的身下有一朵红色的康乃馨?"白若水若有所思地继续问道。
"是的,当时案发现场就是这样的,这有什么不妥吗?"苏媚奇怪地说。
"不,我只是感觉太巧合了!"白若水幽幽地说。
她望着马路上来来往往的人,心中霎时充满了种种疑云。

『第十三章』

死而复生

scarlet
carnation

1

夜色下的白若水,穿着一条雪白的吊带裙,在微微的夜风中,显得既高贵典雅又清纯迷人。此刻,她站在路边的一棵树下,望着不远处的那幢白色的小楼,思起往事,不禁黯然神伤。

水依阁!

她再也找不回以前的那种纯情温馨的感觉了,很久以前,她一直在偷偷逃避的是他那份热烈如火的爱,而现在,她依旧在逃避,逃避的却是那份由爱而生的恨!

顾天诚!这个名字给她带来的阴影,恐怕这一生都难以挣脱了。如果没有那场婚礼,如果一切都未曾发生过,如果还能回到从前,那该多好啊!可一切都难以挽回了。也许这就是命吧!

唉,白若水叹了一口气,默然转身刚想离开,却忽然被人拦住了。她一看,眼前的男人她并不认识,不由得满脸疑惑。

"请问你是……"白若水疑惑地问道。

"呵呵,小美人,今晚跟我走吧,我给你二百大洋怎么样?"那个男人狞笑着问道。

"你,无耻!"白若水气愤地骂了一句,那个男人一见,竟然肆无忌惮地向白若水扑来。白若水见势不好,连忙躲开那个男人的鸡爪子,向旁边走去。谁知,却又被另一个男人拦住了。

"你们是谁?到底想怎样?"白若水颤声问道。

"你乖乖地跟我们去开房,我们就不为难你了。哈哈,你说行不行?"其中一个男人得意地大笑道。

两个男人一前一后就要上前来摸白若水,白若水一急,不禁大声喊叫了起来:"救命,救命。"

"哈哈,放心好了,没有人会来救你的。"其中一个面相险恶的男人得意地说道。他的话音刚落,就只觉双腿突然一疼,双脚一时站立不稳,扑通一声,整个人一下子摔倒在地。

"妈的,搞什么鬼?我……"那人话还没完,脸上又被人狠狠地打了一巴掌。他被打得眼冒金花,火星四射,脑袋竟大了一圈。过了好半天,他睁眼仔细一看，见眼前站着一个气势汹汹的男人，而自己的同伙早已跑得不知踪影了。

"臭狗，快滚。"那个男人凶凶地骂道。他站起身，什么都顾不上，赶快捂着头跑掉了。白若水此时被眼前的情景惊呆了。倒不是这种场面有多恐怖，而是站在她面前的这个男人，让她吓得不轻。

顾天诚？他怎么跟顾天诚长得一模一样呢？难道是碰见鬼不成？还是她眼花了？不，不，他救了她，他不是鬼，他不是鬼！

可他不是死了吗？这，这到底是怎么一回事？难道他是来报复她的不成？此刻，他就站在她眼前，他的双手正缓缓地向她伸来，欲托住将要晕倒的她。

"啊，不要，不要，不要靠近我。"

昏昏沉沉中，白若水竟看见顾天诚变成一条吐着长芯的毒蛇，慢慢地向她爬过来。她吓得连忙闭上了双眼，她想逃，双脚却一点儿力气也没有。眼看那条毒蛇就要接近她的身躯，她大惊失色地喊道："天诚，不要，救我——"

白若水猛地睁开了双眼，眼睛被房间里的光亮刺得生疼。恍然中她感到有人握住了她的手，她眨了眨眼，看清眼前的男人，是一个和顾天诚长得一模一样的男人。

"啊，鬼，鬼！"白若水挣脱开那个男人的手，双手在空中挥舞着，好像她随时都会被那个男人吃掉一样，她浑身颤抖成一团。

"若水，我是天诚，我是天诚呀。"顾天诚急忙解释道。

"哦，什么？天诚？不，你不是！他已经死了……"白若水拼命地摇着头，说。

"你仔细看看我，若水，我真的是天诚啊。"顾天诚耐心地说道。

"你……"

白若水一听，慢慢地冷静下来，把站在面前的男人，上上下下前前后后地看了一遍，果真是顾天诚。他还和从前一样，一点儿也没有变。唯一让人感到有些变化的是，他的声音似乎变得沙哑了些，身材也比以前偏瘦了些。

"你，你没死？"白若水满脸惊讶。

"是的，我没死，我还好好地活着。"顾天诚缓缓地说道。

"那死去的那个人是谁？"白若水吃惊地问道。

"是个小偷，婚礼那天我很不开心，晚上一个人去酒吧喝了好多酒，直

到凌晨两三点才从酒吧醉醺醺地出来。走到一个公园时,正好看见有一个不太大的清澈的小湖,那时我浑身燥热得要命,便脱掉衣服,下到湖里洗了个澡。恰好旁边有一个流浪汉在湖边的一棵树下睡觉,我当时也没注意,就把衣服放到湖边了。谁想到,半小时后,我游到湖边,竟发现除了一条内裤外,其他衣服都不见了,包括钱、身份证和一些别的证件。我急得要命,暗想可能是那个流浪汉偷走了我的衣服,便四处寻找流浪汉的踪迹。谁料,竟然不小心出了车祸,造成了间歇性失忆,对以前的事竟全忘得干干净净,甚至连自己的姓名和身份也忘记了。幸亏我命大福大,前几天竟然无意中看到报纸上有关自己跳崖而亡的报道,我失去的记忆竟然奇迹地恢复了,而那个偷走我衣服的流浪汉,真是恶有恶报!你知道吗?若水,失去你,我的心情极度糟糕,几乎和死了没什么两样,可又怕突然出现在你眼前,你难以接受,便一直寻找机会,没想到,还真让我给碰上了。让你和白妈妈为我伤心了,而现在我终于有勇气来面对现实了。若水,见到你我真的很开心。"顾天诚一脸诚意地解释道。

"哦,原来是这样。"白若水终于明白了事情的原委。

白若水望了一眼正深情盯着她的顾天诚,心中不由得一动,这才相信了他的话。她说不清心中是一种什么样的滋味,有喜有悲有泪有笑,但更多的却是一份意想不到的惊喜。

原来顾天诚一直没有死!

2

水依阁里,白若水激动得一夜没睡。

直到天快亮时,白若水才迷迷糊糊地睡着了。也许是她这几天连受惊吓,从没睡过一个好觉的缘故吧,很快她便沉沉地进入了梦乡。

"嗒,嗒。"

一个男人的脚步声由远而近。

白若水心里咯噔一下,她弄不清自己是在梦中,还是在真实的幻觉里,她想起身坐起来,可身上好像压了千斤重的石头一样,她眼前一片黑暗,浑身无力地躺在床上,身子一动也不能动。

"嗒,嗒。"

那个男人在她的床前停住了。

白若水的心猛地一紧，忍不住呼吸急促起来，她感到那个男人正慢慢地伸出手，在她的头上轻轻地抚摸着。她的身上立即吓出一身冷汗，她想挥开他的手，双手却一点儿力气也没有。

"唉——"那个男人深情地凝望了她半天，然后轻轻地叹了口气，转身走了出去。白若水听到他离去的声音，一点一点地在耳边渐渐消失，直到四周重新恢复了死亡一样的平静。

可她的心却随着那个男人的离去，一下子跌入了无边无际的黑暗之中。

那个男人是谁？她怎么感到他是那么熟悉呢？会是江山吗？以前江山就是这样温存地出现在她梦中，哦，也许真的是江山！可他怎么走了？不，不要走，江山！不要走，不要走……

白若水在心中低低地呼唤着，泪早已洒湿了枕头。她翻了下身，呼吸着夜色的芬芳，然后缓缓地睡去……

似乎过了很长时间，白若水醒来时，一缕明媚的阳光透过淡紫色的窗帘射在她的身上，她微微地睁开惺忪的眼睛，竟然有一种很不真实的感觉。

顾天诚没有死的消息让白若水激动不已，她再也不必为由于自己逃婚，导致顾天诚跳崖自杀这件事愧疚一辈子了。

兴奋之余，白若水心里却隐隐感到有些不安。她也说不清为什么自己竟会有这种感觉，反正总觉得这一切来得太突然些了，她反而有些不适应。

她该怎么重新去面对顾天诚呢？以前是自己亏欠了他，现在是给自己一个机会去弥补他呢，还是和他再叙旧情，重归于好？

不，不，她不能，她不能选择和他在一起！她只是把他当大哥哥看待，她真正爱的人是江山啊。她不能再去伤害这两个男人了，否则她一生都会不安！

白若水打定主意，便起床洗漱完毕。换了件米黄色的紧身连衣裙，她踱步走进客厅，发现保姆邓翠兰正恭恭敬敬地站在门口。

"太太，午餐准备好了，顾先生在餐厅等着你呢。"邓翠兰低着头说道。

"哦，以后不要叫我太太了，你还是叫我白小姐好了。"白若水淡淡地说。

"这,这怎么能行?"邓翠兰一听,慌忙说道。

"你就说是我吩咐的就行了。"

"好的,白小姐。"邓翠兰点点头,然后退了出去。

白若水望了一眼墙上的挂钟,一看已经12点15分了,便连忙来到餐厅。顾天诚早已在餐厅门口等她了,他一见白若水婀娜的身影出现在餐厅门口,便激动地迎上前去。

"若水,今天我要带给你一个惊喜,走,你进去看看就知道了。"顾天诚轻轻地牵住白若水的手,向餐厅里面走去。

白若水走进餐厅一看,竟然望见妈妈和妹妹都一脸笑意地坐在那里等着自己,不禁有些吃惊和意外。

"妈,素雨,你们怎么在这儿?"白若水惊讶地问道。

"若水呀,是天诚把我们接来的,刚开始天诚出现在我眼前,我还有些不相信,这太突然了,怎么一个死人又复活了呢?后来天诚向我解释过了,他婚礼那晚酒喝得太多了,以至于不小心出了车祸,造成间歇性失忆,对以前的事竟全忘得干干净净,甚至连自己的姓名和身份也忘记了。可幸亏他命大福大,竟然无意中看到报纸上有关他的报道,他那失去的记忆才恢复了,而那个偷他衣服的小偷,真该死!也许这就是命运吧!我们还以为天诚真出了事。现在知道他安然无恙,我便放心了。唉,若水啊,你和江山的事我也不追究了,现在天诚回来了,俗话说,平安就是福。我一直把天诚当自己的儿子看,你们都平平安安的,我就高兴了。"白雅梅感叹道。

"妈。"白若水一听,便明白了其中的意思,不由得撅起了小嘴。顾天诚见此情景,连忙走过来打圆场。

"妈,无论怎样,我都是你的儿子。我从小没有父母,现在有了你这样一位好母亲,我一定会好好珍惜。"顾天诚满脸诚意地说道。

"好,好,白白捡了你这样一个好儿子,我高兴还来不及呢。以后我会对你比对若水还要亲,她呀,老是惹我生气,如今有了你,我可真是八辈子修来的福气啊。"白雅梅兴奋地说。

"妈,你在说什么话呢。"白若水满脸尴尬,不知该怎么阻止母亲白雅梅说下去。坐在她旁边的白素雨看在眼里,忍不住笑出声来。白若水一见,狠狠地瞪了她一眼,白素雨实在憋不住,便捂着嘴一旁偷着乐去了。

白雅梅似乎觉察到气氛有些不对,便连忙说道:"吃菜,吃菜,大家吃菜。"她给顾天诚的碗里夹了一块鱼,又给白若水夹了一块鱼,随后众人便各怀心思地吃了起来。

白若水吃了几口,便放下碗筷,回卧室去了。白雅梅一见,赶快向顾天诚使了一个眼色,示意他跟过去。

顾天诚明白她的意思,便紧跟其后。白若水一走进卧室,眼泪便吧嗒吧嗒地流出来了,母亲明知道自己喜欢的是江山,可还当着顾天诚的面,说出那番话,实在让她气愤。她擦了擦眼泪,一转身忽然见自己身后站着一个人,不由得吓了一跳。

"天诚,是你?"

她一愣。

3

顾天诚一脸深沉地望着白若水,双眼忽然悄悄地闪过一丝复杂的神色。

"若水——"顾天诚深情地说道。

"哦,什么事?"白若水轻声问道。

顾天诚的目光火辣辣的,白若水只望了一眼,便慌忙把眼睛移向了别处。

"白妈妈刚才说的那些话,并不是故意的,你不要往心里去。"顾天诚柔声安慰道。

"好的。"白若水低低地回答。

"若水,有些话我想对你说,我们出去走走,好吗?"顾天诚哀求道。

"去哪儿?"白若水一怔。

"我带你去一个地方,你肯定会喜欢的。"顾天诚神秘地说道。

白若水犹豫了一下,然后点头答应了。两小时后,两人开车来到风景怡人的美丽的海边,白若水望着那澄清的天、碧蓝的海、漂泊的船,还有那茫茫的水天一色,一下子陶醉其中了。

"啊,好美。"白若水情不自禁地说道。

"是呀,天美海美人更美。哦,若水,我们重新开始,好吗?"顾天诚满怀期待地问道。

顾天诚从身后环住白若水的腰,白若水好像被毒蛇咬了一口似的,慌

忙挣脱了:"别,别这样。"

"若水,我是爱你的,一直都是爱你的。"顾天诚喃喃说道。

"天诚,这一切来得太突然了,其实我……"白若水还没说完,便被顾天诚打断了。

"我知道,你会觉得这很突然,包括我的死,可我是爱你的。你还记得吗?若水,小时候,你、我和江山我们三人一起长大,那时候我们纯真无邪,在一块玩得好开心。长大后,虽然我们分别了几年,可我心里一直没有忘记你和江山。于是,我想尽一切办法,让你来到我身边,原以为可以成就一段佳话,可没想到,命运却给我们开这样的玩笑。而现在我们三个再次相见时,却是如此的尴尬。唉,难道我做了什么错事?以致于上天如此来惩罚我。"顾天诚痛苦地说道。

他弯身从沙滩上捡起了一颗小石头向海里扔了过去,海面上立即溅起了朵朵浪花,好像那远去的永不再回的美好岁月一样,在海风中渐渐地远去……

"要是时光能够倒流,那该多好呀!一切都不曾发生过,你还是你,我还是我,他还是他,我们三人还是快快乐乐地在一起,没有矛盾和误会,没有隔阂和仇恨,只有欢笑和歌声,只有爱,那将是多么美好的时光啊!"白若水陷在了美丽往事的回忆之中。

"我也好期望奇迹会发生,若水,回到我的身边来,好吗?让我们重新回到从前那美好的时光。"顾天诚苦苦哀求道。

白若水默默地摇了摇头,她喃喃自语道:"时光,时光真的能够倒流吗?可我已经回不去了,再也回不去了。"

"不,只要你愿意,你什么时候都可以回到我的身边来。我会张开我的怀抱迎接你,我的心始终和你在一起。若水,你知道吗?你是今生我最爱的女人。"顾天诚敞开心扉说。

"对不起,天诚。我不能答应你。我知道这样很伤害你,可如果我要是欺骗了你,那对你更是一种伤害。所以请原谅我,一直以来我都把你当大哥哥来看,我也希望你能把我当小妹妹。我相信,你会找到你的另一半的。"白若水十分矛盾地说道。

"若水……"顾天诚痛苦地轻唤道,他对白若水的再次婉拒,显然很是意外。他原以为经历了这次的生死劫难,她会回心转意,没想到,他依旧没能挽回她的心。

江山!想起这个名字顾天诚便恨得咬牙切齿,他不知道他用的是何种办法,竟能让白若水死心塌地地对他。不,他不能输,他决不能输给江山!

　　白若水觉察到顾天诚的表情有些异常,忽然没了看海的心情,便对顾天诚说道:"对不起,天诚,我想去苏媚那里,麻烦你告诉我妈妈,让她不要担心我。"

　　"好吧,我送你去,只是你能答应我一件事吗?"顾天诚缓缓地说道。

　　"什么事?"白若水疑惑地问道。

　　"这几天你能不能住在水依阁?你放心,我不会对你怎么样的。我只是太想你了,我会把你当小妹妹看的,决不会让任何人欺负你。好吗,若水?"顾天诚乞求道。

　　"这……好吧。"白若水无奈地望了顾天诚一眼,只好点头答应。

　　于是,顾天诚把白若水送到苏媚楼下,亲眼望着她上了楼,然后才沮丧地离去。

4

　　苏媚和白若水站在窗前,望着顾天诚那转身而去的伤感的背影,苏媚若有所思地说道:"好痴情的男人呀!"

　　"是啊,可为什么我爱的不是他呢?"白若水感叹着说道。

　　"也怪,如果没有江山,你和他站一起,还真是一对金童玉女。可老天爷偏偏不遂人意呀。但你也不吃亏啊,世上的痴情好汉英俊才子都被你遇上了,还爱得痴痴癫癫疯疯狂狂,唉,要是我啊,也无悔这一生了。"苏媚沉思道。

　　"唉,你说的哪里话,我只需要一个能和我携手走过平凡今生的人,心也就满足了。可就是这样一个小小的愿望,还需经历那么多人生的波折,难道这一切都是天意?"白若水忧虑地说道。

　　"喂,别那么酸溜溜的了,你知道吗?顾天诚这样一来,可真是大出风头,满城皆知呀。早上我买报纸走到小区口,还听到几个人议论,说顾天诚是命大福大财大,是大福大贵之人,你看所有有关他的消息,都上了报纸的头条了。"苏媚说着,便把今天所有有关顾天诚的报纸,都翻出来给白若水看。

白若水翻了翻那些报纸,又不由得轻轻地叹了口气:"天意!也许真的是天意啊!"

"喂,你怎么越来越神经兮兮的了。对了,顾天诚死了又活过来了,难道就没有引起警方的注意吗?"苏媚奇怪地问道。

"警方?他也没犯什么罪,关警方什么事?"白若水低声说道。

"我是说最初冒他名死的那个人?"苏媚迟疑了一下,说。

"呃,你说那个小偷呀!当然是自作孽,不可活了。这也许就是因果报应吧,当时我还真以为天诚死了,真把我吓坏了。"白若水心有余悸地说。

"看来你对他还不是一点感情也没有的。我有些奇怪的是,他这些日子都到哪儿去了,你没问过他吗?"苏媚好奇地问道。

"他告诉我他心情一直很糟糕,不愿意见任何人,也许他另有隐情吧。"白若水幽幽地答道。

"也许吧,哦,告诉你吧,上次我说的那个奇怪的病人,今天上午又来了。这次我按你说的那样,暗地里准备了一个小录音机,可最后还是棋差一步。"苏媚十分懊丧地说。

"怎么了?"白若水疑惑地问道。

"我被他反催眠后,醒过来时他已经走了。我便找到事先藏在书柜后面的录音机,可打开一听,里面却什么声音也没有。"苏媚烦闷地说。

"你是不是按错键了?"白若水提醒道。

"不,我是很小心的,或许只有一种可能。"苏媚犹豫了一下,说道。

"什么?"白若水追问道。

"被他发现了,很可能录的东西被他删掉了。"苏媚猜测道。

"这么说他真的很危险?"白若水担忧地说。

"嗯,可他一直没有想害我的迹象,我也没有丢失任何东西,他可能是想从我身上得到某些东西。可他想从我身上得到什么呢?我曾尝试着询问过他,可他却一脸谨慎,当我一问到他的真实身份和为什么要反催眠我时,他却一直保持沉默。他真是一个谜。"苏媚望了望窗外,说。

"竟有这种事?"白若水有些不相信,可看到苏媚正幽幽地望着窗外,她还是勉强让自己相信了,"你说他还会再来吗?"

"可能不会了。"苏媚摇了摇头说。

"为什么?"白若水一怔。

"不知道,只是感觉。他反催眠我的事,已经被我揭穿了,很可能戏也要闭幕了。"苏媚若有所思地说。

"感觉？"

白若水一愣，她忽然想起了自己对顾天诚和江山两人的感觉，那是两种完全不同的感觉。一种好像宽阔的大海般，可以包容她的爱和恨，对和错；一种如不灭的星辰让她爱得疯狂痴癫，无怨无悔。可两种感觉，都足以让她心甘情愿地死去。

"好神秘的男人啊！真想有机会见见，对方到底是一个什么样的男人？"白若水微蹙着眉说。

"这也正是我最想知道的。"苏媚附和道。

"也许他有隐情。"白若水想了想，说。

"他似乎是有备而来，更是有目的而来。"苏媚猜测道。

"目的？唉，现在的男人真势利。"白若水叹道。

"是的，但直觉告诉我，他不是一个一般的男人。我也很想一睹他的庐山真面目。只可惜，怕是再也见不着他了。"苏媚一脸惋惜地说。

白若水无力地倒在沙发上，用手撩了一下头发，然后轻轻地闭上眼，想休息片刻，心里却忽然想起了顾天诚。

顾天诚！她的心随着这三个字，沉沉地下坠。

5

本色酒吧里，暗淡的光线下，方静舒醉醺醺地趴在桌子上。自从顾天诚和白若水准备结婚以后，方静舒便成为本色酒吧的常客，这里快已经成为她的第二个家了。

"天诚，天诚。"方静舒嘴里不断地喃喃说道。她早已喝得一塌糊涂，眼前除了酒之外，她早已忘了她是谁。

一个穿黑裙子的女人神不知鬼不觉地突然出现在方静舒面前，她在黑暗中已经注意方静舒好久了，此刻，她的脸上荡漾着一丝诡异的微笑。

"方静舒，你想知道顾天诚的消息吗？"黑衣女子低声说道。

"你，你是谁？"方静舒一听到顾天诚这个名字，浑身不由得一振，她醉眼蒙眬地抬起头，却发现站在自己面前的黑衣女子隐隐有些眼熟，但一时想不起来自己曾在哪里见过。

"我是顾天诚的朋友田甜,我在顾天诚的婚礼上见过你,我知道你是顾天诚以前的女朋友。"田甜说完,神秘地笑了笑。

"你怎么知道我在这里?你找我有什么事?"方静舒疑惑地问道。

"前几天我无意中和朋友来本色酒吧喝酒,没想到竟看见你也在这里,我一打听,才知道你是这里的常客。看你现在这个伤心的样子,是不是还在为顾天诚的死伤心呀?"田甜缓缓地说道。

"当然了,我那么爱他,他死了,我能不伤心吗?"方静舒满脸不高兴地说道。

"要是我告诉你,他现在没死,你还会那么伤心吗?"田甜反问道。

"没死,他明明跳崖自杀了,怎么会没死呢?别骗我了。"方静舒向田甜瞪了一眼,说。

"哈哈,世上还有你这种如此痴情的女人,我要是男人呀,早就把你娶回家了。可你却偏偏遇到他那种男人,也够不幸的了。"田甜叹息着说道。

"你怎么能这么说,我们毕竟真心相爱过,如今虽然感情不存在了,可我依然如当初一般爱他。你不要侮辱我们之间曾经的那份美好的感情!"方静舒怒道。

"你误会我了,我是来告诉你一个好消息的。"田甜高深莫测地说道。

"好消息?什么好消息?"方静舒一怔。

"你看看这个就知道了。"田甜说着,便从挎包里掏出一份报纸扔到了桌子上。方静舒一看,立即就被报纸上那个黑色的新闻标题吸引住了。

"新世纪重逢春天,顾天诚大难不死。"方静舒语气颤抖地念道。她仔细地一字不漏地接着往下看,越看她越激动。

"他没死?他真的没死!"方静舒一把抓住田甜的手,脸上笑开了花。

"的确,他没有死,可你也别高兴得太早了。他心里只有白若水一个人,以前还为她搞了个夫妻墓碑,活着就更不用说了。"田甜气愤地说道。

"你,你见过他?"方静舒试探着问道。

"是的,下午我在路上正好碰见他,他和那个白若水在一起,我就是有些不明白那个狐狸精用什么办法,让他为她要生要死的。但她这个人有一点我倒是很明了。"田甜说到这里,故意望了方静舒一眼。

"什么?"方静舒一听,迫不及待地问道。

"她这个人很有心计。"田甜一字一顿地说道。

"心计?"方静舒一愣。

"对,她有心计,那我们就更要有心计才行,这就叫以毒攻毒。"田甜得意地笑道。

"你够厉害。"方静舒夸赞道,可随后她脸色一变,幽幽地问道,"你告诉我这些为什么?你对一个关系生疏的人突然这么好,不会一点儿目的都没有吧?"

"我就知道你会这么问的,实话告诉你,我是为了我自己。以前我也曾经喜欢过顾天诚,不过,这只是我一相情愿罢了。他眼里除了白若水,对其他女人根本不会动心的,但他越是这样,我就越是喜欢他。现在像他这样专一又不花心的男人少了,虽然他只想和白若水结婚,但我还是忘不掉他。不过,如今我也想明白了,世上并非只有他一个好男人,我现在的男友就很不错,很疼我,也很爱我,我也很爱他。只是每每想起这场苦恋,我心里就有不舒服,听到这里,也许你已经明白了,我之所以想帮你,主要是想出这口恶气罢了。"田甜坦白地说。

"原来如此。对了,你说顾天诚大难不死,那最先死的那个人真的是个小偷吗?"方静舒一脸疑问。

"报纸上是这样说的,可是真是假,我也不知道。"田甜淡淡地说。

"你是什么时候得到消息的?"方静舒好奇地问道。

"就是这两天,刚开始我还不相信,可当我在路上真的碰见了他,才傻了眼,原来这一切都是真的。"田甜如实说道。

"那你说他还会娶那个狐狸精为妻吗?"方静舒神情恍惚地问道。

"说不准,反正我觉得他受伤害挺大的。就算他想尽办法,让那个狐狸精回心转意,我估计也可能是为了面子问题吧。"

"也许吧。"方静舒心酸地点了点头。

"怎么?你不想见他?你不是还爱着他吗?正好这是个机会。"田甜不动声色地说道。

"这……"方静舒一时不知该怎么回答。

"还考虑什么?我要是你呀,早就约他出来了。"田甜爽快地说道。

"他会见我吗?"方静舒心事重重地问道。

"我想肯定会的,毕竟白若水伤害了他,现在他见你旧情未泯,说不定还会和你重归于好呢。"田甜提醒道。

"不,他不是那种婆婆妈妈的男人。"方静舒摇了摇头。

"那你算说错了。俗话说:自古英雄爱美女。其实你一点也不比那个骚狐狸逊色,只要你把握住机会,就一定能行的。我相信你,静舒。"田甜别有用心地说道。

"他要是真愿意见我就好了。"方静舒说到这里,不禁陷入了沉思。

田甜一喜,她见自己的目的达到了,心想这下可太好了,让她们互相斗去吧,终于有看头了。

田甜本来就怀着复杂的心情来见方静舒的,她对方静舒说的那番话有真有假。当她得知顾天诚没有死时,激动得一夜都没有睡,可激动过后,她兴奋的心情又变得一片灰暗。顾天诚一直拿她当普通朋友看,甚至连个让她表白的机会都不给。为此,她一直对白若水怀恨在心,她想如果不是白若水,她也许早就有机会追到顾天诚了。如今,当她得知顾天诚没有死,突然心生一计。那天,方静舒奇怪地出现在顾天诚的婚礼上,聪明的她一眼便看出方静舒仍对顾天诚念念不忘。而现在,只要她挑拨方静舒和白若水之间的关系,让她们争得你死我活,斗得两败俱伤。一方面她出了口恶气,另一方面等待合适的机会,她再出现在顾天诚面前,那时说不定顾天诚会接受她呢。她这天衣无缝的计划,可谓一箭双雕。想到此,她不由得意地笑了。

6

田甜的脸半隐在黑暗中,在方静舒看来,有一种说不出的阴冷和诡异。方静舒暗暗地打了一个寒战,她不知道在田甜那张漂亮的脸蛋后面,埋藏着什么样的秘密,可是她知道,她和田甜之间,只不过是互相利用的关系。

"静舒,那天在婚礼上,你和顾天诚在房间里说了些什么??"田甜盯着方静舒,忽然话题一转。

"这……"方静舒一怔,原以为田甜又有什么好计策,所以她立即来了精神,可当她听到田甜问到这个问题时,脸色不由得一变,神情为难地说道,"对不起,我不方便告诉你。"

"哦,没关系,我知道你也有自己的难处。"田甜说到这里,凑到方静舒耳边,一脸神秘地说道,"喂,你准备什么时候约顾天诚呢?明天还是后天?"

"不知道,我还没想好。唉,我就怕自己没这个勇气。"方静舒叹了一口气,说。

"不会的,我觉得你行,要不你怎么会在他婚礼当天去找他呢。"田甜故意说道。

"我那时也是太担心他了。"方静舒忧虑地说道。

"难道你现在就不担心他吗?"田甜反问了一句。

"他现在还用得着我担心吗?他又不缺女人!"方静舒醋意十足地说。

"喂,别这么没信心好不好?你也是女人,难道你就不想寻找到自己的幸福?"田甜劝道。

"幸福?"方静舒凄然一笑,"有些人是天生没有幸福的,这个世界不是对每个人都公平,我最幸福的那段日子,还是他给我的。所以,无论到哪里,无论到什么时候,我都忘不了。"

"那你就更应该追求到自己的幸福了。"田甜缓缓地说道。

"也许吧。"方静舒含糊地答道。

"那个狐狸精一直跟另一个男人在一起,难道顾天诚就一点也不在乎?"田甜好奇地问道。

"爱一个人就要包容对方的一切,哪怕对方伤自己再深,可心中还是爱对方的,而自己的所作所为,也还是为对方着想的。这样的男人,才是真正的男人。"方静舒若有所思,稍顿,她又接着说道,"不过,到现在我才真正明白,如果一个男人一旦爱上一个女人,他是不会轻易放弃的,那个女人是个很幸福的女人,有两个男人都在爱她。"

"你指的是那个骚狐狸白若水吗?"田甜忌妒地说道。

"是的,我曾经是个坏女人,为了报复白若水,特意去勾引和她一起私奔的那个江山,谁知,竟然失败了。那个江山应该是个不错的好男人,竟然经得起其他女人的诱惑。不过,输在白若水的手里,我真的有些不甘心啊。"方静舒苦笑道。

"可惜我们都没有遇上,即使遇上了,对方也不爱自己,爱的却是别人。"田甜冷笑着说。

"人有悲欢离合,月有阴晴圆缺。世上哪有十全十美呢。"方静舒叹道。

"我们还是撤吧,天色不早了,女人还是少喝些酒好,喝多了伤身体。"田甜的话有些假惺惺的,可方静舒的心还是动了一下。

两人结完账,从酒吧里走了出来,她们谁也没注意,刚才她们的一举一动、一言一行,早被离她们不远处的坐在暗处的一个黑衣男人全都听了

去,那个人一直在偷偷地监视着她们,见她们离去了,不由得诡异地笑了笑。

两人互相告辞,方静舒打出租车飞快而去。田甜一脸得意地哼着歌儿,开着自己的桑塔纳,慢慢地上路。

"今晚可真开心。"田甜自言自语道。一想到方静舒将和白若水争斗到一起,就她们两个呀,不拼个你死我活才怪呢。那时候自己坐山观虎斗,就让她们去杀吧,斗吧,死吧!

田甜越想越得意,好像整个世界都属于自己一样,她兴奋得禁不住打开了音乐。车里立刻响起了一片优美又略带伤感的歌声。

是缘分还是命运让我们相遇,
偶然的相逢却成今生难割舍的情。
是缘尽还是宿命注定了分离,
渐远的背影让所有誓言苍白无力。
……
止不住地想你,我宁愿痴情到底。
在无眠的黑夜翻来覆去,
一次次念着你的名字,
让心中每个角落都充满你的影子。
……

田甜听着听着不由热泪盈眶,她记得顾天诚最喜欢的歌曲就是这首《止不住地想你》,当然也是自己最喜欢的。她最大的梦想就是有一天,能嫁给自己梦中的白马王子。可只有她自己知道,那个一直藏在她心灵深处的男人,不是别人,正是顾天诚!

"天诚呀天诚,难道你真的那么喜欢那个女人吗?天底下有多少好女人你不去找,而非要和那个女人在一起啊?"她心里嘀咕道。每每想起顾天诚和那个女人亲密地站在一起,她便郁闷得很。

"唉!"田甜重重地叹了一口气,脚下加大油门向前开去。

路上车很少,田甜的车速很快,开了一会儿,她忽然意识到自己超速了,刚想减速,车子却像脱缰的野马一样向前冲去。

"啊,不好!"

田甜脑子里霎时一片空白,眼看车子已经不受自己控制了。她吓得出了一身冷汗,人立刻清醒了过来,她刚想拼命地去踩刹车,可是已来不及了。

只听砰的一声,车子疯狂地向路边的大树撞去,很快四周又恢复了可怕的平静。

7

在驶往水依阁的路上,白若水望着车窗外绚丽的风景,若有所思。

"天诚,你看今天的新闻了吗?"白若水翻着手里的报纸,问道。

"没有。"顾天诚摇了摇头说。

"哦。"白若水一听,微微感到有些意外。以前顾天诚一大早就把早报看完了,现在他怎么变得连报纸也不看了呢?

"怎么了?是不是有什么事?"顾天诚疑惑地问道。

"没什么,我只是随便问问。"白若水随口答道。

"呃,今天有什么新闻?"顾天诚漫不经心地问道。

"昨晚电视台的漂亮女主持人田甜死了。"白若水小心翼翼地一边说道,一边观察着顾天诚的表情。

"哦,又是车祸,我还以为有什么新闻呢。"顾天诚耸了耸肩说。

"才二十出头,好年轻呀,死了好可惜。"白若水叹息着说。

"这也许就是人的命吧。该你死的时候,你不想死也得死;不该你死的时候,你想死也死不了。"顾天诚意味深长地说道。

"你是在说你吧?"白若水幽幽地问了一句。

"呵呵,不仅是我,对很多人也一样。"顾天诚深有感触地说。

"人的命运就是奇怪。"白若水望着窗外,说。

"是呀,就像你我走到一起,也是命运的安排。"顾天诚感叹地说。

白若水无语。顾天诚的回答让她有些莫名其妙,难道他真对田甜一点儿感情也没有吗?对田甜的一点儿同情心都没有吗?他平时不是这样的呀。

"对不起,若水,白天我忙了一天,晚上才来接你,你不会怪我吧?"顾天诚注视着白若水的脸,说。

"没关系。"白若水轻声说道。

"你不怪我就好。"顾天诚叹了一声说。

此刻,车子已经来到了水依阁。管家刘五叔和保姆邓翠兰早已在门外等候多时。他们见车子到了,便赶快迎了过来。

"五叔,你把车开到车库里。"顾天诚吩咐道。

"好的。"刘五叔点了点头。

"对了,兰姨,晚餐准备好了吗?"顾天诚转过头,问邓翠兰道。

"已经准备好了,就等着先生和小姐用餐呢。"邓翠兰笑着说。

"好。"顾天诚带白若水先到餐厅里用了晚餐,然后把她送到了卧室,这才稍松了口气。

"若水,你好好休息一下吧,别太累了。"顾天诚深情地说道。

"好的,你也去休息吧。"白若水轻声说道。

"我还要看些文件,我在书房里,有事叫我。"顾天诚低声说道。

白若水轻轻地点了点头,她望着顾天诚转身离去的背影,若有所思。她打开窗,窗外寂美的夜色,让她心血来潮。她一个人来到花园里,望着夜色下的美景,思绪如蝶翩翩。

忽然,白若水听到一男一女低低的说话声,她悄悄地停下了脚步。只听一个女人的声音小声说道:"哦,我说老刘呀,你说先生他这几天是不是有些变化呀?"

"变化?什么变化啊?"男人疑惑地问道。

"你不觉得他的日常习惯和行为举止都和往日不太一样吗?"女人用怀疑的口气,说道。

"没有呀,可能是他处理事务太劳累了吧,再加上感情上也不太如意,难免火气大,对我们会发脾气。"男人低声说道。

"我说的不是这个意思,我是说他这个人好像和以前不太一样了。"女人一听,赶紧说道。

"呃,那也可能是这些天经历的事情让他个人和生活有所变化吧,你别疑神疑鬼的了,好好干你的活吧。"男人拍了拍女人的肩膀,说。

"唉,我知道,可能是我对先生太注意了吧。"女人叹道。

"以后要注意了,免得让别人听到,影响不好。"男人警惕地说道。

"好的,知道了。"女人答道。

白若水听到这里,心里一惊,身子不小心碰到了旁边的一株花,正好花上落着一只小鸟,只听扑哧一声,小鸟飞走了。

"谁在那里?"一个男人的声音厉声问道。白若水慌忙藏好身子,一动也不敢动。

"没有人啊,你别大惊小怪了,刚才不是一只鸟飞过去了吗?"女人奇怪地问道。

"哦,吓了我一大跳,我还以为有人在那里呢。我们要小心些才好。"男人提醒道。

"嗯,那我们赶快走吧,别让人发现了。"女人慌忙说道。

"好。"男人答应了一声。

此刻,低声说话的两人悄悄站起身,看见四周无人,便赶快走掉了。躲在暗处的白若水早把那两个人看在眼里,原来他们两个人是管家刘五叔和保姆邓翠兰。

"怎么是他们?"白若水喃喃自语道。

白若水望着两人的身影,不觉感到有些奇怪。

8

白若水也没多想,便回屋睡觉去了。可她躺在床上翻来覆去怎么也睡不着,刘五叔和邓翠兰两人的对话,让她细细想来这两天所接触的顾天诚,他的确有些地方和从前不太一样。

这究竟是怎么一回事呢?难道这场失败的婚礼和噩梦般的生死经历,真的让他改变了许多?难道他真变了,不再是以前的顾天诚了吗?

想到这里,她也不知是伤感还是难过,眼中竟一片潮湿。这时,窗外一阵微风吹来,她混沌的脑子一下子清醒了许多。

唉,人哪有不变的呢?时间在变,环境在变,生活在变,世界在变,人当然会变了,否则人类就要停止进步了。她这么一想,心也就渐渐平静了下来。

她的身上微微有些发凉,她刚想站起身关上窗,突然看到窗前一张恐怖的惨白的脸,正诡异地向她冷笑着。

"啊,鬼,有鬼。"白若水惊恐地大声喊道。她吓得魂飞魄散,人一下子晕倒在了床上。顾天诚听到了喊声,连忙跑了过来。他看到白若水晕倒在床上,赶紧把她扶了起来。

"若水,快醒醒,怎么了?发生什么事了?"顾天诚十分恐慌地喊道。

此刻,刘五叔和邓翠兰听到动静,也赶忙跑了过来。

"先生,发生什么事了?"邓翠兰一见,慌忙问道。

"若水晕倒了,你赶快倒杯热水来。"顾天诚焦急地说道。

"好,我马上去。"邓翠兰很快倒了一杯热水端了过来,顾天诚接过水给白若水喂了下去,渐渐地,白若水醒了过来。

"若水,你醒了?"顾天诚欣喜若狂地说。

"这,这是在哪里?"白若水一脸迷茫地问道。

"在你的房间里。"顾天诚轻声说道。

"我,我这是怎么了?"白若水神情恍惚地说。

"你刚才晕倒了。"顾天诚解释道。

"哦。"白若水一怔。

"若水,刚才发生什么事了?我听到你喊叫,便连忙跑了过来,一看才知道你晕倒了。怎么了,是不是身体不舒服呀?"顾天诚柔声问道。

"啊,鬼,有鬼。"白若水惊悸地说道。

"鬼?哪来的鬼?"顾天诚一愣。

"窗外,窗外。"白若水指着窗户神经质地喊道。顾天诚扭头一看,窗户空荡荡的,什么也没有。

"没有啊,若水,是不是你看错了?"顾天诚疑惑地问道。

"不,我没有看错,真的有鬼。"白若水摇晃着头说。

"若水,你太累了,还是好好休息吧。"顾天诚安慰道,随后他又对刘五叔说道,"五叔,院子里你好好查看一下,看是不是跑进来猫呀狗呀什么的。一定要保证白小姐的安全,不能出任何意外。"

"是。"刘五叔一脸严肃。

"还有兰姨呀,你给白小姐冲一杯热牛奶端过来,她受了惊吓,你以后进来声音轻一些。"顾天诚对一旁的邓翠兰说道。

"好的。"邓翠兰答应了一声,便转身走了出去。

顾天诚支走了刘五叔和邓翠兰两人,又看了看窗外并无一人,便走到窗前关上窗户拉上了窗帘,这才放心地走到白若水床前坐了下来。

"若水,别怕,有我在。"顾天诚握住白若水的手,温柔地说道。

"鬼,真的有鬼。"白若水十分害怕地说。

"刚才让你受惊吓了,我发誓以后再也不会出现这种情况。"顾天诚满脸歉意地说。

"天诚,鬼,我真的看见了。"白若水神情紧张地说道。

"我知道了,若水,你别害怕,有我保护你。"顾天诚脉脉含情地说。

"天诚,谢谢你。"白若水的心一动,一种温暖的感觉霎时充满了她的全身。

"傻丫头,对我还这么客气。"顾天诚说着伸出手摸了摸她的头,她不禁一愣,那种感觉竟然和梦中的情景一模一样。难道……

白若水没敢再往下想下去,可一想起刚才受惊吓的情形,她便有疑惑和闷闷不乐。

鬼?难道真的有鬼?

『第十四章』

险恶布局

scarlet carnation

1

宛如被鲜血染过一样的康乃馨，不断地在白若水眼前晃动着。黑暗中的白若水忍不住一阵眩晕，她感到自己好像陷进了一个精心策划的险恶布局里，四周全是陷阱，一不小心，便会全军覆没。

而江山这两天却突然在她的生活中消失了。自从那天她看见方静舒和江山搂抱在一起之后，她一气之下，便把江山送给她的手机扔掉了。尽管没再和江山联系，可她的心里其实是一直都在担心他。今天，她终于忍不住拨打江山的手机，可让人失望的是，江山的手机一直是关机。她的心情立刻变得沉重起来，江山怎么了？会不会发生了什么事情啊？她突然有些后悔，都怪自己太任性了，要是早些和江山联系就好了，可现在江山生死未卜，她整个人就像失了魂一样，闷闷不乐。

白若水走到一个十字路口，正准备向左拐弯，忽然看见前面有一对男女正搂抱在一起。她刚想移开目光，猛然间整个人不由得愣住了。

顾天诚？她怎么越看那个男人越像顾天诚呢？顾天诚怎么会在这里？那个女人是谁呢？原来他一天不见踪影，竟是为了和别的女人偷偷约会？

白若水的心隐隐有些失望，这时就见顾天诚猛地推开了那个女人，那个女人哇的一声便哭了起来，随后两人在激烈地争执着什么。

白若水犹豫着自己是否该过去，正好那个女人一扭脸，她一看那个女人不是别人，正是方静舒。

白若水禁不住一愣，她突然想起在马路上方静舒抱住江山的得意样儿，心里便不禁有些气愤，但更多的却是疑惑。方静舒怎么现在又来勾引顾天诚呢？江山呢？他现在在哪里？方静舒周旋在两个男人中间，到底玩的什么把戏？或是有什么阴谋？

她越来越感觉整件事情有些复杂，她见顾天诚和方静舒并没有看见自己，便原路走回去。

"什么？你在路上看见顾天诚跟一个女的在一起？"苏媚吃惊地问道。

"是的。"白若水点了点头。

"他看见你了吗?"苏媚好奇地问道。

"没有。"白若水答道。

"那个女人你认识吗?"苏媚随口问道。

"认识,她就是他从前的恋人方静舒。"白若水忧郁地说。

"怎么是她?"苏媚一愣。

"嗯,我也觉得挺纳闷。"白若水皱着眉说。

"他们不是早就分手了吗?"苏媚疑惑地问道。

"是呀,我也不知道他们最近怎么联系上了。"白若水一脸忧虑地说。

"是不是方静舒想跟他和好?"苏媚提醒道。

"不知道,这个女人挺复杂的。"白若水摇了摇头。

苏媚一听,立即走过来轻轻拍了拍她的肩膀,富含深意地望了她半天,然后缓缓地提醒她道:"若水,你可要小心了,这个女人绝不简单。"

"我知道。"白若水忧心忡忡地说。

"哦,你来我这里,顾天诚知道吗?"苏媚缓缓地问道。

"他不知道。昨晚我一夜没睡好,直到天亮才迷迷糊糊地睡着了。谁想这一睡竟睡了一天,我起床后见他没在,便偷着跑来了。"白若水尴尬地说。

"你应该给他说一声才是。"苏媚拍了拍她的肩膀,说。

"呃,我忘了,我给他留了个纸条,说去我妈那里了,呵呵,他大概想不到我会骗他吧。"白若水自嘲地笑了笑。

"你呀,鬼精灵!"苏媚笑着说。

"苏媚,你说这个世上有鬼吗?"白若水突然一转话题,问道。

"鬼?怎么?遇到什么事了?"苏媚一怔。

"昨晚我在水依阁碰见了鬼。"白若水胆怯地说。

"什么?你说你在他家里遇见了鬼?"苏媚满脸惊讶地问道。

"是的,千真万确。"白若水语气颤抖地说。

"世上哪有鬼呀,是不是你看错了?"苏媚不相信地问道。

"不,当时我看得很清楚,那的确是一张恐怖的惨白的鬼脸,并且还向我冷冷地笑着。我吓得一下子就晕过去了。"白若水说到这里,双眼突然充满了无尽的恐惧。

"有时候人精神不好时,也会自己吓自己。"苏媚提醒道。

"可是我很清醒,我一直很清醒,我绝不会看错的。"白若水摇了摇头说。

"若水,不要这样吓唬自己好不好,这世界上本是没有鬼的,所谓鬼全是人的大脑想出来的。所以很多时候我们都在自己给自己造成一种错觉,自己在吓自己。这说明你的精神状态处在最差的时候,你应该好好调整一下自己。"苏媚安慰道。

"我知道,苏媚。可我怎么能否定自己亲眼所看见的呢?"白若水疑惑地说道。

"还有一种可能。"苏媚若有所思地说。

"是什么?"白若水一听,急忙问道。

"那就是人为,也许是人故意装出来的。"苏媚说到这里,不禁打了一个冷战。

"不会吧,谁会戴个面具故意来吓唬我呢? 我一弱女子,对谁有用呢?"白若水歪着头,说道。

"那可说不准,人心难测,你越想不到的,越有可能会发生。"苏媚答道。

"你这样一说,我感到越来越可怕了。"白若水突然感到危机四伏。

"我只是打个比方,并没有任何证据来证明事实。我劝你还是小心些为好,不要把事情想得太简单了。"苏媚慢慢地说道。

"你说得对,我太大意了。"白若水说到这里,望着苏媚幽幽地叹了口气。整个事情的发展,完全出乎她的意料,甚至超出了她的想象。

白若水忽然又想起了方静舒那高深莫测的眼神,她跟江山和顾天诚这两个男人的关系,都不简单。难道从开始到现在所发生的种种事件,真的跟她有关吗? 她到底是出于何种目的,才费尽心思布局了这一切?

难道是为了爱情?

爱情???

她在脑海里打了三个大大的问号。

2

苏媚犹豫良久,终于走到白若水面前,轻声说道:"若水,其实有一件事,我一直想告诉你。"

"哦,什么事?"白若水一怔。

"上次我向你提到的那个女病人,你还记得吗?"苏媚缓缓地说道。

"嗯,怎么了?"白若水疑惑地问道。

"她就是方静舒。"苏媚说完,奇怪地望了白若水一眼。

"什么?怎么会是她?"白若水一脸惊讶,她刚说到这里就听窗外突然狂风大作,阴沉的天空中竟下起了雨。苏媚连忙走过去关好了窗户,雨点敲打着玻璃窗发出噼噼啪啪的响声。

"下雨了!"白若水望着窗外的大雨,叹道。

"最初我也觉得很奇怪。不过还算我记忆好,她一来我便认出了她。她竟也记着我。"苏媚接着刚才的话说道。

"她来找你仅仅是为了看病?"白若水若有所思地问道。

"是的,她得了很严重的抑郁症和妄想症。"苏媚点了点头说。

"那她现在病情怎么样?"白若水好奇地问道。

"我给她治疗了两次,病情有所好转,但依然需要继续治疗才行。"苏媚十分平静地说道。

"她这两天没来吗?"白若水随口问了一句。

"昨天是跟她约好的日子,可她竟没来。我打过去电话,她说自己身体不太舒服,等好些了再来。"苏媚不紧不慢地说。

"哦,她怎么会得这种病?"白若水喃喃自语道。

"不好说。"苏媚摇了摇头。

两人刚说到这里,就听到外面忽然传来了门铃声。苏媚连忙走到门前向猫眼里一望,不由得怔住了。站在门外的女人,正是她们刚才谈到的方静舒。

苏媚一见,赶快让白若水悄悄躲进卧室里。她见白若水藏好后,这才忐忑不安地打开门来。

她不知道这个时候方静舒来找她是什么事,难道是她发现白若水跟她在一起,故意来挑战的?可看起来不像呀!或许她真是来找她进行心理治疗的,可能是自己太多疑了吧。想到此,她逐渐冷静了下来。

"方小姐,怎么是你?"苏媚一愣。

"是的,昨天我没来,所以今天就抽时间过来了。"方静舒解释说。

"外面下雨呢,你没打伞吗?"苏媚望着被雨水淋湿的方静舒,不由得问道。

"我忘了。"方静舒答道。

"看衣服都淋湿了,快,快进来。"苏媚一听,连忙把方静舒让进了客

厅里,然后给她端来一杯浓浓的热茶。

"谢谢,苏小姐,不必这么客气,其实今天我不是来治疗的。"方静舒缓缓地说道。

"那你……"苏媚一怔。

"你是心理医生,我想跟你聊聊天。"方静舒犹豫了一下,然后终于说出了自己心中的想法。

"好的。"苏媚点了点头。

"苏小姐,我,我,呜呜呜。"方静舒说着,竟然情绪激动地哭了起来。

"方小姐,你怎么哭了?别难过好吗?有什么事可以对我说。"苏媚一见,连忙柔声安慰道。

"是这样的,方小姐,我想问你一个问题。"方静舒擦了擦眼泪说。

"哦,什么问题?"苏媚神情凝重地问道。

"如果一个男人爱上一个女人,他会一直爱她吗?"方静舒皱着眉说。

苏媚一听,不禁一愣。她没想到方静舒竟会问出这种问题来。她想了想,说道:"也许会,也许不会。有些男人一生或许只爱一个女人,但也有些男人的感情不止停留在一个女人身上,他可能会爱两个、三个以及多个女人。"

"你觉得男人的感情可靠吗?"方静舒又问道。

"不,男人的感情是这个世上最不可靠的东西。他爱你时,也是真的爱你;可当他不爱你时,无论你怎么挽救,也挽不回他那颗已变的心。"苏媚颇富哲理地说。

"可是如果他爱的不是你,而是另外一个女人,你会怎么做?"方静舒痛楚地说。

"如果他爱的是我,而我也同样很爱他,那我一定会好好珍惜这份感情,可如果他爱的不是我,而是另外一个女人,那么为了他的幸福,我宁愿放手。其实无论怎么选择,只要他幸福和快乐就行。也许这才是爱吧!"苏媚想了想,说。

"当爱变成恨时,你会怎么面对?"方静舒一脸迷茫地问道。

"世上没有无缘无故的爱,也没有无缘无故的恨。爱亦是恨,恨亦是爱。无论爱恨,都以平常心面对。"苏媚淡淡地说。

"你会为爱进行报复吗?"方静舒幽幽地问了一句。

"不会,其实好好地活着,就是对敌人最大的报复。"苏媚深沉地说道。

"活着？好好活着？"方静舒一怔。

"对,无论如何,我们一定要好好地活着。只有这样,我们才能对得起自己所爱的人,更是对那些曾经对我们无情地蔑视和打击的人,最有力的回击。"苏媚点拨道。

"你说得对,好好活着,好好活着!"方静舒望着苏媚,一字一顿地说道。

3

苏媚望了望窗外,然后对方静舒说道:"静舒,我真希望你能好好活下去。"

"嗯,我会的。"方静舒满脸感激地点了点头。

"其实你是一个很可爱也很美丽的女人,只要好好把握,一定会寻找到自己的幸福的。"苏媚安慰道。

"但愿吧,我做梦都想让自己变成一个很美丽很美丽的女人,于是,我拼命地去做美容,去购物,让自己每天打扮得花枝招展的。可是我仍然不快乐,更没有得到我想要的。爱情依旧是离我那么遥远,我依然是孤孤单单的一个人。直到有一天,我才发现这种生活并不是我想要的。"方静舒忧郁地说道。

"你所想要的是什么?"苏媚注视着方静舒,问道。

"爱情,一份至真至纯至美的爱情!"方静舒的眼里,闪过了一丝亮光,可瞬间又变得黯淡了下来。

"其实每个人都渴望拥有一份爱情,每个人也都在寻找自己理想中的爱情,可是现实生活中,又有多少人会如愿以偿呢? 也许有一天你会懂得,爱只不过是一种感觉罢了,只有当爱转换成亲情时,爱情才能长久。"苏媚缓缓地说道。

"哦,那你说世上什么最可怕?"方静舒急切地问道。

"人。"苏媚说完,高深莫测地笑了笑。

"或许吧,爱也许是世界上最危险的东西,而人却是地球上最可怕的动物。"方静舒恍然大悟,稍顿,她转过脸望着苏媚,轻轻说道,"谢谢你,让我今天有很深的感悟。"

"不客气,你是我的病人,这是我的责任。"苏媚微笑着说。

"我会再来找你的。"方静舒说着,意味深长地望了苏媚一眼。

"好的,我会继续为你治疗的,直到你完全康复。"苏媚点了点头说。

"好,再见。"方静舒起身,刚想离开,却听到苏媚说道:"等等。"

"哦。"方静舒一怔。

"外面还在下雨,要不你把我的伞拿去吧。"苏媚说着,从抽屉里找出一把折叠雨伞递给了方静舒。她望了望窗外的瓢泼大雨,便又从衣架上拿下来一件白色衬衣披到了方静舒身上,"天气有些冷,你还是把我的衬衣披上吧,免得着凉了。"

"你真好,苏小姐,谢谢。"方静舒感激地望了苏媚一眼,然后转身走了出去。白若水站在窗前,望着雨中逆风而行的方静舒,心底突然生出一丝奇怪的感情。仿佛患难知己生死一别,便会永不再相见一样,有种恍若隔世的迷离的感觉,悄悄左右在她心间。

"若水,出来吧。"苏媚对躲在卧室里的白若水说。

"她走了?"白若水边说边从卧室里走了出来。

"嗯,你都听见了?"苏媚轻声问道。

"是的。"白若水点了点头。

"其实她很可怜,她的样子看起来很无辜,好像受了很大的伤害一样。也许她并不像你所想象的那样坏,也许她比你所了解的还要可怕。"苏媚面带忧虑地说。

"双面女人?"白若水一听,不由一愣。

"或许是吧,她这种女人要不很单纯,要不很复杂,很容易走极端和钻牛角尖。"苏媚心情沉重地说。

"也许以前我把她看错了。"白若水若有所思地说。

"人生有时候难免会看错。对了,走时我让她把我那件白色衬衣穿走了,外面雨太大了,她竟然只穿着一条单薄的裙子。"苏媚同情地说道。

"呃,衬衣?"白若水走到衣架前一看,不禁愣住了,"我说苏媚呀,你是不是搞错了,你那件白色衬衣不是还在吗?我那件却不见了。"

"哇,是我搞错了,我们买的衬衣款式差不多,我竟把你那件衬衣看成我的了。"苏媚懊恼地说。

"没关系,看来我和她还真有缘分。"白若水低头沉思了片刻,然后又慢慢地踱到窗前,望着窗外的大雨,思绪又再次回到了方静舒这个复杂的女人身上。

方静舒？

难道自己以前真的把她看错了？她到底是一个什么样的女人呢？难道真如苏媚说的她是一个有着严重心理障碍的女病人，抑或是有着变态人格的双面女人？

如果真是这样，那简直太可怕了！

她的心颤抖了一下，随后又像窗外的雨声一样，烦躁不安。

4

白若水是第二天知道方静舒被广告牌砸死的，奇怪的是，在方静舒尸体不远处，竟有一捧鲜艳欲滴的红色的康乃馨。她万万没有想到，方静舒从苏媚那里离开之后，就再也回不来了。

佳人已逝，再见却是阴阳两隔。一想起方静舒的死，她便满心叹息。在这之前，她还想着她该是一个怎样的充满心计的女人呀，谁知，她竟这样死掉了。

白若水有些不相信，可事实毕竟摆在她面前，她不信也没办法。方静舒死了，她的情敌死了，可为什么她竟高兴不起来呢？

此刻，她坐在水依阁的花园里，眼前摆着她最喜欢的香喷喷的摩卡咖啡，她拿着一本杂志翻了几页，又无聊地放下了。脚下一只雪白的小猫正蹭着她的双腿，独自惬意地玩着。

好郁闷呀！白若水暗暗叹道。如果她跟了顾天诚，那将是多少女人梦寐以求的事。可是为什么她就不喜欢这种奢华的富太太的生活呢？她更向往大自然和自由，但生活却偏偏让她两难选择。想到这里，她一脸无奈。

白若水喝了一口咖啡，然后蹲下身抱起小猫，刚想离开，就见一个男人的身影忽然出现在她眼前。她吓得神经质地往后一退，抬头一看那人竟然是顾天诚。

"哦，是你？"白若水一怔。

"怎么了？吓着你了？"顾天诚柔声问道。

"没，没有。"白若水轻轻地摇了摇头。

"别怕，我只是没想到你胆子这么小。"顾天诚轻声安慰道。

白若水无言。她见顾天诚满脸平静,丝毫没有悲伤的神情,不免有些奇怪。难道方静舒的死,他竟不知道?或是故意隐瞒自己的真实感情?他的葫芦里究竟装的是什么药?竟让人一点也摸不着头脑。

白若水眼珠一转,决定试探他一下。

白若水故意咳嗽了两声,然后漫不经心地说道:"天诚,你知道有一个女人,一直在爱着你吗?"

"哦,若水,是你吗?"顾天诚说完,满脸期待地等待着白若水的回答。

"是方静舒。"白若水凝视着顾天诚的脸,说道。

顾天诚听到这话,脸不禁由红变青,看得出他很失望,只听他不耐烦地说道:"我们两个早已分手了。"

"可是她还爱着你。"白若水注视着顾天诚的脸,缓缓地说道。

"爱是不能勉强的,若水,今生今世我只爱你一个人。"顾天诚发誓道。

"如果她死了,你会心疼吗?"白若水想了一下,然后问道。

"若水,别再提这个女人了,好不好?我不再想听这种玩笑。"顾天诚不耐烦地说道。

顾天诚的回答,早已在她的预料之中。可是她听到后,还是微微感到有些惊讶。不管怎样,顾天诚和方静舒毕竟曾经有过一段情,难道他现在真的对她一点感情也没有了吗?他的表情和反应真是让人有些莫名其妙。

"我在给你说真的,天诚,她死了。"白若水慢慢地说道。

"什么?她死了?昨天她不是还好好的吗?"顾天诚一愣。

"是呀,我也是今天刚听说的,昨晚在回家路上,她被一个广告牌正中头部,当场死亡。对了,你没看今天的报纸吗?"白若水说完,紧盯着顾天诚的脸,似乎想从中寻找到什么玄机。

"哦,还没顾上。"顾天诚脸色一变,说。

"她死得好惨。"白若水叹息着说道。

"也许命该如此吧。"顾天诚淡漠地说道。

白若水一怔,想不到顾天诚不仅对方静舒毫无感情,甚至连一点儿怜悯心也没有。他似乎真的变了!

"呃,不说这些让人心情沉重的事了。对了,你还记得我们小时候的事吗?你说我们小时候最喜欢做的是什么事情?捉迷藏?"顾天诚一转话题,说。

"不是。"白若水摇了下头,说。

"跳绳?"顾天诚继续猜测道。

"也不是。"白若水摆了摆手。

"猜谜语?"顾天诚一见,这下可把他给难住了,他不由得皱着眉头说。

"不对,喂,你怎么连我们这么难忘的事都忘了?你说该怎么罚你吧?"白若水撅着小嘴说。

"哦,我事情太多,都忘记了。"顾天诚惭愧地挠了挠头,说。

"好吧,我告诉你吧,是去河里抓螃蟹。"白若水说完,得意地哈哈大笑起来。

"对,对,我也记起来了。若水,还是你的记性好,以后有时间,我天天带你去河里抓螃蟹去。"顾天诚一听,赶忙说道。

"真的吗?你还记得你以前最喜欢的是哪首歌吗?"白若水狡黠地眨了眨眼。

"是《月亮代表我的心》。"顾天诚想了半天,说。

"不对,是《止不住地想你》。你怎么连你最喜欢的歌也记不得了?"白若水有些不高兴地说。

"哦,若水,真不好意思,我都忙得变糊涂了。你不会介意吧?"顾天诚歉意地说道。

"不会的,你放心好了。我只想让你唱给我听。"白若水调皮地说道。

"这……"顾天诚一听,脸色突然变得很难看。他尴尬地摸着头,一时不知所措。就在这时,刘五叔忽然走了过来。

"先生,车我已经擦好了,我把它停到了门口。"刘五叔毕恭毕敬地说。

"好,知道了。"顾天诚说完,然后又扭头对白若水说道,"若水,我们去房间里坐吧。"

"好的。"白若水嘴里答应了一声,悄悄地望了站在一旁的刘五叔一眼,然后转身向客厅走去。顾天诚小心翼翼地陪在她身边,这反而让她有些不自在起来。

走了好远,她回头一望,发现刘五叔还在原地站着。不知怎的,她突然感觉刘五叔望她的目光怪怪的,甚至连表情都同样让她感到陌生。

但更让她感到奇怪的是顾天诚,他为什么连以前的许多事情都不记得了?是失忆了还是真的记不起来了?难道他真的把从前忘得一干二净?

顾天诚,顾天诚,难道他会是假的不成?

她这样一想,连自己也不禁吓了一跳。

5

白若水孤独地站在窗前,默望着窗外蔚蓝的天空,心中忽然百感交集。

一切来得太突然了!宛如一场虚幻的梦,真实得让人难以相信。难道这就是命运?还是宿命难逃?

一阵异样的响声忽然在白若水背后响了起来,白若水一愣,慌忙转身一看,这才发现顾天诚不知什么时候,悄悄地来到了她身后。白若水向顾天诚微微笑了笑,可瞬间她脸上的笑容僵住了。顾天诚正用一种奇异的目光望着她,那种目光让她感到浑身不舒服。

只听顾天诚喃喃说道:"若水,你笑起来好美。你知道吗?你的美,是世上绝无仅有的。"

"哦,你太夸赞我了。"白若水自嘲地说道。

"不,我是认真的。在我眼里,你永远都是最美的。"顾天诚连忙说道。

"唉,要是我真有那么好的命就好了。对了,你看你的头发长了,怎么不去剪一下?"白若水说着,便走到顾天诚身边,用手摸了摸他的头发,然后一脸心疼地望着他。顾天诚趁机握住了她的手,她连忙挣脱了。

"若水,不要躲我好不好?"顾天诚苦苦哀求道。

"哎呀,我的杂志丢在花园里了,你去帮我拿来好吗?"白若水赶紧转移话题。

"好,我现在就去。"

顾天诚走到门口,却又转身走了回来。

"哦,我先把钱包和手机放好,马上就给你取来。"顾天诚边说边把钱包和手机放到抽屉里,这才向花园里走去。

白若水见顾天诚走远,连忙打开抽屉,拿出他的钱包翻了起来。他的钱包里放着厚厚的一沓钞票和白若水的彩色照片,并没有什么可疑的地方。她失望地抽出照片,眼前猛然一亮,原来在她相片的下面,竟然还压着一张黑白照片。

她望着照片上的女孩,想了半天也没想出这个女孩是谁。忽然一个女孩的身影飘进了她的脑海,白若水,原来这个照片上的女孩就是死去的白若水!

怎么回事?这到底是怎么回事?顾天诚怎么会有那个白若水的照片呢?他和她之间是什么关系?难道他们有什么不可告人的秘密不成?难道这个顾天诚是假的?

怪不得刚才她掀开顾天诚的头发时,他的头上竟没有那颗黑痣,她从小跟他一起长大,记得最清楚的就是他头上的那颗黑痣。那时候,他光着头,她笑他是假和尚,他虽然处处让着她,可一旦提起他头上的黑痣,他便急了。后来她才知道,原来他是爱美的……

如今她更确定,眼前的顾天诚并不是真的顾天诚了。可他是谁?为什么要冒名顶替顾天诚,还假装爱着她?这其中有什么巨大的阴谋?

她刚想到这里,就听外面响起了脚步声,她一听,赶快把相片放到钱包里,放回了原处,关上了抽屉。

这时,顾天诚拿着杂志走了进来。"是这本吗?"他问道。

"哦,是的,谢谢。"她接过杂志,微微犹豫了一下,又接着说道,"天诚,我,我想去苏媚那里。"

"若水,我把你从她那里刚接过来,怎么又要回去?"顾天诚有些不高兴地说。

"哦,我的衬衣落在她那里了。"白若水解释道。

"不要了,若水,你想要什么样的衣服,我都买给你。"顾天诚深深地注视着白若水,低声说道。

"可是,可是那件很重要的,是,是我妈妈买给我的。"白若水撒了一个谎。

"那好吧,我送你去。"顾天诚无奈地说。

白若水见顾天诚答应送自己回苏媚那里,这才渐渐放下心来。一路上她一直在为顾天诚藏有白若水照片的事,感到疑惑不解,但更让她感觉困惑的却是顾天诚的真实身份。如果他不是真的顾天诚,那他会是谁呢?他怎么和顾天诚长得一模一样?这背后隐藏着什么样的秘密和阴谋呢?

她似乎看到了一个深不可测的可怕黑洞,正张开巨大的网把自己牢牢地网住。她越想挣脱开,反而网得越紧。直到她累得筋疲力尽,毫无力

气,眼睁睁地望着自己被死亡无情地吞噬尽……她越想越感到可怕,不由得打了个寒战。

"怎么了?不舒服吗?"顾天诚轻声问道。

"哦,不。"白若水摇了摇头。

此刻,白若水才发现车子越走好像越不对劲,眼前的路似乎并不是开往苏媚家方向的,而是一个令人完全陌生的方向。

她的心猛地一紧,一下子掉入了无底的深渊。

6

白若水越来越感觉不对劲儿,便慌乱地问道:"你,你要带我去哪儿?"

"你去了就知道了。"顾天诚一脸冷漠。

"不,我要去苏媚那里。"白若水一听,立即说道。

"她那里暂时不去了,有个更重要的地方需要我们去。"顾天诚冷冷地说道。

"去哪里?"白若水轻声问道。

"一个让你了解真相的地方。"顾天诚缓缓地说道。

"真相?"白若水一愣。

顾天诚的话就像石头一样,重重地砸在她的心上。真相?她很快就知道真相了?可为什么她不仅高兴不起来,反而被一种不祥的预感包围住呢?

车子终于在一个废弃的仓库前停下了,白若水疑惑地走下车来,顾天诚打开仓库的门,说道:"进去吧。"

白若水慢慢地走了进去,发现里面除了几张半旧的桌椅和一堆旧纸箱外,其他什么也没有。她忽然间明白了什么,转身就想往外跑,却被顾天诚挡住了。

"你想跑?"顾天诚阴阴地说道。

"你想干什么?"白若水生气地说道。

"你不能走。"顾天诚一字一顿地说。

"为什么?"白若水大声问道。

"我知道你已经在怀疑我了。"顾天诚目露凶光。

"你真的不是顾天诚?"白若水吃惊地问道。

"你说呢?""顾天诚"冷笑着反问了一句。

"果然如此,怪不得我发现你这几天竟和以前大不一样。"白若水心里的想法虽然得到了证实,可却更加疑惑。眼前的男人是谁?他到底想干什么?看样子自己今天是凶多吉少了。想到此,她不禁出了一身冷汗。

"就因为你起了疑心,我才会费尽心思把你骗到这里来。""顾天诚"高深莫测地说道。

"你,欺人太甚!"白若水极度气愤地说。

"唉,这都是被逼的,没办法。""顾天诚"无奈地叹道。

"你把我骗到这里来做什么?"白若水大声质问道。

"不想做什么,若水,我爱你。只要你好好配合,不把这件事情说出去,你想怎样就怎样。""顾天诚"劝道。

"原来这一切都是你搞的鬼!"白若水厌恶地说。

"我也不想这样,可这个社会太残酷了。""顾天诚"低声说道。

"告诉我,你究竟是谁?你怎么和顾天诚长得一模一样?真正的顾天诚哪儿去了?"白若水疑惑地问道。

"哈哈,你不是让我猜谜吗?我今天就告诉你谜底,让你满足一下好奇心。真正的顾天诚早已经死了,现在我就是顾天诚!哈哈哈。""顾天诚"冷笑道。

"你疯了?告诉我,你是谁?你是谁?"白若水神情激动地问道,可当她看见"顾天诚"手上拿着早已准备好的绳子,向她慢慢走来时,一下子惊呆了。

"你,你想把我怎么样?"白若水不由自主地向后退去。

"你乖乖地听话就行了。""顾天诚"说完,就上前不顾白若水的挣扎,把她捆绑了起来。白若水知道无论怎么挣扎都是无济于事的,索性给他绑个痛快,可她的嘴却没闲着。

"救命,救命——"白若水急切地大声喊道。

"你放心好了,这里四周无人,是不会有人来救你的。""顾天诚"得意地说。

"你,快放开我,否则你不得好死的。"白若水满脸怒气地说。

"哈哈,你骂吧,我让你骂个痛快。""顾天诚"说着,从口袋里掏出一块白布塞到了她的嘴里。白若水拼命地摇着头,眼睛却一直狠狠地瞪着

"顾天诚"。

"小乖乖,你安心在这里等着我吧,我办完事就来接你。""顾天诚"得意地望着白若水,随后哈哈大笑了两声,然后转身走出了仓库。只听砰的一声,仓库的门被牢牢地锁上了。而白若水的心也随着那声闷响,陷入了一片黑暗之中。

糟了!自己果真中计了!

白若水没有想到,假的顾天诚竟然会骗自己来到这里,他到底出于什么目的呢?直到现在,她还有些搞不清楚假顾天诚的真正动机是什么。

白若水忽然有些后悔自己一时太大意了,也太小觑那个假顾天诚了。看来这是个事先布好的局,万事俱备之后,只等着自己往里面钻了。而何老师、王震和吴维国等人的死,也只不过是这个阴谋下的牺牲品罢了。

想着想着,她猛然担心起江山的安危来了。这个死江山也不知跑哪里去了,原以为自己发发小脾气,他跟自己道个歉,两人便会和好如初了。可谁想到,他竟然好几天都不理她。难道他没跟方静舒在一起,是自己误会他了吗?

白若水心里虽然还在生江山的气,但更多的却是对他的担心和挂怀。她最怕的就是假的顾天诚会去谋害江山。

江山,你在哪里呢?她一脸担忧。

『第十五章』

最后厮杀

scarlet carnation

1

在去往曲云山的大巴车上,江山坐在一个靠窗的位置,嘴里不断地咕哝着"QYS"这三个字母。就在两个小时前,他整个人还在云里雾里的时候,也不知从哪里来的灵感,突然想到了曲云山这个名字。

楚香香在临死前所说的那三个字母,和曲云山这三个字的第一个字母恰好一致,会不会就是指的曲云山呢?如果真的是指曲云山的话,那么它能够被楚香香在临死前说出来,那至少证明曲云山对楚香香很重要,或是曲云山有着极大的秘密!

曲云山只不过是一座普普通通的大山而已,又有着什么特殊的意义呢?难道是李兵在曲云山?这个念头猛地出现在他脑海里,他不由得握紧了双手,无论是与不是,他决定都要冒一下险了。

花了两个多小时,他终于到达了曲云山。他从大巴车上下来,在山脚下的一家小饭店胡乱地吃了一碗牛肉面,便匆匆地上山了。

曲云山说大不大说小也不小,江山满头大汗地爬了大半座山,也没看见李兵的半个影子。难道是自己的判断错了?不!"八人帮"中只剩下李兵和邬艳艳两个人了,他一定要找到他们。

在将到达山顶的时候,他忽然看见在一片树林里有一座小木屋。他兴冲冲地走到门前,敲了一下门,里面无人答应。他一推门竟然吱呀一声开了。

他走进去一看,发现屋里只有几样简单的家具和一些必需的生活物品,忽然他的目光停在了墙上挂着的几件男式衣服上。既然这里有人住,说不定就是李兵。他这么一想,心里突然信心百倍,一片阳光明媚。

他望了望桌子上摆着的几盘吃剩的菜肴和空空的酒瓶,心中猛然间拿定了主意。他转身走出了门外,把门关好,然后在不远处的一片花草中埋伏了下来。

天渐渐地黑了下来,直到将近十点的时候,江山才听到一阵高跟鞋嗒嗒嗒走来的声音。江山从声音判断出来者是一个女人,果然那个女人从山路上直接走到小木屋门前,推开门走了进去。

江山一见,连忙蹑手蹑脚地跟了过去。他从窗户的缝隙里往里面一瞧，不禁吓了一大跳。原来屋里的女人不是别人，正是在医院里突然失踪的邬艳艳！

她怎么会在这里？难道她的神秘失踪，竟是她自己从医院里偷偷跑出来的不成？抑或是另有原因？她在这里做什么？难道是在等李兵？

江山刚想到这里，小木屋里的灯光突然灭了，四周霎时陷入可怕的死寂中。一股诡异的气息弥漫在暗夜里，江山的心怦怦直跳，忽然他感觉身后有微微的响动。他还没来得及扭头查看情况，就感到头上猛地一疼，随着一声闷哼，他陡然倒在地上。

也不知过了多久，他再醒过来时，发现自己正倒卧在小木屋里，双手和双脚早已被紧紧捆绑住了。一阵阵酸疼从四面八方向他袭来，他扭了一下脖子，头更是疼得要命。

"怎么样？这种滋味很舒服吧？"邬艳艳望着江山，一脸得意地说道。

"邬艳艳，果真是你？"江山虽然早已隐隐猜出背后是邬艳艳搞的鬼，可当邬艳艳真正以另一副面目站在他面前时，他还是感到有些意外。

"不错，是我。"邬艳艳冷冷地说。

江山抬头一看，见站在自己面前的邬艳艳，目露凶光，突然感到十分陌生。

"你为什么要这么做？"江山满脸痛惜地问道。

"哼，我知道你是来调查我底细的，是不是？"邬艳艳反问了一句。

"我是来帮你的，你现在很危险。"江山解释道。

"危险？这句话应该用在你身上吧。"邬艳艳讥笑道。

"我说的是真的，艳艳，现在'八人帮'中只剩下你和李兵两个人了，我不能看着你们白白送死，反正你们一定要小心，否则也逃不过这一死劫的。"江山激动地说道。

"哈哈，你在吓唬谁？你以为我会相信你的鬼话吗？"邬艳艳冷笑道。

"你的事我都知道了，你现在真的很危险！"江山急声说道。

"那你更应该死！"邬艳艳说着，从床下摸出一把明晃晃的匕首，然后一步步向江山逼近。江山一见，连连叹息着摇了摇头。

"好吧，只是死前有一件事我想搞清楚。"江山说道。

"什么事？"邬艳艳不动声色地问道。

"李兵现在在哪里？"江山低声问道。

"哦，他在一个你永远不知道的地方，这下你满意了吧。哈哈。"邬艳艳说完，便拿着匕首向江山狠狠地刺来。江山默默地闭上眼睛，心想自己

今天是难逃厄运了。可等了半天,却一点动静也没有。

此刻,只听扑通一声,江山摸了摸自己的头,见依旧在脖子上,便好奇地睁开双眼一看,只见邬艳艳正慢慢地向下倒去。

2

江山昏昏沉沉地醒来时,赫然发现陆逊正站在自己面前,他不由得一愣。

"陆警官,怎么是你?"江山吃惊地问道。

"哦,臭小子,不跟着你,怎么摸出大鱼来呢?"陆逊冷笑道。

"原来你一直在跟踪我?"江山懊恼地问道。

陆逊不置可否,江山心里郁闷了一阵,陆逊假装没看见,他把捆在江山身上的绳子解开,然后把昏过去的邬艳艳,捆了个结结实实。

江山一见,指着地上的邬艳艳说道:"你准备拿她怎么办,陆警官?"

"钓大鱼,顺藤摸瓜,找出真凶。"陆逊有把握地说。

"对,我也是这样想的。"江山赞同道。

"你的伤怎么样?严重吗?"陆逊的语气突然变得温和起来。

"嗯,有几个大包。"江山摸了摸后脑勺,这才发现上面不知什么时候,竟起了几个大包。他用手一摸,手上竟沾满了鲜血。他眉一皱,头部还真隐隐有些痛。

"我看一下。"陆逊说着,用手摸了摸江山头上的大包,江山哎呀一声,痛得忍不住把陆逊的手给挥开了。

"我先带你去疗伤,然后再来解决这个女人。"陆逊边说边把邬艳艳的嘴用布堵上,然后塞到了床下。随后他又通知其他警察,让他们迅速赶到案发现场。

陆逊极其麻利地做完这些事,然后走到江山跟前,只听咔嚓一声,江山的右手上转眼间竟多了一副锃亮锃亮的手铐。

"你,你这是干什么?"江山满脸惊讶。

"防患于未然,免得叫你这个鬼小子给跑掉了。"陆逊不动声色地说。

"哦。"江山苦笑了一声,他的右手和陆逊的左手铐在了一起,这下他可有保护伞了。陆逊把屋里恢复了原样,然后和江山悄悄走了出去。

的时间,他决定先去弄点东西吃,然后一直在暗处盯着水依阁,直到顾天诚现身。

江山在附近一家小商店里买了两个面包,又买来一瓶矿泉水,边吃边在水依阁对面的花丛中躲了起来。

夜色悄悄地降临了,江山一直等到凌晨12点,才看到一辆黑色的奔驰车缓缓地从水依阁中开了出来。江山在暗处虽然看不大清车里的人,但是凭直觉他感到车里的人就是顾天诚。

奔驰车一直朝郊区的方向开去,江山叫了一辆出租车偷偷跟在他的后面。开了有半个多小时,奔驰车在一处破旧的仓库门前停住了。

江山看到汽车里的男人从车上下来,径直走到仓库门前,打开门然后快步走了进去。江山暗暗绕到仓库后面,然后蹑手蹑脚地走到窗前,从窗户缝里一看,整个人不禁呆住了。

尽管他已经做好了心理准备,可是当他一眼瞧见顾天诚时,还是吓了一跳。他果真没死!他还和从前一样英俊潇洒,只是感觉有什么地方怪怪的,究竟是哪里,他也一时说不上来。

当他的目光移到顾天诚所面对的人身上时,他的心不由得一颤。白若水!那不是若水吗?可她怎么双手和双脚都被绑着呢?嘴竟也被用布堵上了?这是谁干的?难道是顾天诚?

他这么一想,越来越感觉事情变得严重了。如果真是顾天诚软禁白若水的话,他为什么要这样做?是为了报复?

报复?

他一想到这个词,浑身又是一颤。

4

人生宛若一场噩梦,梦醒之后却是更残酷的现实!

白若水正感叹命运无常时,门外一阵窸窸窣窣的响声,冷冷地打断了她的思绪。她一愣,只见"顾天诚"打开仓库的门,慢慢地走了进来。

"若水,我来看你了。""顾天诚"一脸坏笑。

"哼。"白若水从鼻子里哼了一下,然后把脸扭到了一边。

"顾天诚"优哉游哉地踱步到白若水面前,轻轻地把堵在她嘴里的布

取了下来,随手扔到了地上:"不要这样嘛,若水,我是真的想你了。"

"呸。"

"你越这样,我反而越喜欢你。"

"哼,骗子、无赖、流氓!"白若水怒骂道。

"骂得好,若水,我就喜欢你这样。"

"告诉我,你到底是谁？为什么要绑架我?"白若水怒气冲冲地问道。

"唉,若水,我也不想这样,可不这样做,你又会坏了我的大事,我也是被逼得毫无办法呀。""顾天诚"无奈地说。

"被逼的？借口! 一切都是你自找的。"白若水狠狠地说道。

"也许吧,从前我一直过着贫穷的生活,而现在一下子过上这种奢华的生活,还真有些不适应。不过,我知道我是再也回不去了。我无路可退,只能闭着眼向前走,哪怕前方是悬崖,我也要跳下去。""顾天诚"面无表情地说。

"你不会有好报应的!"白若水咒道。

"报应？哼,这世上哪里还会有什么好报应?! 自从若水死了以后,我的心也跟着死了,可就当我在死亡线上苦苦挣扎时,一个机会突然让我从地狱飞到了天堂。""顾天诚"缓缓地说道。

"难道你跟死去的白若水是情人?"

"不错,你很聪明,还真被你说中了。反正今天你也要走了,我就让你去得明明白白,我就是死去的白若水的男友陈希同。"陈希同阴笑道。

"陈希同？难道那天我见到的不是你吗?"

"那是我的弟弟陈希维。"

"你,你为什么要整容成顾天诚的样子？难道真的是为了他的财钱不成?"白若水好奇地问道。

"哈哈,不错。俗话说:人为财死,鸟为食亡。有这样享受荣华富贵的好机会,我为什么不去做呢?"陈希同反问道。

"既然你为了钱财,可为什么还要冒充顾天诚向我求婚,骗取我的感情？你这又是玩的什么花招?"白若水恨恨地问道。

"既然你问起来了,我就实话告诉你吧。"陈希同神情复杂地说道,"就因为你和我以前的女朋友同名,我的心中才对你产生了一种特殊的感情。每每看到你,我就感到我以前的女友若水没有死,还快乐地生活在我身边一样,所以我才会向你求婚。如果不是你发现了我是假的顾天诚,也许我真的会娶你为妻的,但现在已经由不得我了,我必须把一切知道真相的人除掉,才能保全自己的性命,否则,我会永远活在胆战心惊和恐惧不安之中。"

"果真是一个阴谋!你只不过是把我当成一个替代品而已!那制造这个阴谋的人,绝不是你一个人吧?"白若水冷冷地问道。

"你果然很聪明,怪不得顾天诚这么喜欢你!天下有多少美女他不屑一顾,独独青睐你一人呀!"陈希同慢慢地说道。

"你少废话。"

"哈哈哈,好吧,我就告诉你吧,这个人你是绝对想不到的。"

"是谁?"白若水连忙问道。

"刘五叔。"陈希同一字一顿地说。

"是他?"白若水一怔。

"不错,这下你明白了吧。"陈希同冷笑着说。

"怎么会是他呢?"白若水惊讶地说道。

"这你当然不会想到,刘五叔对顾天诚有养育之恩。顾天诚13岁那年,不幸被狼狗咬伤,幸亏刘五叔搭救,他才捡了一条性命。刘五叔见顾天诚机灵懂事,便收为养子,顾天诚也把刘五叔当亲生父亲看待。顾天诚曾开记者招待会,说如果有一天自己死了,他的大部分财产将捐赠给社会。而现在顾天诚真的死了,刘五叔绝不愿意看着顾天诚的巨额财产落入别人之手,所以便假借我之手,来转移顾天诚的财产。只要达到这个目的,我将会从一个穷小子变成一名巨富,这么划算的事,我为什么不去做呢?"陈希同缓缓地说道。

"你对顾天诚怎么了解得这么清楚?"白若水惊讶地问道。

"那当然了,刘五叔早有详细的谋划,为了真的变成顾天诚,我不仅多次整容,而且还对顾天诚以前的身世和一切爱好,以及他的生活习惯了解得一清二楚。否则,我怎么能轻易蒙骗住许多人呢?哈哈。"陈希同一脸得意地说道。

"要那么多钱又有何用?钱能买来生命吗?钱能买来爱情吗?钱能买来健康吗?钱能买来幸福吗?唉,钱真是祸害,钱真是一切罪恶之源。"白若水叹道。

"这下你都明白了吧?你说吧,是你自己动手,还是我动手?我本来是不忍心伤害你的,可留着你我也活不成。因为你知道得太多了。"陈希同冷笑着向白若水逼来。

"好吧,你动手吧,反正横竖都是个死。"白若水眼睛一闭,只等死亡

来临。陈希同从口袋里掏出一把明晃晃的匕首,迟疑了片刻,然后向白若水的胸部扎去。

就在这关键时刻,一个黑影突然出现在仓库门口,那个黑影见此情景,以极快的速度来到陈希同身后,狠狠地给了陈希同一拳。陈希同手中的匕首还没有来得及触碰到白若水的肌肤,就感到背后一阵冷风袭来,只听哎呀一声,他的头部被重重地击了一下。他还没有弄清楚是怎么一回事,身子便扑通一下倒在了地上。

白若水睁眼一看,整个人不由得呆住了。她从来没有如此的震惊过,站在她面前的男人,竟然不是陈希同,而是顾天诚!

"你,你是谁?"白若水浑身颤抖地问道。

"若水,我是天诚呀。"顾天诚柔声说道。

"不,你不是。"白若水拼命地摇着头。

"我真的是天诚呀,你是不是被吓糊涂了。"顾天诚一见,慌忙解释道。

"如果你真的是顾天诚,那你告诉我,你最喜欢的歌曲是哪首?"白若水想了想,然后问道。

"是那首《止不住地想你》。"顾天诚轻声说道。

"你把你的头发撩起来,让我看看有没有黑痣。"白若水抬起头,望着顾天诚说。

"好。"顾天诚顺从地撩开了头发,白若水一看果然有颗黑痣在上面。可她还是有些不放心,便继续问道:"你不是已经死了吗,怎么会又活了?"

"我根本就没有死。"顾天诚说着,便轻轻地帮白若水解开了绳子。白若水鼻子一酸,激动地扑到了顾天诚的怀里。顾天诚也紧紧地搂抱住白若水,两人霎时千言万语,却又不知从何说起。

"哦,那死的那个男人是谁?"白若水问道。

"是一个流浪汉。"顾天诚悻悻地答道。

"这到底是怎么一回事?"白若水疑惑地问道。

"婚礼那天我很不开心,晚上一个人去酒吧喝了好多酒,直到凌晨两三点才从酒吧醉醺醺地出来。我心里很烦,便一个人去海边看海,我一时冲动便脱掉衣服,下到海里游泳。恰好旁边有一个流浪汉在不远处的沙滩上睡觉,我当时也没注意,就把衣服放到沙滩上了。可没想到,半小时后,我游到海边,竟发现除了一条内裤外,其他衣服都被那个流浪汉给抢走了，包括钱、身份证和一些别的证件。我急得要命，便赶紧跑上前去争夺，可由于酒喝得太多了，不仅没有抢回衣服，反而被那个流浪汉推进了海里。也许是我命大吧，我竟然被海水冲到一个无名的小岛上，在那里靠吃生鱼，艰难地度过了这几天。幸好那天有一条渔船从小岛附近经过，我赶紧向船上的人求救，终于费尽千辛万苦，才回到了市里。可谁知，我竟然在报纸上看到自己跳崖自杀的新闻，后来又听说顾天诚没有死，我感到里面一定有内情，便在暗中观察，可我心里始终在想着你。我实在忍不住想知道你的消息，便乔装打扮到苏媚那里，以借治疗心理疾病为由，探听你的消息。至于那个假天诚为什么要整容成我的模样？还有他的幕后黑手是谁？这都是我想知道的，于是，我一时好奇心起，便尾随其后，悄悄跟踪他来到这里，谁知，竟然看见你被绑架在这个废弃的仓库里。若水，你受苦了，也受委屈了。"顾天诚说完，心疼地看着白若水。

"原来去苏媚那里的怪病人竟然是你？"白若水似乎明白了什么。

"对，是我。"顾天诚点了点头。

"怪不得苏媚告诉我每次她都被反催眠了。"白若水喃喃自语道。原来每次苏媚给那位怪病人催眠时，不仅没有把对方催眠，反而每次她都被对方催眠了，每当她从昏昏沉沉的睡梦中醒来时，她都发现自己一个人躺在催眠椅上，那个怪病人早已不知所踪，而她在被那位怪病人催眠过程中，究竟说了些什么，她竟一无所知。当苏媚把这件离奇的事情告诉白若水时，白若水也对那位神秘的怪病人产生了极大的兴趣，可白若水万万没有想到，那位怪病人竟是顾天诚！

"是的，我是为了你，才这样做的。"顾天诚深深地望着白若水说。

"天诚，你一定要小心，那个刘五叔绝对不会善罢甘休的。"白若水提醒道。

"嗯，我知道了。"顾天诚刚说到这里，就听身后忽然传来一阵冷笑。

5

"哈哈哈……"

一个男人冰冷的笑声突然在空气里响起，白若水一眼就望见了顾天诚身后的男人，正是管家刘五叔。

此刻,顾天诚默然转过身,一脸痛惜地望着刘五叔。刘五叔手中拿着一把手枪,正对着顾天诚。

"五叔,这都是真的吗?"他不相信地望着刘五叔,半天才说出话来。

"不错,刚才陈希同讲的一点也没错。"刘五叔犹豫了一下,然后点头说道。

"为什么?为什么呀?"顾天诚吼道。

"我不想杀人,我只是想过上好日子而已!"刘五叔坦白地说。

"所以你才叫陈希同整容成我的样子?"顾天诚双眼冒火。

"不错,不管怎么说,我对你有养育之恩。这几年我一直把你当我的亲儿子来看,我决不能眼睁睁地看着别人抢走这笔财产,我要抢先一步。"刘五叔狞笑着说。

"五叔,你知不知道这样有多伤我的心?"顾天诚满脸失望地说。

"唉,我本来是不想这样做的,可现在说什么都晚了,也只好这样了,否则我这条老命将不保。"刘五叔下狠心说道。

"难道你就不能回头吗?"顾天诚心中突然涌出一股莫名的悲伤。

"不行,我已无路可退了。"刘五叔摇了摇头。

"那好吧,你开枪吧,只是我有一个要求。"顾天诚无奈地说。

"什么要求?"刘五叔一怔。

"不要伤害若水。"顾天诚恳求道。

"好,我答应你。"刘五叔点了点头。

顾天诚欣慰地点了一下头,然后痛苦地闭上眼睛。

刘五叔犹豫了一下,然后用绳子把顾天诚和白若水绑到了桌子脚下。

刘五叔绑好两人,刚想用布堵住两人的嘴,就感觉背上突然疼痛起来,然后整个人便似散了骨头架似的软绵绵地向地上倒去,他还没有来得及哼出声,人便一下子倒在了地上。

"江山,是你?"白若水和顾天诚同时惊喜地说道。

"是的,我来救你们来了。"江山走到白若水和顾天诚跟前,弯下腰刚想解开两人身上的绳子,却忽然发现两人直愣愣地望着他的身后。他一愣,回头一看,竟然发现一个自己并不认识的打扮得妖里妖气的中年女人,手里拿着匕首正狠狠地瞪着自己。

"你是谁?"江山一脸疑惑。

"要你命的人!"中年女人一字一顿地说道。

"我不认识你,和你无冤无仇,你为什么要这样做?"江山低声问道。

"你还是束手就擒吧,否则我会把他们一个个地杀死的。"中年女人一脸奸笑。

"江山,你快走,不要管我们。"一旁的白若水突然喊道。

"不,我不能丢下你们不管。"江山执拗地说。

"很好,只要你乖乖地听话,我绝不会动他们一根汗毛的。否则,我会叫他们生不如死。"中年女人冷笑道。

"你想怎样?"江山镇静地问道。

"按我说的做。"中年女人说着,便用绳子把江山捆了起来,吊到了横梁上,然后拿起皮鞭在江山身上狠狠地抽了起来。江山咬着牙,望着一脸凶残的中年女人说道:"这下你可以放他们了吧。"

"哼,没那么简单。"中年女人冷哼了一声。

"你还想怎样?"江山无奈地问道。

"哼,老子这些日子跟着你受了不少罪,现在先要出出气才行。"中年女人语音突然一变,说。

"跟着我?"江山一愣,忽然间他明白了什么,"难道何老师那些人都是你杀的?"

"不错。"中年女人阴笑着点了点头。

"为什么?"江山急于知道对方的动机。

"因为他们都该死!"中年女人恶狠狠地说道。

"我可以问一下你的名字吗?"江山想了想,说。

"哈哈,好吧,死到临头了,我就让你做个明白鬼。老子有名有姓,我叫周小玉。"周小玉说完这句话,便扔下皮鞭不理江山了。这时白若水注意到周小玉的左腿走起路来有点跛,忽然想起了在夏威夷酒店附近跟踪自己的那个男人,左腿也有点跛,怎么这么凑巧?难道那次是周小玉乔装打扮在跟踪自己?

白若水正想着,就见周小玉拿着匕首走到她和顾天诚跟前,一脸得意地奸笑道:"好让人羡慕的一对啊,我本来是想留着你们两个的,可现在我有了更好的主意。"

周小玉用手一指躺在地上的陈希同,随后接着说道:"你看到了吗?那张脸和你一模一样,即使你现在死了,也不会有人知道他就是假的。我要用他为我带来大笔的财富,所以你必须下地狱!"

"呸!你想怎样就怎样吧,只是不要伤害到若水就行。"顾天诚一脸怒气地说道。

"好，是条汉子。可是我倒要看看你能撑多久。我要拿着这把匕首把你的脸一点点地划开。"周小玉说完，又哈哈大笑起来。

可她的笑声还没有落下，就听外面传来一个女人恐慌的叫喊声："不要伤害他，不要伤害他！"

这时，保姆邓翠兰竟慌慌张张地闯了进来。周小玉一愣，刚想破口大骂，就听背后砰的一响，她背后竟然中了一枪。她艰难地回头一看，原来陈希同不知什么时候竟站在她的身后，手里拿着枪冷冷地望着她。

周小玉抬起手颤抖地指着他，嘴里想说什么话，可还没来得及吭声，人便倒下去了。"啊！"门口的邓翠兰吓得大叫了起来。

"过去，蹲下。"陈希同拿着枪指着邓翠兰说道。

邓翠兰一见，只好无奈地走到墙角下，然后蹲下身。刘五叔此刻挣扎着坐了起来，他环顾了一下四周，见周小玉死了，白若水和顾天诚都被捆绑着，江山也被吊了起来，不由得哈哈大笑起来。

刘五叔笑了一阵，忽然感到有些不对劲，便问道："希同呀，你怎么看起来好像不高兴啊？这下好了，我们杀了这些人，就可以自由自在了。咦，你怎么不说话呀？"

"你说完了吗？"陈希同一脸冷漠，表情显得高深莫测。

"怎么了？希同？"刘五叔望着眼前突然变得很冷静的陈希同，心里不由存满了疑惑。

"你的死期到了！"陈希同冷笑着说。

"你，你怎么能这样？你……"刘五叔一愣，他的话还没有说完，便被陈希同一枪打中了胸部。

"你，你，你……"刘五叔不相信地望着陈希同，随着又是一声枪响，他慢慢地一头栽倒在地。

此刻，陈希同已经杀红了眼，他刚想射杀吊在横梁上的江山，就见顾天诚忽然从地上站了起来。原来就在陈希同开枪射击周小玉时，白若水费了好大力气，偷偷地替顾天诚解开了绳子。顾天诚这才瞅准时机，不顾生死和陈希同决一死战。

两个真假顾天诚站在一起，如果不仔细看，还真难看出有什么区别。可一旦认真看，便会瞧得出端倪。顾天诚眼神虽然冷冽，但却透露着一股正气。而陈希同冷淡的双眼里，却有一种小人的狡诈和狠毒。

两人你盯着我，我看着你，谁也没有先开口说话。陈希同望了顾天诚一眼，冷冷地说道："顾天诚，你死定了！从今以后我才是顾天诚，哈哈。"

他边笑边准备扳动扳机,没想到顾天诚却先他一步,飞起一脚踢飞了他手中的手枪,只听啪嚓一声,手枪正好落到了邓翠兰面前。

很快两人便扭打在一起。蹲在角落里的邓翠兰颤抖地捡起手枪,小心翼翼地对准了陈希同。终于她似乎下了很大决心,只听砰的一声枪响,陈希同捂着鲜血淋漓的胸口,倒在了地上。

这一幕,刚好被一起走进来的陆逊和苏媚两人看到。原来苏媚晚上怎么也放心不下白若水和江山,她拨打江山的手机,却又一时拨打不通。心烦意乱之际,她突然想起了陆逊。于是她便给陆逊发了个短信,自己先一步来到了水依阁。她还没走到门口,就见一个人鬼鬼祟祟地从水依阁里走了出来,然后打车向郊区驶去。苏媚觉得不对劲,便也打车在后面跟着,出租车在一个废弃的仓库前停下了。她连忙把这个消息发给了陆逊。

之后,她偷偷躲在暗处观察着里面的一动一静,当她看到江山被吊起来时,她刚想走进去帮忙,谁知背后却挨了重重的一棍,她一下子晕倒了。正好被及时赶到的陆逊救了起来。

两人听到枪响,赶快跑进仓库里,只见陈希同中枪而亡,而一旁的邓翠兰也吓得手一松,手枪掉在了脚下,她也扑通一声,双膝跪到了地上。

6

警察局里。

"你再想想看,袭击你的那个人,大概是什么样子?"陆逊问苏媚道。

"我没看见呀,我听到声响,还没回头便被袭击了。"苏媚歪着头想了一下,说。

"那袭击你的人是男的还是女的?"陆逊继续问道。

"是男的吧,不,是女的。"苏媚挠了一下头,说道,"我想想看啊,到底是男的还是女的呢?哎呀,我搞不清楚了。当时我一点也没注意呀。"

"那你感觉呢?"陆逊反问了一句。

"感觉也像个男的也像个女的。"苏媚模棱两可地说。

"怎么这样说?"陆逊不动声色地问道。

"对方走路声音很轻,好像一个女的;可袭击我时用力很大,又像一个男的。我也搞不清到底是男是女了。应该,应该是男的吧。好像……好

一个月后的清晨,白若水站在窗前望着外面川流不息的人流,思绪万千。感觉好像做了一场梦似的,此刻,她还没有完全从梦中醒来。

江山找到何老师的尸体后,把何老师葬在了衍水村的墓园。而他似乎在逃避着什么,匆匆回警校了。

临走前,江山给白若水留了一封信,他终于告诉她那个一直埋藏在他内心深处的秘密:七年前,姥姥不小心跌落山崖而死,是为了帮他采摘献给自己心爱姑娘的康乃馨,而顾天诚出于义气,始终为他保守着秘密。

顾天诚也走了,一周前,他去了美国。临走前,他告诉她,他想和她订个三年之约,如果三年后,她还没有嫁人,他依然会娶她。

经过这次打击的顾天诚,人看起来也比以前成熟多了,可从他的眼神里可以看得出,他仍然爱着她。只是,生活偏偏这样无奈。

"三年,三年。"白若水喃喃自语道。

三年好漫长的时光啊!三年之后又会是什么样子呢?她不敢想象,也许那将是另一个故事了。

白若水收回目光,捧着早已预订好的洁白康乃馨,下楼向埋葬邓翠兰的公墓里走去。